볼테르가 수사하다

남작부인은 다섯 시에 죽었다
La baronne meurt à cinq heures

남작부인은 다섯 시에 죽었다

La baronne meurt à cinq heures

프레데릭 르노르망 지음   이세진 옮김

함께읽는책

이 책에서 역사적으로 실존했던 인물들

✛

프랑수아 마리 아루에 드 볼테르 / 38세

에밀리 르 토넬리에 드 브르퇴유, 샤틀레 후작 부인 / 26세

앙투아네트 데보로도, 퐁텐 마르텔 남작부인 / 71세

앙리에트 드 퐁텐 마르텔, 데스탱 백작부인 / 37세

프랑수아즈 테레즈 드 바송피에르, 피콩 당드르젤 자작부인 / 57세

빅토린 피콩 드 그랑샹, 남작부인의 시녀 / 24세

마리 프랑수아즈 마르텔 드 클레르 / 16세

미셸 리낭, 사제 / 19세

르네 에로, 경찰총감 / 41세

보주네, 남작부인의 하인

"수도의 치안을 맡은 이들의 태만을 입증할
추잡하고 무시무시한 범죄와 살인은
죄다 은폐하고 억누른다.
그러고는 얌전을 빼는 것이다.
만약 그 범죄들의 리스트를 발표한다면
경악을 금치 못할 것이다."

– 루이 세바스티앵 메르시에*, 《파리 정경》

* 18세기 프랑스의 극작가이자 소설가. 디드로의 시민극을 모방하여
〈재판관〉, 〈탈주자〉 등의 희곡을 썼다. 소설로는 《야만인》, 《철학
적 몽상》, 《서기 2440년》 등이 있다. (*이하 옮긴이주)

차례

1731년 여름, 경찰총감 르네 에로는 길가의 표지판이 제대로 놓였는지, 화재가 일어나기 쉬운 밀짚과 유해 더미에 물이 잘 뿌려지고 있는지, 쥐들이 들끓는 쓰레기장이 잘 치워지고 있는지 살피느라 파리를 동분서주했다.

당시 그의 가장 큰 소임은 묘지 이전이었다. 유골과 유해가 너무 많이 몰리다 보니 이제 새로운 시신을 마구잡이로 처넣고 그 위에 약간의 흙을 덮는 수준에서 만족해야 할 지경이었다. 그래서 비만 한 번 쏟아져도 흙이 쓸려 가서 시신의 끔찍한 모양새가 행인들의 시선에 그대로 노출되곤 했다.

에로는 하수구 철거에 대해서도 고민이 많았다. 하수구에서 죽음의 가스 거품이 만들어지고 있었으니 말이다. 병원 체계를 정비하기는 했지만 병원이야말로 죽을 날만 기다리는 곳, 전염병의 온상이었다. 그는 감옥도 관리해야 했고, 그가 체포한 죄인들을 심판할 법원에 보고서도 올려야 했다. 그밖에도 파리 사람들을 모조리 꿰뚫고 있을 것, 일지를 꼬박꼬박 쓸 것, 그리고 온갖 종류의 창녀와 사기꾼 천지에서 진짜 귀족, 진짜 부자, 진짜 정직한 사람들을—그런 사람들이 아직도 있다면 말이지만—구별해 낼 것 등등, 바로 이런 자질들이 르네 에로에게 요구되었다.

르네 에로는 투르에서 굶주림으로 인한 폭동을 잘 해결한 공로로 파리 경찰총감에 임명되었다. 그는 어떤 상황에서도 침착함을 잃지 않는 자세 덕분에 선택되었고, 이 선택은 옳았다. 하지만 르네 에로는 이제 어찌해야 좋을지 알 수 없었다. 무슨 일을 하든 간에, 파리 고등법원, 거물급 상인들 중에서 뽑힌 파리 시장, 내무대신, 왕의 내각 등 그의 윗선에서 노움을 주는 인간은 하나도 없었다. 에로가 도로 위생 관리에 대해서 얘기를 하면 상대는 치안과 진압 문제를 걸고넘어졌다. 에로가 인간적 도의를 얘기하면 상대는 기존 질서의 존중을 들먹였다. 개선은 부자들의 삶을 더욱 편하게 하는 선에서만 관심을 끌었다. 그런데 부자들의 팔자 좋은 삶이 흔들렸으니 공공선을 위한 노력은 전면 중단될 수밖에 없었다.

이곳 포부르 생 제르맹의 아름다운 장식판 아래, 칼에 찔린 채 그의 발치에 쓰러져 있는 고위 대신의 시신을 보니 앞날이 편하기는 그른 성싶었다. 누군가가 이 집에 잠입해서 왕의 대신을 찌르고 달아났다. 하인들이 유일하게 지적한 흥미로운 사실은 이 비극의 현장을 발견하기 몇 분 전에 이상한 피리 소리를 들었다는 것뿐이었다.

경찰총감은 앞으로 무슨 일이 일어날지 훤히 알고 있었다. 이 살인 사건을 맡는다면 고아원을 꾸리는 일이나 오염된 변소들을 폐쇄하는 일 따위에는 매달릴 시간이 없을 것이다. 내무대신은 그를 들볶았다. 이 지엽적인 문제를 해결하기 전까지는 다른 일을 모두 중단해야 할 터였다. 어쨌든 대신들 중에서도 존경받는 귀족이 살해당했으니까.

오늘 오후 에로는 파리의 자문 대신들을 접견했다. 그는 이 살인 사건에 대해서 얘기하든가 우물을 오염시키는 공중변소를 폐쇄하자고 건의하든가—빵집 주인들이 그 우물에서 물을 길어다 썼기 때문에 1년 중 절반은 그들이 만드는 빵에 문제가 있었다—둘 중 하나를 선택해야 했다.

에로는 부관들에게 고인이 폐렴으로 사망했다는 보고서를 올리라고 지시했다. 이 거짓말로 시간을 조금은 벌 수 있을 것이다. 그러나 살인범이 다시 한 번 범행을 저지른다면 비밀을 지키기 어려울 터였다. 그의 충직한 부하들은 시키는 대로만 할 뿐, 적극적이지도 않고 상상력도 없었다. 이 수사를 신중하고 효과적으로 이끌어 가려면 새롭고 특별한 인물이 필요했다. 기존의 사고방식에 얽매이지 않는, 경찰과는 다른 시각을 지닌 인물. 경찰총감이 손아귀에 휘어잡고 뒤흔들 수 있는 인물.

조건이 지나치게 까다로웠다. 그런 사람이 과연 존재하기나
할까?

제 1 장

근사한 성에 살던 볼테르,
거처를 잃고
다락방 신세가 되다

1731년 여름이 끝나갈 무렵, 메종 씨가 고작 서른 살의 나이로 세상을 떠났다. 메종 부인은 장례 미사가 열리는 교회에 들어서면서 행정 관헌이었던 남편의 동료들 중에는 자기가 모르는 얼굴도 참 많다고 생각했다. 이제는 죽고 없는 남편에게 이렇게 많은 친구가 있었다는 걸 뒤늦게 깨달은 그녀는 조금 놀라는 눈치였다. 남편은 파리 성문 근처에 커피나무를 재배하는 데 성공했고, 프랑스에 '프러시안 블루'라는 새로운 색상을 알리면서 적잖은 유명세를 누렸다. 장례 미사 주관자가 손을 써서 교회를 온통 프러시안 블루 색상으로 꾸며 놓은 덕분에 장례식에 독특한 분위기가 더해졌을 뿐 아니라 사람들의 혈색도 좋아 보였다.

장례 미사 주관자의 이름은 볼테르였다. 장례식장과 색조를 맞춘 프러시안 블루 계열의 옷을 입고, 주름 잡힌 스타킹에 금빛

고리가 달린 구두를 신은 볼테르는 고대 그리스의 곡하는 여인의 봉두난발을 연상케 하는 헝클어진 밤색 가발을 쓰고 있었다. 그는 슬픔을 가누지 못해 다르장탈 백작의 부축을 받으며 겨우겨우 앞으로 나아가 관을 덮은 새파란 천 위에 커피나무 가지를 얹었다. 평소 입심 좋기로는 누구에게도 지지 않을 볼테르였지만 이 날은 입 밖으로 몇 마디 뱉기도 힘겨워 보였다.

"사내 중의 사내…… 나의 충실한 벗이었지…… 나를 정말 좋아했는데! 이 상실은 결코 돌이킬 수 없겠지!"

사람들은 절대 그렇지 않다고, 볼테르를 좋아하는 사람들이 아직도 주위에 많다며 그를 위로했다. 정작 맨 앞줄 밀짚 의자에 앉아 있던 메종 부인은 조문객들에게 찬밥 신세였다.

"그런데 저 부인은 누구요?"

성에 사는 이들을 만날 기회가 없었던 한 교구 신자가 메종 부인을 가리키며 물었다. 누군가 그에게 그 부인이 바로 미망인이라고 가르쳐 주었다.

"아, 그렇습니까? 난 저기 저 울부짖는 사람이 상주인 줄 알았네요."

장례식의 상주 격인 미망인은 경악한 나머지 상심할 겨를조차 없었다. 볼테르가 준비한 장례식은 결코 예사롭지 않았다. 왕족의 장례식이라도 치르는 양 새파란 여름 하늘색으로 호화롭게 꾸며 놓은 교회에서 볼테르는 요란스럽게 탄식을 늘어놓고 있었다. 그의 눈물은 인정 많은 이들의 저고리를 축축하게 적셨다.

"벗을 잃는 것보다 슬픈 일이 어디 있으리!"

누군가 그에게 친구를 잃는 것보다 남편을 잃는 것이 더 슬픈 일이라고 대꾸해 줄 수도 있었을 것이다.

"이제 이 몸은 어디로 갈꼬?"

"집을 얻으세요. 그 정도 돈은 있잖습니까."

다르장탈이 대꾸했다.

"생각만 해도 끔찍하군! 분기마다 집세 내야지, 이사해야지, 살림 장만해야지, 하인들도 들여야지…… 자기 집은 아무래도 남의 집만큼 편하질 않다니까."

볼테르가 집세를 내고 살았던 마지막 집의 주인은 지나가는 사람만 보면 붙잡고 욕설을 퍼붓는 술꾼 여편네였다. 술이 취하면 벌거벗고 돌아다니며 계단통에 불을 지르겠다고 협박을 했고, 더러 그 협박을 실행에 옮기기도 했다.

"혼자 사는 건 따분해. 누군가가 나를 위해 주고 돌보아 주면 좋겠는데. 난 집안 건사할 시간도 없고, 그런 쪽으로는 취미도 없다네."

미사가 끝났다. 시신은 메종 가문의 가족 예배당으로 옮겨졌다. 사실 메종 씨의 장례식에서 조문객들은 얼굴을 노출하지 않았다. 고인은 딱하게도 천연두에 걸려 죽었다. 모두들 감염을 피하기 위해 얼굴에 베일을 드리우고 멀찍이 시신과의 거리를 유지했다. 마스크를 쓴 무리들 앞에서 매장이 진행되었다. 무력하니 축 늘어져 있던 볼테르가 그 광경에 놀라 소리쳤다.

"고인을 기리러 온 사람들 아니오? 아니, 저러고 있을 거면 뭣 하러 왔담?"

"다들 왜 왔는지 빤히 아시잖습니까."

다르장탈이 그렇게 쏘아붙이고는 다른 사람들처럼 멀찌감치 물러섰다.

볼테르는 이미 천연두를 앓은 적이 있었다. 어차피 고인도 그의 품에 안겨 세상을 떠난 참이었다. 묘혈을 파는 인부들 바로 옆에 서 있는 사람은 볼테르뿐이었다.

"살아 있는 천연두 환자보다 시신이 더 위험한 건 아니라오. 게다가 나는 강장제를 복용했소. 인간의 어리석은 짓거리에 전염되는 건 막을 수 없지만 나머지 병에는 끄떡없소."

볼테르는 고개를 숙여 마지막으로 한 번 더 나무 관에 입을 맞추었다. 조문객들의 마스크 사이로 공포에 찬 탄성이 새어 나왔다. 인부들이 묘석을 덮는 동안 볼테르의 탄식이 다시 늘어졌다.

"젊은 나이에! 아깝기도 해라!"

한 부인이 손수건으로 눈물을 훔치며 맞장구를 쳤다.

"그럼요! 난 이제 버림 받았습니다! 머물 곳도 없고, 후견인도 없고. 누가 나를 돌보아 줄꼬!"

파리 사교계의 왕은 자신의 장례식장에서도 눈부신 모습으로 시선을 독차지할 터였다. 그는 사람들을 숨도 못 쉬게 긴장시키고, 목청이 찢어져라 소리를 지르고, 울부짖고, 차라리 죽고 싶다며 소란을 피웠다. 이러다 줄초상이라도 치르는 게 아닐까 조문객들이 걱정할 정도였다. 그러던 인간이 갑자기 또 살아났다. 그의 입에서 재미있는 말들이 튀어 나왔고, 친구들은 레이스 소매로 입을 막고 터지려는 웃음을 겨우 참아야 했다. 그러더니 이제는 또 슬퍼 죽는다. 볼테르는 눈이 뻘게져서 흐느껴 울었다. 이제 비극의 시간이다. 그는 자신의 작품 〈오이디푸스〉*에서 이 상황에 맞는 몇 구절을 읊어 대기까지 했다.

전염되는 정신들, 이 제국의 독재자들,
이 벽에 우리가 숨 쉬는 죽음을 누가 불어 넣었을꼬,
전능하신 신들이시여, 내리치소서, 제물은 준비되었나이다!

좌중은 열렬한 박수를 보냈다. 아마 유족들을 제외하면 그 누구도 장례식에 참석한 것을 후회하지 않았을 것이다. 뭐, 어쨌든 아무도 불평하지 않는 구경거리란 있을 수 없는 법이니까. 어

---

* 1717년에 오를레앙 공의 섭정을 비방하는 시를 쓴 죄목으로 투옥된 볼테르가 옥중에서 완성한 비극. 1718년에 상연하여 큰 성공을 거둔 뒤 아루에라는 이름을 버리고 볼테르라는 필명으로 활동하기 시작하였다.

느덧 도취에서 깨어난 볼테르가 바르르 몸을 떨었다.

"아이고, 추워라. 이제 겨울이군. 지금이 몇 월이더라?"

"9월입니다."

더워서 죽을 지경이었던 다르장탈이 쏘아붙였다. 후원자를 잃은 철학자는 비관적으로 미래를 검토했다.

"40년 가까이 고즈넉하게 살아가고픈 욕구에 시달렸지. 여인숙, 친구들과 나눠 쓰는 방 따위는 지긋지긋하오. 촌구석에 처박힌 성도 싫소. 그런 데는 잠시 머무는 거지, 그다음엔 나가 줘야 하는 거요. 나는 쾌적하고, 위치도 좋고, 하인들이 북적대는 집에 정착하고 싶소."

다행히도 그곳에는 메종 씨를 애도하기 위해서라기보다 볼테르를 자기네 집으로 모셔 볼까 하는 속셈으로 장례식에 참석한 이들이 많았다. 볼테르는 그에게 위로의 말을 전하려고 기다리는 손님들 중에서 아무나 한 사람 선택하기만 하면 되었다.

"내가 뭘 많이 바라진 않소…… 통풍이 잘 되고 벽난로가 딸린 근사한 응접실은 있어야겠지. 그래야 뼛속까지 시린 몸을 덥히고, 약도 챙겨 먹지 않겠소? 실내복에 모피랑 머플러를 뒤집어쓴 편한 차림으로 벗들을 만나 내 책 이야기도 하고 그럴 수 있는…… 이게 뭐 지나친 요구요?"

어쨌거나 새틴으로 온몸을 휘감은 키 큰 부인에게는 그것으로 충분했다. 부인은 묘지와 묘지 사이에서 볼테르에게 연신 미소를 보냈다. 다르장탈이 그 미소를 해석해 주었다.

"2만 리브르의 연금을 받는 드 라 리보데 부인이 결혼을 제시하는군요."

볼테르는 부루퉁한 표정을 지었다.

"결혼 없이 3만 리브르라면 좋겠는데."

"데르비니 기사를 선택하시지요. 남자니까 결혼은 피할 수 있지 않습니까."

"독신남의 집에는 유숙하지 않소. 그런 사내들은 행실이 고약한 계집을 따라다니든가, 괜히 애꿎은 나까지 세간의 고약한 의심에 끌어들인단 말이오."

"베르니에르 후작 부부께서 선생님께 자택의 한 층을 다 내어 주시겠답니다."

볼테르가 조심스럽게 후작 부인에게 인사를 보냈다.

"한때 저 부인과 깊은 관계였는데 어떻게 그 남편과 한집에 살겠소. 혼자 사는 부인네들로 대상을 한정합시다."

그는 지원자들을 쭉 훑어보았다.

"너무 미인이라서 안 돼, 너무 분방해서 안 돼, 남편이 있어서 안 돼, 환상에 빠져 사는 여자는 안 돼, 빚이 많은 여자도 안 돼……."

볼테르의 시선이 나이가 매우 많고 뚱뚱한, 불그스름한 얼굴의 부인에게 머물렀다. 그 부인은 제복 차림의 하인과 젊은 시녀를 대동하고 있었다. 못생기고 돈 많은 여자, 이보다 이상적인 후보는 있을 수 없었다.

"퐁텐 마르텔 남작부인입니다. 나이가 많으니 결혼 걱정 없고, 워낙 연로해서 추문이 나지도 않을 것이며, 선생님의 지출을 충분히 감당할 정도의 재력도 있지요."

"저 부인은 어디에 사시나?"

"팔레 루아얄 정원이 보이는 자택에 사십니다."

"구미가 당기는군. 지적 수준은 어떠신가?"

"4만 권의 책을 소장한 부인입니다. 딱 하나 걸리는 점은, 구두쇠라는 건데요."

볼테르로 말하자면 제 아무리 굳게 닫힌 지갑이라도 열 수 있다는 자신감이 충만한 사내였다. 미래가 다시 그에게 미소를 보내고 있었다.

"내가 누군가, 돈 많고 늙은 부인들의 구세주 아닌가!"

묘혈 파는 인부들이 볼테르에게 저승 노잣돈을 달라고 손을 내밀었다.

"내가 아니라 저 부인에게 달라고 하시구려."

볼테르는 그렇게 말하며 메종 부인을 가리켰다. 장례식에 참석한 좌중은 볼테르가 퐁텐 마르텔 남작부인의 팔을 잡고 걸어가는 모습을 바라보았다. 진정한 애도는 그때부터 시작되었다.

제2장

잘 차려 먹는 법을 배우기에
너무 늦은 때는 없다

사륜마차가 팔레 루아얄 방향으로 달리는 동안 퐁텐 마르텔 부인은 '부족한' 자신이 맞은편 좌석에 앉아 계신 철학자를 너무 실망시키지나 않았으면 좋겠다는 소망을 피력했다.

"무슨 말씀을! 전 그 동네를 아주 좋아합니다!"

마차는 작은 사저의 안뜰에 멈춰 섰다. 아기자기하고 장식적인 맛은 없지만 부티가 흐르고 잘 관리된 인상을 주는 건축물이었다.

"완벽하군요. 근사한 저택인데요. 당연히 저 옆에 있는 집은 아니길 바랐거든요."

볼테르가 오를레앙 공작의 궁을 가리키며 말했다. 남작부인 저택의 매력은 그 집 주인의 매력에 정확히 반비례했다.

"작은 낙원이 따로 없네요! 부인은 이 낙원의 선녀이시고요!"

문제의 선녀는 70세의 나이에도 기력이 정정한 부인네로서 루이 14세 치하에서 여러모로 덕을 좀 본 듯했다. 습진을 감추기 위해 떡칠한 백분과 연지는 전체적인 용모를 되레 깎아 먹는 효과만 낳았다. 날카로운 푸른 눈에 의심과 조소가 넘치는 걸로 보건대, 아마도 자신의 동시대인들에 대해 가차 없는 판단을 내리는 사람일 성싶었다. 하얗게 센 곱슬머리, 완벽하게 그린 눈썹을 봐서는 한때 상당한 미모를 자랑했을 법도 하지만 이제 그 미모의 가장 눈에 띄는 증거는 목에 감긴 세 줄짜리 굵직한 진주 목걸이, 번쩍번쩍한 보석들, 영원히 남길 수 있는 자택, 후원으로 얻게 된 상당한 소득이었다. 남작부인의 지능은 우월하다 할 수는 없지만 신랄하다 못해 가끔은 잔인하기까지 한 야유를 받고 싶지 않다면 결코 얕잡아 보아서도 안 되었다. 그녀는 자기와 같은 신분의 사람들과 있을 때에는 재미있는 사람, 자기 결점을 너그러이 인정할 줄 아는 사람이었다. 그러나 아랫사람들에게는 모질었고 자기 손아귀에 있는 사람에게는 무자비했다. 다행히도 볼테르는 미꾸라지 빠져나가듯 그런 상황에서 빠져나가는 수완이 좋았다.

　이 저명한 손님에게는 지붕 바로 아래 거처를 제공하기로 되어 있었다. 천장이 조금 낮기는 했지만 파리에서 수풀이 가장 무성한 정원이 내려다보이는 전망이 끝내줬다. 퐁텐 마르텔 부인은 이 방이 손님 마음에 들기를 바랐다. 세간이 금세 도착한 걸로 봐서 답은 나온 셈이었다. 볼테르는 남작부인이 이따금 혼자 틀어박히곤 하는 작은 진열실에만 들어가지 말아 달라는 부탁을 받았다.

"페로의 동화 속에 들어온 기분이군! 모든 집에는 비밀이 하나쯤 있어야지!"

볼테르는 희희낙락했다. 그때까지만 해도 볼테르는 이 비밀이 그를 어떤 궁지로 끌고 들어갈지 몰랐다. 볼테르는 혼자 있게 되자 그 금지된 방의 문고리를 괜히 힘주어 잡아 보았다. 그러나 이 집에서는 볼테르에 대한 신뢰가 각별한 만큼 열쇠로 방문을 잠가 두는 일도 잊지 않았다. 그래서 볼테르는 이 집에서의 첫날 오후를 얌전하게 책 정리나 하고 자신이 소장한 그림들을 하인들이 제대로 거는지 감독하는 일로 보냈다. 보잘것없는 사내라면 짐도 단출하겠지만 위대한 정신의 소유자는 장서도 많지 않겠는가.

볼테르는 밥상의 매력이 여주인의 매력에 반비례할 것이라고 믿었다. 첫 끼니는 충격이었고, 두 번째 끼니는 실망이었으며, 세 번째 끼니는 시급하게 바로잡아야 할 과오로 보였다. 철학자는 남작부인과 시녀 사이에 앉아 서글픈 표정을 지어 보였다. 시녀는 예쁘장한 적갈색 머리의 양갓집 아가씨였는데 남작부인에게 적잖이 들볶여 사는 눈치였다.

퐁텐 마르텔 부인은 볼테르가 마른 체격이기 때문에 음식에 그리 신경 쓰지 않는 편일 거라고 생각했다.

"이럴 수가! 저녁 식사는 사교계의 축입니다! 먹는 게 중요한 게 아니라 먹을 것을 '베푸는' 것이 중요합니다!"

철학자는 분통을 터뜨렸다. 남작부인은 자신이 젊었을 때에는 손님들이 많이 찾아 왔지만 어느 때인가부터 그렇지 않게 됐다고 말했다.

"언제부터요?"

"그러니까…… 15년, 아니 20년쯤 됐나요."

볼테르는 남작부인이 당한 모욕을 즉시 바로잡기로 했다.

"당장 닭이나 잡으시지요. 함께 먹을 손님은 제가 데려오겠습니다!"

그들은 하루를 정해서 볼테르에게 모든 것을 일임하기로 했다. 그날은 남작부인이 손님들을 초대하는 날이 될 터였다.

"일요일로 잡읍시다. 미사에 가지 않는 사람들은 모두 이리로 올 겁니다."

그는 자신을 추앙하는 이들에게 전했다. 누구나 와서 먹어도 좋다고, 또한 함께 나누어 먹을 수 있는 음식 선물을 환영한다고. 게다가 이때부터 먹을 것에 대해 결코 인색해선 안 될 것이라는 말까지 하고 다녔다. 게다가 볼테르는 밥값을 톡톡히 했다. 남작부인의 저택을 최신 유행에 맞는 살롱으로 변모시키는 작업은 이만저만한 일이 아니었다. 끊임없이 집주인의 타고난 구두쇠

성품과 싸우며 그녀를 인심 후한 호구의 길로 돌려놓아야 했으니까. 불 때는 장작을 가지고도 실랑이를 해야 했고, 양초, 시큼한 포도주, 샴페인 등등을 두고도 싸워야 했다.

개혁에 개혁을 거듭한 결과, 손님들의 수가 늘고 수준도 높아졌다. 볼테르가 드디어 두 명의 왕족까지 집으로 불러들이는 데 성공하자 남작부인은 행복해서 숨이 막힐 지경이었다.

"이전의 나는 뚱뚱하고 우스꽝스러운 남작부인이었지요. 그러나 이제는 볼테르를 데리고 있는 뚱뚱하고 우스꽝스러운 남작부인이 되었네요!"

볼테르는 아무도 자기 앞에서 뚱뚱하다는 둥 우스꽝스럽다는 둥 지껄이지 못하게 하겠노라 맹세했다.

"내가 당신을 평생 잡아 두고 싶은 이유가 바로 그거예요. 당신은 여인의 가장 큰 자랑거리니까요."

과연, 남작부인은 이제 외투와 장갑과 볼테르 없이는 외출도 하지 않았다.

볼테르는 리낭이라는 젊은 사제를 남작부인의 비서로 채용했으면 좋겠다고 제안했다. 남작부인은 그 사제가 사실상 볼테르의 비서 노릇을 하게 될 것임을 금세 간파했다. 그녀는 젊은 남자를 집에 들이고 싶지 않다는 핑계로 볼테르의 제안을 거절했다. 젊은 남자들은 죄다 바람둥이라서 자기는 젊은 남자를 보면 좋지 않은 기억이—좋았던 추억도 몇 가지 있긴 하지만—떠오른다나.

당시 유행하는 풍속대로 문학 이야기에 싫증이 난 사람들은 카드놀이로 넘어갔다. 볼테르는 비리비*에서 1만 2000프랑을 잃었다. 수많은 집안의 아들내미들이 비리비 게임에 빠져 신세를 망쳤다. 이제 그 짓에도 종지부를 찍어야 했다. 볼테르가 신세를 망치면 남작부인이 신세를 망친다. 그는 이 집에 신세를 망치러 온 것도 아니요, 남작부인이 노름에 빠져 요긴하게 쓸 수 있는 연금을 탕진하는 꼴을 보러 온 것도 아니었다. 게다가 남작부인의 재치에는 정나미가 떨어질 만큼 잔인한 구석이 있었다. 하루는 볼테르와 퐁텐 마르텔 부인이 팔레 루아얄 정원을 산책하다가 지인들과 우연히 마주쳤는데 무리 줌에 한 부인이 꽃병을 거꾸로 엎어 놓은 것 같은 어마어마한 크기의 밀짚모자―거대한 모자에는 거대한 리본이 거대한 고리에 달려 있었다―를 쓰고 있는 것을 본 남작부인이 큰소리로 말했다.

"머리에 희한한 걸 쓰고 다니는군요!"

일행이 남작부인에게 그 부인은 영국인이라고 귀띔해 주었다. 자기네 나라에서 유행하는 모자를 쓰고 다니는 걸 뭐라 할 수는 없지 않은가.

"너그러이 양해해 주세요. 영국인은 흉측한 꼴을 하고 다녀도

* 1부터 70 사이의 숫자에 돈을 건 뒤 자루에서 똑같은 숫자를 꺼내면 64배를 돌려받는 노름의 일종.

된다는 걸 몰라서 그랬으니까요."

볼테르는 남작부인이 해야 할 말과 하지 말아야 할 말을 전부 적어 주는 편이 낫겠다고 생각했다. 상황을 보건대 곧 이 방법을 적용할 기회가 생길 터였다.

하루는 한밤중에 작은 소동이 일어났다. 볼테르는 단꿈에 빠져 있던 차였다. 그는 아카데미에 들어가 예수회 수사 세 명, 얀센주의자 한 명, 로앙* 기사와 맞닥뜨렸다. 좌중은 박수를 치며 볼테르의 연설을 기다리고 있었다. 희한하게도 그의 앙숙들은 악단까지 준비시켜 놓았던 모양이다. 새로운 불멸의 주인공의 귀에 그다지 조화롭지 못한 피리 소리가 들렸기 때문이다.

기쁨의 함성이 아닌 것은 분명한 고함 소리에 볼테르는 갑자기 현실 세계로 돌아왔다. 비가 내리고 있었다. 빗방울이 지붕과 포석을 요란하게 두들겨 댔다. 어쨌든 피리 소리는 분명히 꿈속에서만 존재하는 것이 아니었다. 볼테르는 알 수 없는 가락의 마지막 부분을 틀림없이 들었다. 피리 소리가 갑자기 뚝 끊어졌다. 볼테르가 맨 처음 한 행동은 실내화를 찾아서 신고 이 시각에 빗소리를 들으며 피리를 불어 댈 생각을 한 그 작자에게 자신의 생각을 똑똑히 알리러 가는 것이었다.

볼테르의 두 번째 행동은 이불을 뒤집어쓰는 것이었다. 집 안

---

* 볼테르는 당시 귀족 가문인 로앙 기사를 모욕한 죄로 영국으로 추방당한 바 있다.

에서 끔찍한 비명이 들렸기 때문이다. 계단에서도 우당탕 하는 소리가 났다. 문인으로서의 볼테르는 공격이 최선의 방어라는 지론을 갖고 있었기에 꺼진 촛불을 붙잡고 털모자를 눌러 쓴 후 조심스레 문을 열고 무슨 일이 일어났는지 보러 나갔다. 얼빠진 눈을 한 남작부인이 잠옷 바람에 부인용 모자만 쓴 채 맨발로 복도를 헤매고 있었다. 부인은 촛불도 없이 혼자서 여기까지 나온 듯했다. 불빛이라고는 복도 반대쪽 끝에서 하녀와 시녀가 떨리는 손으로 들고 있던 촛불밖에 없었으니까. 볼테르는 얼른 노부인의 손을 잡고 그녀의 방으로 데려갔다.

창문이 훤히 열려 있었고, 마룻바닥에도 뭔가 축축한 흔적이 남아 있었다. 세찬 바람에 창문이 열리면서 깨지는 통에 부인이 자다가 놀랐던 모양이었다. 볼테르는 부인을 자리에 눕히고 불을 새로 피우라고 지시했다. 하인들이 분주히 일하는 사이 볼테르는 마룻바닥에서 구겨지고 축축한 종이 쪼가리 하나를 주웠다. 종이에는 오선지가 그려져 있었다. 뜻밖이었다. 남작부인은 음악에 조예가 있는 사람이 아니었으니까. 볼테르는 그 종이 쪼가리를 털모자 속에 쑤셔 넣고 더 이상 생각하지 않았다.

퐁텐 마르텔 부인은 베개에 몸을 기댔다. 부인의 눈은 여전히 숲 속에서 늑대를 만난 여자의 눈처럼 겁에 질려 있었다.

"폭우가 치는 탓에 헛것을 보셨나 봅니다."

볼테르는 더 늦기 전에 아카데미에 입성하는 꿈으로 돌아가고 싶어 별 생각 없이 그렇게 말했다.

"내 꿈에서는 비가 오지 않았어요!"

헛것을 본 부인이 날카롭게 대꾸했다.

'내 꿈에서도 비는 안 왔거든.'

볼테르는 속으로 대꾸했다.

하인들이 덧창을 갈아 끼우는 동안 퐁텐 마르텔 부인은 잠시 어두운 밤하늘을 응시했다.

"있잖아요, 끔찍한 악몽을 꾸다가 잠에서 깨면…… 그게 더 끔찍해요."

"무슨 말씀이십니까, 끔찍하긴요. 제가 있지 않습니까!"

볼테르가 부인의 손을 토닥토닥 두드리며 위로하자 부인이 그의 손가락을 꽉 잡아 쥐었다. 볼테르는 마치 가재의 집게발에라도 물린 기분이었다.

"아! 나의 벗이여! 내가 세상에서 제일 무서운 꿈 이야기를 해 볼까요."

"감사히 듣겠습니다."

볼테르는 얼얼해진 손가락을 빼내려 애쓰며 대답했다. 그는 막대한 재산은 저주나 다름없다고 믿었다. 사소한 곤경을 해결하기 쉬워질수록 거대한 실존적 문제들에 대해서는 속수무책이 된다.

"깊고 무서운 밤에 있었던 일이에요."

남작부인이 입을 열었다. 똑같은 악몽이 점점 더 자주 되풀이된다고 했다. 검은 망령이 남작부인을 쫓고 있었다. 그녀가 어디로 가든 무덤의 그림자가 발치에 어른거렸다. 남작부인이 자신의 처소에 숨어 있는데 창문으로 사람 얼굴이 보였다. 부인의 처소는 위층에 있는데 말이다! 그녀는 어디로 도망쳐야 할지 몰랐다.

"왜 이런 일을 당하는지는 내가 알아요."

남작부인은 수수께끼 같은 소리를 했다. 물론 볼테르도 짚이는 데가 있었다. 그러나 그 가설을 입 밖으로 뱉는 것은 무례한 일이 될 성싶었다. 아탈리는 정신착란에 빠져 살게 내버려 두어야 하는 법이다.[*]

남작부인은 신앙이 없었다. 신자라면 누구나 하게 마련인 고해성사도 부인에겐 해당 사항이 없었다. 그런 까닭으로 부인은 그날 밤 철학자를 고해 신부 삼아 침대 머리에 앉혀 놓기로 마음먹은 것 같았다.

"내가 죄를 지었습니다. 그것도 아주 큰 죄를요. 용서 받을 수 없는 그 죄가 지금까지 나를 쫓아다닙니다!"

철학자는 부인이 한이 많아 헛것을 보는 모양이라고 짐작했다. 탈진한 부인이 더 이상 말을 잇지 못하자 ─ 볼테르 역시 더

---

[*] 라신의 비극에 등장하는 인물인 아탈리는 이스라엘 왕의 미망인으로서 이교도가 되어 조상들의 신앙을 박해하다가 나중에 응징을 당한다.

알고 싶은 마음이 없었기에—더 필요한 것은 없는지 확인한 뒤에 책 읽어 주는 시녀에게 부인을 맡기고 안녕히 주무시라는 인사를 남긴 채 서둘러 방을 나왔다.

볼테르는 자기 방으로 돌아가면서 생각에 잠겼다. 어쩌면 지금이 남작부인의 고통을 달래 줄 새로운 종류의 약을 만들 기회가 아닐까.

제3장

볼테르는 문학으로 살고
남작부인은 새끼멧돼지 요리로 산다

유령이 어떻고 악몽이 어떻고 간에 볼테르는 남작부인이 카드 놀이에 빠지거나 바보 같은 소리를 지껄이지 못하게 막을 방법을 찾아낸 참이었다. 남작부인이 자기가 아탈리라도 되는 줄 알고 있으니 이제 일요일 모임에서 친한 사람들끼리 연극을 공연해 보면 좋을 터였다. 여주인에게도 역할을 맡겨서 그 대사만 하게 한다, 그 후에는 밥을 먹느라 입이 바쁠 테니 허튼소리를 지껄일 기회도 줄어들 것이다.

볼테르는 부인의 동의를 얻기 위해 그리스 신화집에서 그럴싸한 주제를 골라 자신의 특기인 비극 소품 한 편을 며칠 만에 완성했다.

"저의 〈에리필레〉를 보여 드리겠습니다."

"습진만으로도 됐어요!"*

그녀는 '에리필레'가 연극 제목이라는 것을 알고 난 후에도 시큰둥하기만 했다. 그래도 남작부인을 무대에 세우기로 작정한 볼테르는 부인에게 작품을 읽어 주었다.

에리필레 왕비는 젊은 날 애인이 자신의 남편과 아들을 죽이려 드는 것을 방관했다. 이제 나이 든 왕비는 불길한 환각을 보기 시작한다. 귀신이 그녀를 쫓고, 사원의 벽이 흔들리는가 하면, 불길한 음악 소리가 흘러나온다. 급기야 죽은 왕의 유령을 길에서 봤다는 사람들이 나타난다. 선왕을 죽인 에리필레의 애인이 새로운 왕으로 유력시되던 찰나, 뛰어난 무공으로 추앙받는 이방인 젊은이가 등장한다. 다소 근친상간적으로 보일 법한 결말은 유령의 등장으로 극의 재미를 더하며 권선징악에 의한 부모 살해로 이어진다.

퐁텐 마르텔 부인은 충격에 빠졌다. 그녀의 강박관념을 고대의 비극으로 녹여낸 사실은 조금도 놀랍지 않았다. 에리필레라는 원형을 생각하기에는 그녀의 삶이 너무 크게 와 닿는 작품이었으니까. 남작부인은 실로 기념비적인 비극, 감탄할 만한 캐릭터, 한마디로 대단한 수작이라고 평가했다.

"이렇게 훌륭한 희곡은 처음이에요!"

자기 얘기를 하는 희곡을 처음 봤으니 당연한 일 아닌가.

---

* '에리필레'라는 생소한 이름이 '홍진, 홍반érythème'을 연상시키기 때문에 이 책에서 이 이름이 언급될 때마다 등장인물들은 피부병의 일종으로 오해를 한다.

남작부인의 살롱에서 〈에리필레〉는 수많은 벗들을 앞에 두고 가벼운 주전부리와 메인 코스 사이에 공연되었고, 나중에도 몇 번이나 재연되었다. 좋은 술과 문학에 대해서 뭘 좀 안다 하는 파리 사람들은 모조리 이 집 살롱에 모습을 드러냈다. 작가는 음식이 변변찮은 숙소에 손님들이 넘쳐나게 하는 기적을 이루었다. 남작부인은 피곤하지만 흡족하게 저녁 모임을 마치고 나서 리큐르 잔을 손에 든 채 크고 푹신한 안락의자에 털썩 주저앉았다.

　　"아, 나의 귀여운 볼테르! 내가 당신 때문에 죽겠어요!"

　　"말이 나와서 말인데요……."

　　어느 날 저녁 볼테르가 입을 열었다. 볼테르는 남작부인이 자기 사람들에게—특히 남작부인의 시녀에게—뭔가 남겨 줄 생각을 미리 해두어야 한다고 생각했다. 그는 워낙 겸손한 사람인지라 자기 얘기는 하지 않았다. 부인이 세상을 떠나면 그 가엾은 아가씨는 어디로 가야 하나(그는 또 어디로 가야 하나)? 남은 이들이(볼테르 자신이) 남작부인을 그리워할 수 있도록 뭔가 준비를 해두어야 했다.

　　"걱정 말아요. 유언장이 있으니까."

　　"네, 하지만 아주 오래 전에 작성한 유언장이지 않습니까. 유언장이란 신선할 때 먹어 치워야 하는 음식 같은 겁니다. 지금 부인의 행복에 일조하는 사람들을 위해서 한몫 남겨 두셔야 하지 않겠습니까. 부인의 하인들은 박봉을 받고 있지요. 그들의 미소와 인내심은 약속으로 사들일 수 있습니다. 그렇게 되면 그들은 부인이 돌아가실 때 친어머니를 잃은 듯 애통해할 겁니다."

사후의 찬사는 남작부인의 무신론과 별로 어울리지 않았다. 부인은 윤곽이 흐릿하고 모호한 천국 따위에 희망을 두지 않았고 바로 그렇기 때문에 애원과 후회밖에 모르는 사람이었다. 반면에 허울 좋은 말로 하인들의 급료를 후려칠 수 있겠다는 생각은 부인의 절약 정신과 잘 맞아 떨어졌다. 그래서 부인은 시녀 그랑상에게 유언장을 통해 자기가 죽은 후에도 그녀에 대한 선처를 부탁해 놓겠다고 선언했다. 이 아가씨가 얼마나 기뻐했는지 부인이 보기에 좀 민망할 정도였다. 게다가 그녀가 고맙다면서 목을 끌어안고 매달린 상대는 남작부인이 아니라 볼테르였다. 그녀는 누구 덕분에 이런 떡이 굴러들어 왔는지 똑똑히 알고 있었다.

"너무 들뜨지 말아요. 부인의 체질로 봐서는 백 살까지도 살 겁니다. 아가씨가 좋은 혼처를 구해 나가기 전까지 내 희곡을 골백번은 무대에 올릴 수 있을 거요."

볼테르가 그랑상에게 충고했다. 남작부인의 계산도 다르지 않았다.

봄에 볼테르는 잠시 남작부인에게서 벗어나 자신의 또 다른 뮤즈인 기즈 부인의 아르퀘이 자택에 머물렀다. 그곳에서 볼테르는 불과 22일 만에 〈자이르〉라는 제목의 비극을 탈고했다. 코메디 프랑세즈는 이 작품을 상연 레퍼토리에 올렸고, 그해 여름과 가을에 공연은 성황을 이루었다. 남작부인의 심경은 모호했다.

"내 집에 있을 때에는 모두를 불쾌하게 하는 저열한 시만 쓰더니, 기즈 부인 집에 가서는 최근 10년 사이에 가장 큰 성공작을 뚝딱 써냈군요!"

남작부인은 그 어느 때보다 늘어난 숭배자들 앞에서 볼테르 부인 행세를 하는 것으로 위안을 삼았다. 게다가 볼테르도 자기 얘기를 하면서 종종 "우리 퐁텐 마르텔 가 사람들"이라는 표현을 쓰곤 했으니까.

코메디 프랑세즈에서 〈자이르〉의 여주인공을 맡은 배우가 병이 나자 볼테르는 남작부인의 저택에서 공연을 재개했다. 평소 친한 사람들끼리 역할을 나눠 맡았다. 남작부인의 시녀가 자이르 역을 맡았고 볼테르는 자이르의 아버지 뤼지냥 역을 맡았다. 볼테르 본인을 위시하여 모두들 그가 역할을 잘 소화했다고 생각했다.

볼테르는 엄청난 성공에 얼떨떨했다. 문학은 노름, 그것도 그가 언제나 판돈을 쓸어 모으려고 애쓰던 노름이었다. 자이르 역을 맡은 그랑샹 양으로 말하자면, 그녀의 미색은 박수갈채를 받을 만했다. 볼테르는 그 점도 기뻤다.

"흠잡을 데가 없는 아가씨입니다. 그녀에게 잘해주세요."

"그럼요, 다 생각이 있답니다."

그러면 또다시 이야기는 거기에서 끝났다.

볼테르를 숭배하는 이들이 그에게 이런저런 먹을거리를 보내오곤 했지만 선물이 도착할 때 당사자가 집에 없으면 낭패였다. 1733년 1월의 어느 날, 볼테르가 베르사유에 갔다가 돌아와 보니 남작부인이 식탁에 앉아 있었다. 평소보다 훨씬 이른 저녁 식사였다. 기다리기가 지루했던 남작부인이 시간을 앞당겨 식사를 했고, 남은 음식이라고 해봤자 어쩌나 조금인지 지앙 산 도자기의 꽃무늬조차 가리지 못했다. 부인은 그 남은 음식마저 걸신들린 사람처럼 허겁지겁 먹어 치웠다. 그제야 입을 연 부인은 새끼멧돼지 고기를 5파운드나 보내 주서서 감사하다는 인사를 클레망 씨에게 전해 달라고 말했다. 다 먹고 남은 뼈만이 그 맛난 새끼멧돼지의 존재를 증명해 줄 수 있었다. 아귀 같은 여주인이 제일 맛있는 고기를 먹고, 하인들은 나머지를 깡그리 해치웠다. 정작 그 선물을 받아야 할 사람에겐 친절한 편지와 상황에 맞게 쓴 시 한 편밖에 남아 있지 않았다.

기다란 레이스 소매 옷을 입고 육식 동물의 눈을 한 퐁텐 마르텔 부인은 자기보다 더 힘센 맹수가 오기 전에 서둘러 먹잇감을 먹어 치운 족제비 같았다. 볼테르는 현명하게도 부인의 접시에 가까이 다가가지 않았다. 위대한 예술가들은 고기가 아닌 사상을 먹고 사니 이 얼마나 다행한 일인가. 그리고 이 집은 나름 대로 그에게 충분한 보상을 하고 있었다.

새끼멧돼지를 해치운 부인은 단 것이 먹고 싶어졌다. 마침 익명의 숭배자가 몇 가지 종류의 과일 설탕조림을 두고 간 참이었다. 볼테르가 의자에 앉아 베르사유를 방문한 일에 대해서 이야기하는 동안, 이 집의 여주인은 과일 설탕조림을 퍼먹기 시작했다. 그는 부인이 자기가 없는 틈을 타서 다시 고약한 짓을 했다는 사실에 약이 올랐다. 남작부인은 6인분의 식사를 해치우고 볼테르가 자기 집에 끌어들인 몇몇 인사들에 대해서 못된 말을 늘어놓았다. 그들은 모두 볼테르가 신중히 배려해야 한다고 생각하는 재사*들이었다. 볼테르는 남작부인에게 경고했다.

"가까운 사람들에 대한 생각을 자꾸 입 밖으로 내어 말씀하시다 보면 곤란한 경우를 당하십니다."

"지겨운 벗들을 봐주며 괴로워하느니 조롱을 퍼붓고 적을 만드는 게 나아요!"

남작부인은 음식을 우적우적 씹으며 쏘아붙였다. 그것은 되레 볼테르가 금과옥조로 삼을 법한 말이었다. 남작부인의 입에서 튀어나오는 말을 듣다 보면 종종 그녀를 어디까지 너그럽게 봐줘야 하는지 계산이 나오질 않았다.

"흥! 왕의 형제이자 무슈*이신 분의 비호를 받은 부인을 누가 감히 적으로 세운다는 거예요!"

남작부인이 희한하게 머리를 흔들며 이 한마디를 덧붙였다.
어이없이 바라만 보던 볼테르는 부인에게 현실을 일깨워 주었다.

"무슈는 30년 전에 돌아가셨습니다."

남작부인은 손짓 한 번으로 이 지적을 일축했다.

"나는 섭정 오를레앙 공작의 후의를 입고 있다고요."

하지만 섭정도 이미 10년 전에 죽었다. 볼테르는 부인이 과음을 했나 싶어 눈으로 술병을 찾았다. 술병은 보이지 않았다. 게다가 이 노부인은 이 시각에 술을 마시는 버릇도 없었고 술이 세서 웬만하면 취하지도 않았다.

별의별 소리를 늘어놓던 부인이 별안간 대단한 비밀을 털어놓기라도 할 듯이 유언장과 함께 공개할 편지가 있노라고 탁한 목소리로 말했다. 지금은 잘 감추어져 있는 그 편지가 자신이 죽은 후에 큰 소란을 일으킬 거라나. 그녀는 자신의 적들을 잘 안다고, 그 적들은 자신의 파멸을 바라지만 결국 실망하게 될 거라고 말했다.

볼테르는 남작부인이 자기가 보는 앞에서 혼절하는구나 생각했다. 새끼멧돼지 고기를 그렇게 먹어 대더니 탈이 나고 만 것이다. 결국 부인은 지앙 산 샐러드 볼에 먹은 것들을 게워 냈다. 하인이 역겹다는 표정으로 샐러드 볼을 들고 나갔다. 남작부인은

* 섭정 오를레앙 공작의 부친이자 루이 14세의 동생인 선대 오를레앙 공작(필립 오를레앙 1세, 1661~1701)을 가리킨다.

속이 조금 편해졌는지 다시 엉뚱한 소리를 지껄이기 시작했다.

"말벌 떼처럼 주위를 맴돌아도 내가 마음만 먹으면 얼마든지 따돌릴 수 있지. 그래봤자 그 사람에게는 증거가 없는 걸! 증거야 늘 그 자리에 있지만 자기가 모르는 걸 어쩌겠어."

볼테르는 무슨 증거를 말하는 거냐고 물었지만 소용없었다. 남작부인은 더는 말하려 하지 않았고 자신의 비밀에 관심을 두는 그 사람이 누구인지도 밝히려 들지 않았다. 볼테르는 조심스럽게 하인들을 불렀다. 상을 치우려는 하인들에게 볼테르는 남작부인만 치우면 된다고 말했다. 그때 갑자기 웃음을 터뜨린 남작부인 덕에 볼테르는 소스라치게 놀랐다.

"아, 볼테르! 당신 때문에 내가 죽겠다니까요!"

부인은 그렇게 소리를 지르고는 의자와 함께 뒤로 나자빠졌다. 이 일관성 없는 행동, 새끼멧돼지 고기를 가로채 놓고 트림까지 하고 앉아 있는 꼴을 본 뒤 볼테르는 식욕이 적잖이 달아났다. 그는 남작부인이 진수성찬을 먹고 헛소리를 지껄이든 말든 하인들이 알아서 하라고 내버려 둔 채, 모자와 털외투, 지팡이를 챙겨 들고 밖으로 나갔다. 정원의 나뭇가지 아래서 초콜릿이나 한 잔 마시며 위안을 구할 생각이었다.

제4장

남작부인이 죽었다가 살아나는 모습을
하룻밤에 다 보다

퐁텔 마르텔 가 저택의 마당은 창살문 하나만 통과하면 팔레 루아얄 정원으로 바로 통했다. 그 창살문은 밤에만 닫아 놓는데 그나마도 깜박 잊고 닫지 않는 날이 많았다. 낮 동안 누구에게나 개방되는 팔레 루아얄 정원은 넓은 장방형 대지에 자리 잡고 있는데 나무들은 울창했고 정원의 삼면은 으리으리한 귀족들의 저택에 둘러싸여 있었다.

계절이 무색하게 공기가 맑고 온화했다. 어디선가 새소리처럼 은은한 수수께끼의 피리 소리도 들려왔다. 볼테르는 정자로 들어갔다. 두 개의 화로가 타고 있는 정자는 아늑하고 따뜻했다. 볼테르는 초콜릿을 홀짝거리며 네덜란드 신문을 훑어보았다. 네덜란드 신문이야말로 진짜 프랑스 뉴스를 전해 주는 유일한 신문이었다.

볼테르는 초콜릿을 음미하며 프랑스인들에 대한 네덜란드인들의 비방을 감상한 후에 느릿느릿 집으로 발걸음을 옮겼다. 여우털 조끼를 입은 부인네들과 지팡이를 들고 나온 신사들이 나무들 사이로 산책을 하고 있었다. 피리 소리 같은 목소리가 그를 불러 세웠다.

"이봐요, 귀여운 장난꾸러기 양반! 님프를 찾고 계셨나요?"

님프를 사처한 여인은 화장을 떡칠하고 젖가슴이 설득을 얻기 위한 두 개의 논거라도 되는 양 노골적으로 상체를 내밀고 있었다. 돈을 주고 쾌락을 사는 데 취미가 없는 장난꾸러기 양반은 고개만 까딱해 보이고 다른 방향으로 계속 걸어갔다.

조금 더 가니 울타리 위에 숨어 있던 신사가 볼테르를 조심스럽게 불렀다. 볼테르는 매춘부도 싫었지만 남자가 치근대며 접근하는 것도 딱 질색이었다. 그래서 다시 한 번 방향을 바꾸어 걸어가는데 이 구역을 관할하는 샤틀레 경찰서 서장을 맞닥뜨렸다. 한때 볼테르가 필요 이상으로 자주 만나야 했던 바로 그 경찰서장이었다. 볼테르는 경찰들과의 우연한 만남은 유쾌하게 끝날 수 없다는 사실을 다시 한 번 확인했다. 그는 다시금 높으신 분들의 요주의 대상이 되어 있었다. 그의 적들 중 한 사람이 볼테르가 옛날에 썼다는 풍자문 한 편을 들고 나오는 바람에 궁정에 미운털이 박힌 것이다. 글로써 왕실을 모욕했다는 혐의를 뒤집어쓴 볼테르는 자기는 그런 글을 쓰거나 서명을 한 적이 없다고 변명했지만 소용없었다. 경찰서장은 볼테르의 증언을 들으러 온 사람이 아니었다. 다행히 고위직에 있는 후원자가 볼테르를 잘 타이르고 감독하겠다고 나섰다. 볼테르는 앞으로 몇 달간 아무 말 나오지 않도록 행동을 자중하라는 경고도 받았다. 독기를 품은 볼테르는 힘없고 불쌍한 사람들만 붙잡고 들볶는 경찰들에 품은 한을 곱씹으며 집으로 가는 걸음을 재촉했다.

골목길에는 부산하게 움직이는 사람들이 있었다. 잦아드는 햇빛 속에 이쪽 지붕에서 저쪽 지붕으로 훌쩍 뛰어가는 그림자를 얼핏 본 듯했다. 그 지붕 바로 아래쪽, 가까운 긴물 외벽으로 산책자들의 모습이 보였다. 창녀, 가택 침입 강도, 경찰관…… 볼테르는 이 동네도 아주 맛이 갔구나 생각했다. 어느덧 해가 기울고 있었다.

창살문을 통해 마당으로 들어간 볼테르는 남작부인 저택의 문을 두드렸다. 그런데 문을 열어 준 하녀의 얼굴이 사색이 되어 있었다.

"마님께서!"

볼테르는 남작부인의 엉뚱한 짓거리에 슬슬 짜증이 나려던 참이었다. 아무래도 좀 더 평온한 거처를 알아보는 게 낫지 않을까.

"부인께서 또 뭘 어쩌셨다는 건가?"

"돌아가셨어요!"

아무래도 예상보다 더 빨리 거처를 옮겨야 할 모양이었다. 볼테르는 하녀에게 부인이 지금 어디에 있는지 물었다. 부인이 식탁에서 일어난 뒤 침실로 돌아와 누웠다는 말을 들은 볼테르는 안심했다.

"부인께서 깊이 잠드신 것을 보고 자네가 착각한 게지."

"그게 아니라니까요!"

볼테르는 이층으로 올라갔다. 보주네라는 하인이 그의 앞을 가로막았다.

"들어가시면 안 됩니다! 끔찍해요!"

과연, 끔찍했다.

남작부인은 흉물스러운 나이트캡을 쓰고 누워 있었다. 여기저기 삐죽삐죽 솟은 기치들 때문에 부인의 머리통은 거대한 성게를 연상시켰다. 부인은 물 밖으로 끌려 나온 생선처럼 입을 벌리고 있었다. 잠옷의 앞섶이 벌어져 가슴이 다 보였다. 분칠을 하지 않은 얼굴은 고통 때문인지, 공포 때문인지, 그것도 아니면 죽어 가는 사람 특유의 표정인지 모르지만 추하게 일그러져 있었다. 볼테르는 살면서 시신을 볼 기회가 몇 번 있었지만 이렇게 추악한 표정의 시신은 처음이었다. 가슴에서 흘러나온 피가 부인의 상반신과 잠옷, 그리고 침대 시트를 온통 붉게 물들이고 있었다. 더욱 끔찍한 것은, 핏자국이 침대 밑에서 시작되어 층계참을 지나 볼테르의 처소 방향으로 이어져 있는 게 아닌가. 범인은 그 방을 통해 지붕으로 나간 게 틀림없었다. 볼테르는 식은땀이

났다. 그가 산책을 나가지 않고 방에 있었다면 도주하는 살인범과 정면으로 마주쳤을 것이다. 그도 남작부인과 똑같은 신세가 될 뻔했다!

요리사는 창밖으로 "살인이야!"라고 소리라도 지를 태세였고, 하인은 달리기라도 하고 돌아온 듯 숨을 헐떡였다. 하녀는 복도에서 무릎을 꿇고 기도했고, 그랑상은 두 손에 얼굴을 묻고 꺼이꺼이 울었다. 그렇잖아도 짜증이 나 있던 볼테르는 이 야단법석이 영 못마땅했다. 그는 고함을 질렀다.

"이봐요! 다들 침착합시다!"

볼테르는 아직 아무에게도 이 사실을 알려서는 안 된다고 하인들을 단속했다. 당부를 마치고 나서 자신의 지붕 밑 다락방으로 돌아가서야 겨우 이 생각 저 생각할 정신이 들었다. 자신의 안위를 도모하려면 시간을 벌어야 했다. 낯모를 이들이 그의 육필 원고를 보는 일은 절대로 없어야 한다. 볼테르는 재빨리 원고와 서류를 감추었다. 그리고 남작부인의 문서와 서류 중에서도 불경하거나 문제가 될 만한 내용이 있는 것들을 감추었다. 부인은 볼테르를 만나기 전부터 종교, 도덕, 관습에 콧방귀를 뀌고 사는 사람이었으나 이제 와서 그 증거가 발각되면 볼테르가 몽땅 덤터기를 쓰게 될 터였다.

이제 막 분류 작업을 시작한 참인데 밖에서 시끄럽게 웅성거리는 소리가 들렸다. 볼테르는 벽난로에 서류를 한 뭉치 처넣고 다른 한 뭉치는 침대 매트리스 밑에 쑤셔 넣었다. 그러고는 두 주먹을 불끈 쥐고 용기를 내어 평정심 넘치는 철학자다운 표정을 지은 뒤 무슨 일인지 알아보기 위해 아래층으로 내려갔다.

정원에서 마주쳤던 샤틀레 경찰서장이 범행 현장에서 남작부인의 시신을 살펴보고 있었다.

"끔찍한 살인이로군! 얼굴도 못 알아보겠어!"

하인 보주네가 남작부인은 원래부터 습진을 앓고 있었다고 일러 주었다.

"아, 알겠소."

못마땅하다는 듯 대꾸하며 몸을 일으키던 경찰서장이 볼테르와 눈이 마주치자 위로의 말을 건넸다. 볼테르는 안타깝게도 자신은 남작부인과 아무런 인척 관계도 아니라고, 바로 위층에 유숙하고는 있지만 그리 잘 아는 사이도 아니라고 말했다.

"하지만 남작부인이 돌아가신 여파를 치르게 될 사람은 당신이니까요. 이제 편히 지내실 수 없게 됐으니 심심한 위로를 전하는 바입니다."

볼테르는 경찰이 이토록 신속하게 현장 조사를 하는 모습을 보고 범행 현장에 '짭새'들이 자연 발생하게 된 까닭에 의문을 품었다. 분명 하인들 중 샤틀레 경찰서장의 끄나풀이 있을 터였다. 경찰청에서는 분명 사교계 살롱, 특히 볼테르가 드나드는 곳에서 어떤 이야기들이 오가는지 알고자 했을 것이다. 자신이 신중치 못하게 남작부인에게 떠들어 댄 말이 하인의 입을 통해 그대로 전달되었을 수도 있다는 생각에 미치자 볼테르는 경악했다. 하인들이 보잘것없는 보수를 받으면서도 이 집에서 계속 일하는 이유가 뭐였을까! 틀림없이 돈을 찔러 주는 누군가가 있을 것이다! 그 누군가가 바로 파리 경찰총감이었다. 이 배신은 그렇잖아도 미심쩍은 하인들의 충성에 한층 더 짙은 그림자를 드리웠다.

경찰서장이 고인의 마지막 말이 무엇이었는지 묻자 보주네가 난처한 기색을 보이며 말했다.

"마님께서는 볼테르 나리 때문에 죽겠다고 하셨습니다."

볼테르는 얼굴이 벌게져서 숨조차 제대로 못 쉬었다.

"저 천한 상놈이! 꺼져 버려!"

볼테르가 소리치는 순간, 훤칠한 사내의 몸집이 문가에 나타났다.

"저 자가 어디로 갈지는 내가 결정할 일입니다만."

엉망진창이 된 방으로 경찰총감 르네 에로가 들어서며 말했다. 그 말에는 여차하면 바스티유 행이라는 암시가 깔려 있었다.

르네 에로는 키가 크고 마른 체형의 무뚝뚝한 사내로 머리에는 긴 밤색 가발을 쓰고 있었다. 그의 붉은 옷, 아니, 정확히 말하자면 '으깬 딸기 색' 옷은 준엄하고 의심 많은 얼굴 표정이 이미 불러일으킨 불안감을 한층 증폭시켰다. 경찰총감은 아무 말

없이 침대로 다가가 피해자를 유심히 살펴보았다. 출혈은 멎어 있었다.

"흡혈귀에게 물린 것 같은 몰골이구먼."

르네 에로가 중얼거렸다.

"나는 그렇게 생각하지 않습니다. 흡혈귀들은 카르파티아 산악 지대를 좀체 떠나지 않으니까요."

볼테르를 바라보던 에로가 놀라는 표정을 지었다.

"미신을 적으로 삼는 당신 같은 사람도 흡혈귀의 존재를 믿습니까?"

"나는 우리나라 사제들이 퍼뜨리는 쓸데없는 소리를 믿지 않을 뿐입니다. 미니먼 다른 나라에서는 흡혈귀 신앙도 소박한 민중 신앙일 뿐이지요. 흡혈귀들이 파리 교구에서 봉록을 받는 것도 아닌데 내가 무슨 상관을 하겠습니까. 우리에겐 얀센주의자들과 예수회가 있으니 발라키아*에도 그들의 고혈을 빠는 흡혈귀들이 있겠지요."

"뱅티미유 추기경 예하께서는 그런 것들을 믿지 않으실 것 같군요."

"교회가 믿지 않으니 우리가 믿을 여지가 있는 겁니다. 그러니 '흡혈귀에 의한 살인'이라고 기록하시고 사본을 노르트담에 제

---

* 루마니아의 카르파티아 산맥에서 남쪽의 다뉴브 강과 흑해 사이에 넓게 펼쳐져 있는 지방.

출하시지요."

에로가 손뼉을 쳤다. 한 남자가 여태껏 복도에 서서 대기하고 있었는지 곧바로 진홍색 가죽이 덮인 궤짝 하나를 들고 나타났다.

"고인은 독실한 신자였나? 부인이 교구 성당에서 미사를 봉헌했는지?"

볼테르는 이런 질문은 하인들에게 해야 하는 게 아닌가 생각했다. 그러나 보좌관은 즉시 궤짝을 열고 서류를 꺼내며 말했다.

"3년 전 크리스마스 이후로는 미사에 참석하지 않았습니다, 총감님."

"어떤 이들은 스스로에게 온갖 호사를 허락하지. 신을 믿지 않을 호사까지 포함해서 말이야."

경찰총감이 단정 짓듯 말하며 볼테르를 바라보았다.

"그러면 품행 문제로 넘어가 볼까. 당신이 어떻게 이렇게 호사스럽게 살게 됐는지 기억을 더듬어 보시지요, 아루에 씨."

수사관이 관심 있게 여기는 문제는 남작부인의 품행이 아니라 볼테르의 품행이었다. 볼테르는 샤틀레의 감시망에 걸려들었음을 직감했다.

"나는 부자가 아닙니다! 복권에 당첨됐을 뿐이지요!"

"아, 그래요, 나도 기억합니다. 당신은 당첨금을 두둑이 챙기기 위해서 가명으로 엄청난 양의 복권을 사들이는 그 양심 불량

단체의 일원이었지요. 재산의 출처로는 참 떳떳하기도 하지요!
퐁텐 마르텔 부인은 이미 연로했고, 그러니 다른 여자와 손잡고
이 노부인의 재산으로 호의호식할 마음이 들었을 수도 있겠군
요……."

"지금 장난하시오? 이 집에 들어오려는 남자는 모두 고자가
되어야 할 판국이군!"

"아, 그렇습니까?"

철학자의 낯빛이 시뻘겋게 변했다.

"나는 문학에 바친 몸이오!"

"우편물!"

네도가 고함을 지르자 가죽 궤짝을 든 보죄관이 종이 한 장
을 내밀었다.

"내가 읽어 드리지요. '그녀는 항상 누군가 자기 목을 찔러 죽
이고 자기 돈을 오페라 여가수 따위에게 주지 않을까 두려워합
니다. 그러니 열아홉 살의 리낭이 부인 마음에 들지 생각해 보시
지요!'"

볼테르는 그 종이를 보여 달라고 했다. 자신의 필적이 아니었
다. 볼테르는 자신은 이런 편지를 쓴 적이 없노라고 말했다.

"당연히 당신 글씨가 아니겠지요. 내가 늘 사람을 시켜 당신
편지를 잘 베껴 놓은 후에 원본을 수신인에게 전달하게 했으니까
요."

확실히 '목을 찔러 죽인다'는 말을 가벼이 넘길 수는 없었다. 경찰총감은 그 리낭이라는 사람이 어디 있는지 물었다. 볼테르는 그 문장이 생생함을 더하기 위한 일종의 표현법에 지나지 않으며 문제의 리낭은 성직자라고 설명을 해야만 했다. 이제 글을 쓰는 시간보다 그 글에 대해서 설명하는 시간이 더 길어지고 있었다. 에로는 자고새를 덤불숲에 몰아넣은 사냥꾼 같은 얼굴로 대꾸했다.

"그래요? 돈 많고 명 짧은 귀부인 집만 골라가며 유숙을 하는 겁니까?"

볼테르는 자신은 부인의 상속자가 아니라고 분명히 짚고 넘어갔다. 누구라도 부인의 상속자가 될 수 있었지만 그는 아니었다.

"예를 들면, 남작부인은 이 아가씨를 위해서는 마련해 놓은 바가 있다고 했지요."

볼테르는 그렇게 말하며 구석에서 울고 있던 책 읽어 주는 시녀를 가리켰다. 에로는 우윳빛 피부의 적갈색 머리 아가씨에게로 고개를 돌렸다.

"이름이 어떻게 됩니까?"

"빅토린, 빅토린 드 그랑샹입니다, 총감님."

"그랑샹 양, 당신은 주인마님을 죽이지 않았지요?"

"그럼요! 전 아닙니다, 총감님."

"그렇다면 우리는 다른 쪽으로 수사를 해야 할 텐데요……."

경찰총감의 시선이 볼테르를 향했다. 하지만 그에겐 자유사상가들을 바스티유에 처넣어 평생 썩게 하는 것보다 먼저 해결해야 할 과제가 있었다.

"아루에, 당신은 자연사에 관한 한 대단한 운을 타고 났군요."

경찰총감의 말에 그 자리에 있던 사람들 모두 얼떨떨한 표정이 되었다. 경찰총감은 자기가 이 사건을 어떻게 보는지 간략하게 정리해 주었다. 그는 퐁텐 마르텔 부인이 흉기에 찔려 죽은 것이 아니라 불편한 몸으로 십자고상과 미사경본을 잡으려 아등바등하다가 부상을 입은 것 같다고 말했다. 비극 작가의 풍부한 상상력으로도 이 설명은 얼토당토하지 않게 보였다.

"누가 그런 말을 믿겠습니까. 부인은 종교를 부정하는 걸로는 알아주는 골수분자였는데."

"그렇다면 당신이 나서서 다른 이야기를 지어내 보든가."

에로가 인상을 찌푸리며 덧붙였다.

"그 임무는 당신에게 맡기겠습니다. 잘 생각해 보시오. 이 일이 밖으로 새 나갔다간 알아서 하시오. 난 할 일이 아주 많은 사람이니까."

어안이 벙벙해진 볼테르가 이 말을 믿어야 할지 말아야 할지 망설이자 경찰총감은 주머니에서 볼테르의 바스티유 투옥을 명하는 왕의 봉인장을 꺼내 보였다. 왕께서 편지에 서명을 한 것은 맞지만 명령이 실제로 이행되었는지에 대해서는 굳이 확인할 마음이 없으신 듯하다, 그러니 용의자 볼테르가 진범을 넘겨주기만 한다면 이 봉인장은 앞으로도 계속 총감의 주머니 속에서 잠자게 될 것이다……

"대외적으로는 폐렴으로 해두겠습니다. 살인 사건은 당신과 나만의 비밀입니다. 당신이 감행하는 많은 일들이 그렇고…… 당신이 쓰는 많은 글들이 그렇듯이."

볼테르는 경찰이 왜 이런 끔찍한 사건을 그냥 덮으려 하는지 이유를 물어 볼 겨를도 없었다. 보주네가 들어와 사제의 도착을 알렸기 때문이다.

성직자가 이 집 문턱을 넘는 일은 참으로 오랜만이었다. 에로가 부른 사제는 생 퇴스타슈 교회에서 주로 장례를 맡아 보는 사제였다. 사제는 남작부인을 교회의 장례 절차에 따라 장사 지내기 위해 그녀가 신앙인으로서 이승을 하직했는지 확인해야 할 의무가 있었다.

하얀 레이스 깃이 달린 검은 옷을 입고 짧은 가발을 쓴 사제는 그 자리에 있는 사람들에게 인사를 하고 고인의 시신을 흘끗 바라보았다. 사제는 그 방에서 아무런 신앙의 표식도 발견하지 못했다.

"고인이 정말로 그리스도 교도가 맞습니까?"

"그렇고말고요. 이슬람 교도인 줄 아셨습니까?"

에로는 그렇게 대꾸하며 여기 있는 볼테르 씨가 절친한 벗이 위독해지자 종부 성사를 집전할 사제를 부른 거라고 설명했다. 사제는 자기 앞에 서 있는 악명 높은 불신자를 머리부터 발끝까지 훑어보았다.

"볼테르 씨가? 종부 성사를 부탁했다고요? 확실합니까?"

사제는 아마 이보다는 좀 더 그럴싸한 이야기를 듣고 싶었을 것이다.

"걱정하지 마시오. 볼테르 씨가 비밀리에 이 부인의 숭고한 최후를 친구들에게 자세히 전해 줄 겁니다. 그러면 결국 온 파리 사람들이 알게 될 테지요."

사제는 장차 누군가 수상한 기미를 알아차리면 남작부인이 자신에게 최후의 고해를 하고 영성체를 받았다고 확인 아닌 확인을 해주어야 할 터였다.

"자, 이제 우리가 시신을 열어 볼 수 있겠군요!"

에로가 큰소리로 말했다. 사제는 실제로는 부인의 위장 속에 거룩한 성체가 들어 있지 않다는 데 만족했다.

경찰총감은 부검에 희망을 걸고 있었다. 시신을 갈라 보면 거짓말 너머에 어떤 진실이 숨어 있는지 단서가 나올지도 모른다. 볼테르의 눈이 휘둥그레졌다.

"진짜 시신을 열어 볼 겁니까? 끔찍해라! 그런데 구경 좀 해도 되겠습니까?"

자연사한 고인에 대해 유언장을 집행하고 상속세 부과를 처리할 민사 대리관이 오기 전에 의심스러운 흔적들을 깨끗이 없애야 했다. 가죽 부대를 든 장정들이 장의사 조수들처럼 우르르 들어와 사건이 일어난 방을 빙 둘러쌌다.

"하시던 대로 하시면 됩니다."

에로의 말이 떨어지자 그들은 고인의 옷을 갈아 입혔다. 깨끗한 옷에 핏자국이 묻지 않도록 심혈을 기울였고, 솜씨를 발휘하여 일그러진 얼굴을 펴고 분칠을 했다. 그들의 솜씨가 어찌나 절묘한지 남작부인은 제법 맵시 있게 보였다. 당장이라도 침상을 박차고 일어나 춤이라도 출 것 같았다. 볼테르는 우려를 표했다.

"혹시 민사 대리관이 옷을 벗겨 보면 어쩝니까?"

"날 믿으시오. 그는 시신의 손끝 하나 건드리지 않을 겁니다."

거룩한 교회의 품으로 돌아간 평화로운 죽음의 초상이 막 완성되려는 찰나, 남작부인의 사망 등록을 담당할 다르구주 씨가 들이닥쳤다.

"이런 날씨에도 폐렴으로 죽는 사람들이 있다니, 뭔 일이람."

그는 경찰총감이 한 발 앞서 검토하고 수정한 증언들을 기록하며 투덜거렸다.

경찰이 떠나고 저택 사람들은 남작부인이 기분 좋은 꿈이라도 꾸다가 세상을 떠난 듯 완벽하게 정리된 방에 미소 띤 얼굴로 누워 있는 모습을 바라보며 몸서리를 쳤다. 몇몇은 시신을 지키기 위해 남았고 몇몇은 잠을 청하기 위해 각자의 방으로 돌아갔다. 볼테르도 자신의 처소로 걸음을 옮겼다. 산 자들의 일을 처리하러 다니기에는 밤보다 낮이 나을 테니까.

제5장

볼테르와
백작부인의 탈을 쓴 곰 한 마리가
추한 싸움을 벌이다

라이프니츠의 이론만큼 가벼운 잠에 빠졌던 볼테르는 경관들이 시신을 가지러 온 새벽녘에 잠에서 깨었다. 그들은 경찰총감의 검인이 찍힌 준엄한 서류 한 장을 두고 갔다. 그날 낮에 있을 남작부인의 시신 부검에 볼테르가 입회해도 좋다는 내용의 서류였다. 오전 11시, 볼테르는 정신을 똑바로 차리고 마음을 굳게 먹기로 결심했다. 그는 예약을 해야만 볼 수 있는 특별한 구경거리는 절대로 놓치지 않는다는 주의였다.

싸락눈이 길을 살짝 덮을 정도만 내린 탓에 보도는 변절한 여인네의 마음만큼이나 지저분하게 얼룩져 있었다. 시신을 밖에 두어서는 안 될 날씨였다. 볼테르는 리낭에게 도움을 요청했다. 사제복이 터질 듯 포동포동한 몸을 한 이 젊은 사제는 신중을 기해달라는 볼테르의 당부에 놀랐지만 시키는 대로 조심스럽게 정원

한쪽에서 모습을 나타냈다. 볼테르가 살인 사건 용의자로 몰리게 생겼다고, 그래서 신중을 기할 필요가 있다고 말하자 사제 양반은 더욱더 놀랐다. 볼테르는 눈물, 콧물을 손수건으로 훔치며 탄식했다.

"나의 퐁텔 마르텔 부인이 살해당했다네!"

"신앙의 위안이 필요하신 겁니까?"

리낭이 싹싹하게 물었다.

"이 집을 뒤지기 위해서 자네의 팔다리가 필요한 거라네!"

예법에 따라 유족들이 도착할 때까지 기다렸다가 유언장을 찾아 나서야 할까? 두 사람은 그 문제를 논의한 후 열쇠들을 있는 대로 꺼내서 집 안의 모든 가구와 서랍을 열어 보고 다녔다. 그들은 신속하게 움직였지만 상속인들의 귀에 기쁜 소식을 전하는 바람만큼 잽싸지는 못했다.

눈이 더욱더 기세 좋게 퍼부었다. 이제 실외의 풍광은 아름다운 러시아의 눈밭보다 스칸디나비아의 피오르를 연상케 했다. 살을 에는 눈보라가 몰아치는 와중에 난데없는 종소리를 들은 볼테르와 리낭은 소스라치게 놀랐다. 마침 그들은 남작부인의 서신들을 뒤지며 유언장의 소재를 찾는 중이었다.

문 밖에서 댕그랑댕그랑 종을 울린 사람은 남작부인의 딸 데스탱 백작부인이었다. 백작부인은 법적 대리인을 대동하고 현관 앞에 우뚝 서 있었다. 그녀는 몇 년째 상복을 벗을 겨를이 없었다. 어찌 그리 팔자가 사나운지, 부친, 남편, 시아버지를 연달아 저 세상으로 떠나보냈던 것이다. 그래도 최소한 옷을 갈아입을 필요도 없이 모친상을 치르러 친정으로 달려올 수 있다는 이점은 있었다.

상복은 소매와 가슴 장식만이 눈부시게 새하얀 탓에 그 검은 색조가 더욱 두드러져 보였다. 촘촘한 그물 형태의 짧은 베일이 이마를 덮고 광대뼈까지 내려와 있어서 눈은 보이지 않았지만 질문을 던질 때나 명령을 내릴 때가 아니면 단호하게 앙다물고 있는 얇은 입술로 미루어 보건대 눈빛도 모질고 깐깐할 성싶었다. 데스탱 백작부인은 법정 대리인이라는 사람을 대동하고 친정어머니의 시신을 수습하러 온 참이었다.

"이를 어쩌나. 남작부인의 시신은 이미 모셔 갔는데요."

하녀가 백작부인에게 말했다.

"어디로?"

백작부인은 모친의 시신이 부검을 위해 시체 안치소로 옮겨졌다는 얘기를 듣고 펄쩍 뛰었다.

"순순히 시신을 내줬다는 건가!"

극렬 얀센파 교도인 백작부인은 신께서 주신 육체를 그런 식으로 능욕할 수도 있다는 사실에 충격을 받았다. 영혼이 떠난 육신은 부활의 그날까지 최대한 좋은 상태로 고이 모셔야 하는 게 아닌가. 그래서 백작부인이 부음을 듣고 가장 먼저 취한 행동도 정작 고인은 원치 않았던 종교적 의례 절차를 밟기 위해 시신을 수습하러 달려오는 일이었다. 이제 모친의 시신이 이곳에 없다는 걸 알았지만 백작부인은 지금 당장 친정을 박차고 나가기가 꺼림칙했다. 비록 그녀가 이 집에서 환영받지 못한 세월이 오래되었다고는 하나 이 집에 사악한 자유사상가가 유숙하고 있다는 사실을 모를 리 없었다. 백작부인은 고민에 빠졌다. 한편에는 친정어머니의 유해가 있었다. 다른 한편에는 하이에나 같은 무리가 탐내는 보물이 있었다. 30초쯤 망설이던 백작부인은 남는 쪽을 택했다.

"방종한 삶의 대가가 이런 거로군."

그녀는 죄 많은 모친을 생각하며 탄식했다.

"상상할 수 있는 죄라는 죄는 다 짓고 기생충 같은 족속은 있는 대로 거두어들이시더니 한 마리 짐승 같은 최후를 맞으실 줄이야. 숨을 거두시기가 무섭게 배은망덕한 놈들이 재산을 넘보고 콩고물을 나눠 먹겠다고 난리로군."

그녀는 유산을 넘볼 특권은 자기에게만 있다는 뜻을 그렇게 피력했다.

"이 집에서 쥐와 바퀴벌레와 볼테르를 몰아냅시다!"

데스탱 백작부인은 예루살렘 성벽 아래 다다른 십자군처럼 단호하게 선언했다.

바로 그때 봉두난발이 된 가발과 호크도 제대로 채우지 않은 스타킹 차림의 볼테르가 계단 위에서 등장했다. 그는 마침 백작 부인을 만났으니 자기가 경찰에게 들은 조문 인사를 고인의 딸에게 전해야겠다고 마음먹었다.

"이 집엔 언제부터 있었나요?"

고인의 하나뿐인 혈육이 냉담하게 물었다.

"10월부터 있었습니다, 부인."

백작부인은 상대가 이 집에 너무 오래 있었다고 생각했다.

"1731년 10월부터입니다."

옆에 있던 하인 보주네가 새로운 주인마님에게 알랑거릴 기회를 놓치지 않고 한마디 거들었다.

때는 1733년 1월이었다. 백작부인은 친정어머니와 이 불순한 사상의 유포자가 1년 이상을 한 지붕 아래 지냈다고 생각하니 화가 나서 얼굴이 시뻘게졌다. 홍합 삶을 물이 펄펄 끓는 솥단지처럼 친정어머니를 기다리고 있을 지옥의 불길을 면하려면 기도깨나 바쳐야 할 터였다. 볼테르는 이 집에서 나가라는 통보를 받았다.

"어디로 가라고? 밖으로? 이 엄동설한에?"

볼테르는 발끈했다. 그러나 창문 위에 주렁주렁 매달린 고드름 따위 백작부인이 알 바 아니었다.

"여기 있는 건 전부 다 내 거예요!"

검은 옷소매를 쫙 펼치며 집 안을 가리키는 그녀의 몸짓은 흡사 박쥐의 날갯짓을 연상케 했다. 데스탱 백작부인은 자신의 법적 대리인에게 서랍장, 상자, 벽장, 장롱은 물론 자질구레한 상자들까지 아무도 열어 볼 수 없게 봉하라고 명령했다. 볼테르는 집 안 가구 중 일부는 자신의 소유이기 때문에 그럴 수 없다고 따졌으나 백작부인은 그의 면전에서 코웃음을 쳤다.

이 방 저 방을 둘러보던 데스탱 백작부인이 드디어 지붕 밑 다락방에 이르렀다. 그녀가 모친의 유산 상속을 손꼽아 기다렸음은 명백해 보였다. 다락방은 볼테르의 처소였다. 백작부인은 혼자 사는 남자의 방에 들어가고 싶지 않았지만 그런 마음도 접고 과감하게 발을 들였다.

"아! 퐁텐 마르텔 부인께서는 예술품에 투자를 하셨군요! 꽤 괜찮은 소품들이 보이는데요!"

이 집에 시시한 그림과 낡아 빠진 가구들밖에 없는 게 아닐까 걱정하던 법적 대리인이 감탄하며 말했다.

"그 꽤 괜찮은 소품들은 '나의' 소유요! 예술에 투자한 사람은 나요! 친애하는 당신 모친께서는 훌륭한 성품을 지니셨으나 아름다운 것들을 수집하고 소장하는 분은 아니셨지요."

볼테르가 항변했다. 그 점에 관한 한 백작부인도 볼테르에 수긍했다.

상속녀가 기세등등하게 온 집안을 휘젓고 다녔음에도 단 하나의 문만은 열리지 않았다. 볼테르조차 들어가지 못했던 그 비밀의 방이었다. 불행에도 더러 좋은 점이 있다고, 볼테르는 흡족한 마음으로 그 방문의 열쇠가 도착하기를 기다렸다. 하녀는 훈족 아틸라의 후손을 방불케 하는 백작부인의 명령을 받들어 고인의 귀중품 상자를 뒤져 열쇠를 찾아왔다.

그 방은 어둠에 싸여 있었다. 하인들이 빛을 가리는 덧창을 치우자 흡사 알리 바바의 동굴에라도 들어온 듯한 착각이 들었다. 혹은 꼼꼼하지 않은 고물장수가 보물찾기 장터라도 연 것 같았다. 《천일야화》의 저자는 40인의 도적들이 훔쳐 온 금은보화에 먼지가 얼마나 많이 쌓여 있었는지 말하지 않았다. 여기에는 그 먼지가 거미줄과 뒤엉켜 있었다.

방에는 잡다한 물건들이 뒤죽박죽 널려 있었다. 큼지막한 금속 초롱, 색칠한 나무 관에 들어 있는 고양이 미라, 뭔지 모를 테라코타 작품들, 새와 파충류와 털가죽이 있는 짐승들의 박제, 나비 표본, 조개껍데기 표본 등이 눈에 띄었다. 한쪽 벽에는 동양의 판화가 걸려 있었는데, 비를 맞으며 허리를 구부리고 뛰어가는 이들을 표현한 작품이었다.

일관성이라고는 눈곱만큼도 찾아볼 수 없는 잡동사니들을 본 백작부인은 신앙이 없는 친정어머니가 기어이 실성하고 말았음을 믿어 의심치 않았다.

"저것들을 다 내다 버려라."

백작부인이 하인들에게 일렀다. 볼테르는 아직 고인의 의향을 정확히 모르니 일단은 그냥 두어야 한다고 주장했다. 또한 남작 부인의 소유와 자신의 소유는 엄격히 구분되어야 한다고도 했다. 공증인도 볼테르와 같은 의견이었다. 유언장에 언급된 다른 상속자들이 소송이라도 걸라치면 골치 아파질 것이 분명했다. 게다가 그는 자신을 고용한 백작부인이 서랍과 문의 미뉴에트를 이끄는 동안에 요리사가 볼테르에게 넌지시 건네는 말을 엿들은 참이었다.

"마님이 한두 번 말씀하신 게 아니네요. 따님이 자기가 죽고 나면 몹시 실망할 거라고……."

데스탱 부인은 자신의 영지에서 사냥을 하거나 하급 재판권을 행사할 권리가 있었지만 파리에서 억지를 쓰거나 말썽을 일으킬 권리는 없었다. 볼테르는 자신이 소장한 그림, 책, 서류 따위는 리낭 신부에게 맡기고 자신은 샤틀레로 달려가 당장 이 말도 안 되는 횡포를 고발하리라 마음먹었다. 하지만 그 전에 남작부인에 대한 기억을 지켜 주는 것이 마땅할 성싶었다.

"당신 어머님은 실성하지 않았습니다. 다만, 자신을 쫓는 어떤 그림자를 두려워하셨지요."

"당연히 그랬겠지요! 종교가 없으니 괴로우셨던 거예요. 타락의 망령, 무신론에 대한 후회에 시달리셨던 게지요. 그게 지옥의 전주곡이니까! 당신은요? 당신을 쫓는 그림자에 시달리고 있진 않나요?"

철학자는 자기 정신이 더없이 평안하며 백작부인이 이 집에 발을 들이기 전까지는 망령에 시달릴 일도 없었노라고 대꾸했다. 그는 이 말을 남기고 하인에게서 모자와 외투를 받아 들고는 스타킹의 매무새를 고쳤다. 그는 가급적 당당한 걸음걸이로 현관 너머에 펼쳐진 미끄럽고 걷기 힘든 세상을 향해 나아갔다.

눈은 이제 그쳤다. 그러나 대낮인데도 밤처럼 어두컴컴했다. 춥기도 하고 눈길에 넘어질 위험도 큰 탓에 봉 장팡 거리를 돌아다니는 부유한 주민들은 거의 없었다. 볼테르는 프랑스인들의 좀 더 무모하지 못한 성격이 원망스러웠다. 그는 자유정신에 대한 핍박과 살인의 계절에 북적북적하고 흥겨운 거리 풍경을 보고 싶었던 것이다.

그는 아주 작은 소리에도 소스라치게 놀랐다. 눈밭에 숨어서 길 잃은 토끼를 기다리는 호랑이처럼 신경이 예민해져 있었기 때문이다. 누군가 등 뒤에서, 그리 멀지 않은 곳에서 뽀드득 뽀드득 눈을 밟으며 다가오고 있었다. 뽀드득 뽀드득. 그가 걸음을 멈추자 뽀드득 소리도 멎었다. 그가 다시 걸음을 옮기자 조심스러운 뽀드득 소리도 되살아났다. 조짐이 영 좋지 않았다. 첫 번째 골목으로 들어서자마자 득달같이 달려들 소매치기라면 차라리 다행이었다.

볼테르는 자신이 살해당하는 상상을 해보았다. 문학계는 그 누구도 대신할 수 없는 문필가를 잃고 애도를 표할 것이다.

제6장

목숨을 부지하는 기술은
뜻하지 않은 상황을 이용하는
수완에 달렸나니

하늘이 도왔는지 지친 말이 끄는 삯마차 한 대가 다가왔다. 볼데르는 삯마차가 행인들을 치고 달아나지 못하게 경찰총감이 마부들에게 발행하는 큼지막한 번호판을 알아보았다.

"자리 있습니까?"

지팡이를 쳐들고 마차를 세운 볼테르는 이 보도에 홀로 서 있느니 술 취한 기병들 틈에라도 낄 작정이었다. 마부가 뭐라고 대꾸하는지 제대로 듣지 못한 볼테르는 일단 마차에 올랐다. 마차에 몸을 싣고 차창 너머를 바라보니 그곳에서 조금 떨어진 어느 집 현관 앞에 웅크리고 있는 사람들이 보였다.

그의 목숨이 위협받고 있었다. 볼테르의 목숨을 지켜 줄 책임이 있는 사람들이 있었다. 그는 경찰총감을 만나야 했다. 볼테르는 마부에게 샤틀레로 가 달라고 외쳤다. 그러고 나서야 비로소 이 마차 안이 얼마나 구역질나는 곳인지 깨달았다. 저속한 만남의 장소로 이용되는 추잡스러운 이동식 술집이나 다름없는 마차였기에 청소 상태는 최악이었다. 볼테르는 살인자들이 들끓는 거리에 나앉는 것과 이 꼬질꼬질한 마차 좌석에 앉아 가는 것 중 어느 쪽이 더 해로울까 생각해 보았다. 한시라도 빨리 이 지저분한 마차에서 내리고 싶었다.

"늑장 부리지 말아 주시오, 부탁입니다!"

볼테르가 큰소리로 외쳤다. 그러나 그런 말은 하지 않는 편이 나았다. 파리의 마부들은 점심시간도 되기 전에 술에 취해 사는 족속들로 유명하니까. 조심성 있는 사람들은 이른 아침에만 마차를 탔다.

완충 장치도 없는 마차가 마구잡이로 흔들렸다. 볼테르는 마차가 한 번 흔들릴 때마다 천장에 머리를 찧으며 손에 잡히는 대로 붙잡고 매달렸다. 여우 피하려다 호랑이 굴로 들어온 게 아닌가. 마차도 거친 취급에 불만이 많은지 삐걱삐걱 요란하게 신음했다. 마차가 먼저 무너질지, 마차에 탄 사람이 먼저 골로 갈지 알 수 없었다. 볼테르가 지팡이로 마차를 두들기며 외쳤다.

"이러다 사람 죽이겠소!"

"그렇게 되거든 요금은 안 받겠습니다!"

술 취한 마부가 말을 더 세게 채찍질했다. 천만다행으로 잠시 후 마차가 멈춰 섰다. 다친 데 없이 무사한 것만으로도 감지덕지

한 볼테르는 그곳이 어디인지 확인할 겨를도 없이 다짜고짜 마차에서 뛰어내렸다.

"이놈의 마차, 수리 좀 하시오!"

볼테르는 지갑을 뒤지며 투덜거렸다.

"글쎄올시다! 세금과 사료 값이 이만저만해야지요!"

"아니, 여기가 도대체 어디요?"

마차 삯을 치른 후에야 주위를 두리번거리기 시작한 볼테르의 눈에 트라베르시에르 거리의 귀족 저택 한 채가 들어왔다. 마부는 정원 건너편의 샤틀레 후작 저택으로 그를 데려왔노라 말했다.

"내가 샤틀레 경찰청으로 가 달라고 했잖소!"

"거기로 가자는 손님은 여태 한 번도 없었거든요!"

"그렇다고 샤틀레 후작 집으로 끌고 오다니!"

"여기로 오는 손님들이 워낙 많으니까 그랬지요, 나리."

마부의 말에 볼테르도 흥미가 생겼다. 그렇다면 진작 한 번 와 볼 걸 그랬나?

"나리가 여기 계시면 또 어떻습니까! 제가 삯을 받고 한 번쯤 와 볼 만한 곳을 소개해드린 셈 칩시다!"

그 말을 남기고 마부는 횡하니 말을 몰아 가 버렸다. 그리 멀리 오지 않았기에 수상한 놈들이 쫓아 왔을 가능성도 배제할 수 없었다. 만약 그렇다면 놈들은 금세 그를 찾아낼 터였다. 어둑

한 길모퉁이에서 수상하게 어슬렁대는 이들을 보니 마음이 놓이지 않았다. 눈까지 다시 내리기 시작했다. 샤틀레 경찰청은 너무 멀었다. 최소한 이 집에서는 불이라도 쬘 수 있을 터였다. 볼테르는 문에 걸린 끈을 잡아당겼다.

샤틀레 후작부인은 책상에 앉아 가정교사가 내준 어려운 계산 문제를 풀고 있었다. 남편은 군대에서 산다고 해도 과언이 아니었다. 하녀가 아래층에 누추한 옷차림의 신사가 와서 경찰이 어쩌고저쩌고, 마부가 어쩌고저쩌고, "지금 당장은 쓸모없는 철학"이 어쩌고저쩌고 하고 있다고 주인마님께 알렸다.

계단 위에서 내려다보던 에밀리의 눈에 처음 비친 볼테르는 납작하게 눌린 가발을 쓴 왜소한 남자였다. 그 남자는 현관의 창유리 너머로 행여 자신을 쫓아 마당까지 들어온 사람이 없는지 살피기 바빴다. 에밀리는 한 손으로 난간을 짚고 몇 걸음 더 내려왔다.

"무슈?"

방문객이 고개를 들었다. 갈색 머리채를 어린아이처럼 길게 늘어뜨린 키 큰 여자가 보였다. 그녀는 스물여섯 살이었고, 6개월 전 여름을 남편과 보낸 탓에 임신 중이었다. 그는 자기소개를 하고 이렇게 불쑥 찾아온 데 대한 양해를 구했다.

"빌어먹을 마부가 샤틀레 경찰청으로 가자고 했더니 이 집에 내려 주지 뭡니까!"

"그런 일은 충분히 있을 수 있지요. 그래도 보통은 노크를 하기 전에 엉뚱한 집에 왔다는 걸 깨닫지 않나요."

비록 눈보라를 뒤집어썼다고는 하나 볼테르는 볼테르였다. 무거운 몸으로 지리멸렬한 겨울날을 보내던 후작부인은 볼테르와 대화를 나누며 이게 웬 하늘의 가호인가 싶었다.

"저는 경찰총감은 아니지만 푹신한 의자와 따뜻한 초콜릿과 난롯불을 제공하고, 선생님 말씀을 경청해드릴 수는 있어요."

"그렇다면 경찰총감 에로 씨보다 천 배는 더 나은 분이군요!"

후작부인은 작은 응접실에 불을 피우게 하고 손님을 모셨다. 일단 대화의 물꼬가 트이자 후작부인은 자신이 어렸을 때 이미 볼테르를 만난 적이 있음을 밝혔다. 당시는 아직 그녀가 브르퇴유라는 성^姓을 쓰던 때였다.

"제가 열두 살 때에 우리 친정아버지 댁에 오셨었지요. 바스티유 감옥에서 출소하신 직후에요. 그리고 제가 열여덟 살 되던 해에도 우리 집에 한 번 오셨었어요. 천연두를 앓고 나서 얼마 안 됐을 때였나 그래요."

볼테르는 정신이 번쩍 났다.

"꼬마 에밀리!"

그러나 후작부인의 배를 본 뒤 볼테르는 얼른 정정했다.

"'어른이 된' 에밀리! 지금 나는 아주 고약한 신세가 되었다오!

날 좀 구해 주겠소?"

"볼테르 구하기라는 가문의 전통을 제가 거부할 수 있을까요?"

볼테르에겐 누군가 자기 목숨을 노린다고 믿을 만한 이유가 충분히 있었다.

"왜죠?"

"내 목숨을 노리는 사람은 늘 있었으니까. 요즘 들어 누군가가 내 뒤를 밟고 있소."

이 주장은 확인해 볼 필요가 있었다. 에밀리는 하녀에게 자기 방에 있는 장방형의 상자를 가져오라고 시켰다. 그녀는 하녀가 가져온 상자에서 망원경을 꺼냈다.

"이런 날씨에 달이라도 관측하려는 거요?"

볼테르가 의아해 하며 물었다. 에밀리는 트라베르시에르 거리를 향해 망원경을 조준했다.

"우리 집 앞에서 서성대는 저 괴상한 치들이 달 세계 주민들이 아닌 건 확실하군요."

볼테르가 자기에게도 망원경을 달라고 부탁했다. 그는 범인들이 보고 싶었다. 망원경을 들여다보던 볼테르가 에밀리에게 마법의 지팡이로 그들을 대번에 흩뜨려 놓았느냐고 물었다. 에밀리는 그들에게 악감정을 사지 않는 편이 좋을 것 같다고 말했다.

"왜? 당신은 그들이 누구라고 생각하는 거요? 비밀 결사? 청부 살인 업자? 투르크의 첩자들?"

"그러면 차라리 낫게요. 제 생각에는 경찰들 같았어요."

"경찰! 맙소사!"

에밀리는 초콜릿 말고 도수가 센 술을 가져오게 하고는 볼테르를 위로했다. 명예롭고 청렴한 백성으로서 경찰을 두려워할 이유가 어디 있단 말인가.

"그런 말을 하다니, 정말 잔인한 데가 있는 여자로군요. 매년 '명예롭고 청렴한 백성'들이 화형을 당하고 있다는 걸 알면서 그런 소리를 합니까! 솔직히 말해 나는 그동안 발표한 글만으로도 화형을 당하고 남아요. 아니, 안 돼! 나는 경찰보다는 불한당이 낫소!"

"다행히도 다른 거리로 통하는 입구가 있어요. 선생님 뒤를 쫓는 자들이 출입구를 일일이 확인하진 않았을 거예요."

"큰 문으로 드나들기 위해 글을 쓴다고 믿었건만 이제 쪽문으로 도망치는 신세가 되다니!"

아랫사람들이 볼테르를 몰래 내보낼 채비를 하는 동안 에밀리는 볼테르가 어떤 난관에 처해 있는지 자세한 이야기를 듣고 싶다고 했다. 그녀 입장에서는 어떤 이야기든 임신과 연산보다는 기분 전환이 될 터였다.

"사실을 있는 그대로 말하는 거요. 보시오, 아주 단순한 얘기라오. 양심도 없는 악당이 나를 좋아하는 선량한 부인의 모습을 한 4만 리브르를 가로챘소. 이제 곧 그 부인의 속을 들여다보게 될 거요. 어떤 경찰은 내가 펜보다 검을 더 사랑하는 게 아닐까 의심하고 있소. 게다가 골수 얀센파 백작부인이 나의 잠자리와 미래를 빼앗으려 안달이오. 철학자들이 길바닥에 나앉게 되는 사연이란 이런 거요!"

'우리 집 응접실에 앉아 있잖아요.'

에밀리는 속으로 생각했다. 그녀는 볼테르의 이야기를 듣고 얼떨떨했다. 회오리바람이 한바탕 휩쓸고 가도 이렇게 정신없지는 않을 듯했다.

"따분한 실패담은 들어 뭐합니까. 남편도 있고 자식도 있는 여자가. 가정을 꾸려 열심히 살아가는 부인네에게 이런 얘기는……."

후작부인이 안락의자에서 일어났다.

"옷을 갈아입고 올 테니 15분만 기다려 주세요!"

그녀의 남편은 늘 전쟁터에 나가 있었고, 아이들은 아직 어리고 소란스러워 상대할 바가 아니었으며, 그녀 자신은, 열정은 고사하고 밋밋하기 짝이 없는 삶을 살고 있었다. 그녀는 한겨울의 임신부보다 더 따분한 인생은 없을 거라고 생각했다.

"마차 있습니까? 부인은 나의 구세주입니다! 놓쳐서는 안 될 구경거리가 있어요!"

가발을 쓰고 태풍처럼 등장한 사내가 큰소리로 외쳤다.

15분 후, 후작부인의 마차가 샤틀레 후작 자택을 출발하여 트라베르시에르 거리로 나왔다. 마차에는 승객이 없었다. 그래서 감시꾼들도 자신의 자리에서 떠나지 않았다. 마부는 주택지를 한 바퀴 빙 돌아 샤틀레 후작 자택의 뒷문 앞에 멈춰 섰다. 도망자들은 재빠르게 마차에 몸을 실었다. 에밀리는 경찰청 구역으로 마차를 몰라고 명령했다.

"중간에 아무 데도 서지 말아요. 살인자들이 우리를 추적하고 있으니까."

"네, 마님."

볼테르는 시간도 때울 겸 에밀리에게 자신의 근황을 늘어놓았다. 메종 씨의 죽음, 남작부인의 죽음, 그리고 그들보다 앞서 자기 곁을 떠나간 몇몇 친구들 이야기까지.

"선생님 주변 사람들이 유독 많이 죽는 것 같다고 생각하지 않으세요?"

에밀리는 볼테르의 존재가 보기보다 위험하지 않기만을 바랐다. 그녀가 문득 생각났다는 듯이 볼테르에게 물었다.

"그런데 구경거리라니, 어떤 구경거리를 말씀하시는 건가요?"

제7장

볼테르와 철학적인 부인이
남작부인의 오장육부를 보다

볼테르는 퐁텐 마르텔 남작부인의 부검이 재기 넘치는 부인네라면 당연히 좋아할 여흥거리라고 믿어 의심치 않았다. 그렇지만 윗사람들이 외부인의 입회를 허락할지는 확신할 수 없었다. 경찰총감 에로 씨가 거짓 보고서를 올릴 수밖에 없는 사체의 부검에 구경꾼들을 끌어들였다가는 분명히 사달이 나고 말 터였다.

후작부인의 마차는 그랑 샤틀레의 바스제올 앞에 두 사람을 내려 주었다. 뾰족지붕 탑들이 솟아 있는 크고 흉측한 건물이었다. 불한당의 기를 꺾고 정직한 사람마저 불안하게 만드는 그 요새는 하천을 옆에 낀 도르도뉴 고지에나 있을 법했다. 이렇게 미관을 해치는 중세풍 요새가 파리 한복판에 떡 하니 자리 잡고 있으니 바스티유 못지않게 음산해 보였다. 털어서 먼지 한 톨 나올 일 없는 볼테르조차도 떨지 않을 수 없었다.

"들어가기보다는 나오고 싶은 지하 감옥이로군. 자! 기운 냅시다! 철학의 대의를 위한 일이니!"

그렇게 공권력의 영역에 철학을 끌어들이고 나서야 볼테르는 시체 안치소가 어디 있는지 물었다.

건물 한쪽에 연결된 별관은 내무성 산하 경찰총감의 일을 맡아 보게 되어 있었다. 반대쪽 별관은 대혁명 이전의 재판 기관에 귀속된 민사 대리관이 차지했다. 두 별관 사이의 마당도 전쟁터의 양쪽 진영처럼 나뉘어 있었다. 경찰총감이 집무실로 연결되는 계단 아래에서 모습을 드러냈다.

"아루에, 받으시오! 마침 오셨으니 금지된 시들이나 살펴보시오. 우리는 이 시들을 쓴 작가를 찾고 있소. 이중에서 어느 것이 당신 작품인지 함께 가려내 볼까요?"

"경찰들이 시에 대한 관심을 조금만 줄여도 더 많은 도둑을 잡아들일 수 있을 텐데요."

"글쟁이만큼 패악을 저지르는 도둑은 없으니 괜찮소."

에로가 장중한 저음으로 대꾸하며 볼테르가 예고도 없이 데려온 여성 대표를 아래위로 살폈다.

"부인께서도 철학을 하시나 보군요?"

에로는 후작부인에게 그냥 돌아가 달라고 말했다. 지체 높은 분들이 파리 한복판 자기 집에서 자다가 죽어 나간다는 소문이 나서는 안 될 일이었다.

"지체 높은 '분들'이라니요? 그럼 피해자가 더 있단 말입니까?"

볼테르가 펄쩍 뛰었다.

"오, 당신은 이 도시에서 실제로 어떤 일이 일어나고 있는지 상상도 못할 거요. 그렇다고 내가 알려 줄 거라는 기대는 하지 마시구려."

에밀리는 경찰총감이 왜 이 사건을 자연사로 위장하려 하는지 짐작이 갔다. 범죄라고 보고하면 파리 고등법원에서 수사를 요구할 것이요, 추문이 일어날 것이다. 그래봤자 결국에 가서는 뾰족한 성과도 없고 경찰총감만 무능하다는 소리를 들을 것이다. 경찰총감과 그 윗선에서는 이 살인 사건을 대외적으로는 없었던 일로 해두고 비밀리에 수사하는 편이 여러 모로 나았다.

"범인들에 대해서는 어떻게 생각합니까? 언제 그들을 잡게 될까요?"

볼테르의 예리한 판단으로는 일을 이런 식으로 처리하는 데 분명 문제가 있을 것 같았다.

"훼방꾼이 쥐도 새도 모르게 사라지는 일이 어디 한두 번이요."

에로의 음성이 조금만 덜 음울했어도 좋았을 것이다. 볼테르는 힘겹게 침을 삼켰다. 그리고 에밀리는 자기가 왜 부검에 입회해야 하는가를 경찰총감에게 설명했다.

"제 친구에게 입회를 허락하시는 이유는 뭔가 도움이 될 것 같아서겠지요. 그런데 그런 도움이라면 저도 쓸모없지만은 않을 거예요."

에로는 오른쪽 눈썹을 보일 듯 말 듯 치켜떴다. 그가 극도로 놀랐을 때에만 나오는 표정이었다.

"아, 치마를 입은 볼테르인가요. 좋습니다, 부인. 이 사건에 개입한 대가를 치르시게 될 거요. 외과술이 귀부인들의 오락거리가 되었나 봅니다."

에밀리는 부인네, 나아가 박식한 부인네라는 말은 많이 들어 보았으나 '귀부인'이라는 말을 듣는 건 처음이었다. 본때를 보여 줄 때였다.

"친애하는 에로 씨, 당신은 충견의 눈을 가졌군요. 딱 부러지게 일하기보다는 살랑살랑 꼬리를 흔들고 싶은가 봐요."

에로의 왼쪽 눈썹까지 꿈틀거렸다. 세계 최강 왕국의 치안을 총괄하는 그에게 감히 이런 식으로 말하는 사람은 없었다.

네 사람이 수의에 싸인 시신을 메고 들어왔다. 경찰총감이 앞장서고 볼테르와 에밀리가 그 뒤를 따랐다. 볼테르는 방금 전에 그의 새로운 동맹군이 보여 준 대담하고 방자한 태도에 얼이 쏙 빠져 있었다. 그는 조그마한 목소리로 에밀리에게 속삭였다.

"경찰총감이 우리가 길들일 수 있는 종류의 개라고는 생각지 않소만."

"이제 곧 그 개가 짖는 꼴을 보게 될 거예요."

맨 앞에 서 있던 경관이 골치 아픈 일이 생기기 전에 이 사람들을 밖으로 내보내는 게 좋지 않겠느냐고 경찰총감에게 물었다.

"으흠."

르네 에로는 대답 대신 그렇게만 대꾸했다.

그들이 막 지하실로 내려가려는데 마당을 지나가던 민사 대리관이 황급히 다가와 무슨 시신이냐고 물었다.

"페스트에 걸린 것으로 추정되는 부인을 부검하려고 하네."

에로의 대답에 민사대리관 다르구주 씨는 경계하듯 움찔 뒤로 물러섰다.

"그런데 볼테르를 데리고 가십니까?"

에로는 다르구주 씨에게만 비밀을 털어놓는다는 듯 바짝 다가섰다.

"우리 중에서 누군가 페스트에 걸려야만 한다면……."

다르구주 씨는 이 의도가 타당하다고 받아들였다. 그는 이 무모한 자들이 기분 나쁜 지하실에 내려가도록 내버려 두었다. 볼테르는 앞으로 콜레라나 천연두로 사망한 모든 환자들의 부검에 들어갈 수도 있을 것 같았다.

좁은 계단을 따라 내려가니 커다란 촛대로 불을 밝힌 방이 나왔다. 화로 두 개에 불을 피워 놓은 탓인지 방 안 가득 온기가 퍼져 있었다. 여전히 흰 천에 싸인 시신은 길쭉한 탁자 위에 놓여 있었다. 푸줏간 앞치마를 두른 두 사내가 무시무시한 도구들을 준비하고 있었다. 고집불통 독종들도 그 도구들을 한 번 보면 입이 술술 열릴 것 같았다. 에로는 온갖 종류의 사체들을 살펴본 경험이 있는 시립병원 외과의를 데려다 놓은 참이었다. 외과의는 조수를 한 명 데려왔는데 그 조수가 톱과 가위를 다루는 솜씨를 보아하니 목수도 울고 갈 정도였다.

의과의는 자신의 소임을 발표했다. 그는 '지체 높고 강성한 퐁텐 마르텔 가 마님'의 유해를 연구하여 '단검에 의한 자연사'가 발생하게 된 구체적 정황을 밝힐 터였다.

"학위를 소지한 내과의는 입회하지 않습니까?"

볼테르가 물었다.

"파리 의과대학 전체에 알리고 싶은 일이면 그렇게 합니다."

에로가 대꾸했다.

천을 걷어 낸 외과의는 피해자의 얼굴과 목에 범벅이 된 분칠을 보고 소스라치게 놀랐다. 그의 첫 번째 소견은 범인이 자신의 범죄가 발각되지 않도록 피해자에게 화장을 하는 공을 들였다는 것이었다.

"대단한 사기꾼입니다!"

"아니, 화장은 우리가 시킨 거요. 범행은 계획적이었소."

경찰총감의 말에 외과의는 일이 쉽게 풀리지 않겠구나 생각했다. 그는 우선 천을 물에 적셔 크림과 분을 닦아 냈다. 목 아래쪽에 거무스름한 반점들이 나타났다. 에로는 입회인들에게 주의를 주었다.

"혹시 이 일에 대해 무슨 말이 새어 나간다면 당신들의 입방정 때문으로 알겠소."

"왜 저 두 사람은 의심하지 않는데요?"

볼테르가 따졌다.

"저 둘은 나에게 꽉 잡혀 있소. 고양이 아가리에 들어와 있는 생쥐나 다름없는 신세들이오."

에로는 그렇게 말하고 씩 웃었다. 성 요한의 불도 차게 식을 만큼 소름끼치는 미소였다.

외과의를 따라 온 조수가 고인에게서 부인용 모자와 걸치고 있던 잠옷을 벗겼다. 경관들이 가슴의 상처를 막기 위해 덮어 둔 붕대도 제거했다. 외과의는 돋보기를 들고 사체의 입과 콧구멍을 살폈다. 그러고는 작은 핀셋으로 뭔가를 끄집어냈다. 크기가 너무 작아서 입회인들은 그게 무엇인지 알 수 없었다. 외과의는 상처의 크기와 깊이를 측정하고 시신을 뒤집어 그 밖의 다른 흔적들은 없는지 살폈다. 그다음에는 큼직한 칼로 흉곽을 열고 조수에게 갈비뼈를 톱으로 자르게 했다. 외과의는 일단 상반신을 활짝 열고 장기를 하나하나 꺼냈다.

부검은 볼테르가 상상했던 것보다 훨씬 더 무시무시했다. 그는 토악질을 하기 일보 직전이었다. 반면 에밀리는 평온한 눈으로 모든 과정을 지켜보았다.

"이 부인의 오장육부를 보면서 불편하고 괴롭지는 않소?"

"저는 만난 적도 없는 부인인걸요. 저에게는 소의 각을 뜨는 광경이나 마찬가지예요."

그러나 피범벅이 된 두 손이 시신에서 간을 끄집어내어 옻칠한 사발에 집어넣는 순간, 에밀리가 두 눈을 동그랗게 뜨며 말했다.

"기억났어요! 1년 전에 오페라를 보러 갔다가 이 부인과 인사를 나눈 적이 있어요."

에밀리는 그렇게 말하며 다른 곳으로 시선을 돌렸다.

에로는 이 혐오스러운 절차에 이골이 나 있었다. 어차피 뾰족한 단서가 나올 거라는 기대도 없었기 때문에 부검 따위는 차라리 집어치우기를 바랐을지도 몰랐다.

"사, 말씀해 주시지요. 도대체 이 살인의 결과로 어떤 자연사가 빚어진 겁니까?"

외과의는 경찰총감을 실망시킬 위험을 무릅쓰고 피해자는 흉기에 의한 자상으로 사망한 것이 아니라고 단언했다. 정확한 순서를 말하자면, 피해자는 독약을 먹은 후에 자상을 입었고 그 후에 목이 졸렸고 질식했다.

"이 부인에게 앙심을 품은 사람들이 그만큼 많았다고 추리할 수 있겠군요. 이 다양한 가혹 행위 중에서 어떤 것이 당신 소행입니까?"

경찰총감이 볼테르에게 물었다.

고인의 위장에는 거무스름한 적록색 점액이 가득했다. 목둘레

의 손자국도 선명했다. 폐는 딱딱하게 굳어 있었고 입술은 시퍼
랬으며 눈은 실핏줄이 터져 있었다. 외과의의 설명이 이어졌다.

"우리는 이 부인이 저녁을 먹었다는 것을 알 수 있습니다. 거
기에 독이 들었던 게지요. 그래서 식후에 불편함을 느끼고 침대
에 누웠을 겁니다. 보시다시피 부인은 칼에 찔렸지만 생명에 위
협이 될 만한 장기 손상은 없었습니다. 목덜미에 핏자국이 있는
데, 이건 범인이 피해자가 출혈을 일으키고 난 '후에' 목을 조르려
했다는 뜻이지요. 그렇지만 장기들의 상태와 소정맥 파열로 미
루어 보건대 피해자는 기도가 경직되어 사망한 것으로 판단됩니
다. 목구멍에 섬유 같은 것이 들어 있었는데 면 베갯잇에서 나온
것이 아닐까 추정됩니다. 그러니까 최종적으로는 베개로 눌러서
질식시켜 죽였을 겁니다. 그게 치명타였죠. 그날 밤 남작부인이
자다가 죽기를 정말로 원치 않았던 사람이 있었나 봅니다!"

이리하여 공식 사인은 질식사가 되었고 보고서는 급성 폐렴으
로 결론을 내렸다.

부검 입회인들은 경찰총감이 이 허구의 산물을 비준하도록 내
버려 두고 성큼성큼 출구로 향했다. 볼테르는 자신이 이렇게나
흉측한 사건에 연루되었다는 사실에 화가 났다.

"내가 왜 이런 핍박을 받아야 하는지 모르겠군. 난 일개 작가
일 뿐인데, 비극시를 쓰고 역사소설을 쓸 뿐이라고. 난 그저 볼
테르일 뿐이야. 가끔은 내가 쓴 작품조차 내 이름으로 발표하지

않을 정도로 겸손한데, 왜 날 못 잡아먹어 안달이람!"

그는 에밀리에게 손을 내밀고는 그녀의 도움으로 마차에 올라 옆자리에 앉았다. 둘 다 어찌나 기진맥진했는지 몽마르트르 언덕을 걸어서 넘어온 기분이었다. 죽은 자를 보면 살아 있음을 다시금 깨닫게 되어서 좋다지만 오늘의 깨달음은 심히 과격했다. 그 병적인 이미지를 한시 바삐 머릿속에서 몰아내야 마땅했다.

"자, 그래서? 우리는 뭘 어쩐다? 가엾은 남작부인은 우리에게 더 이상 숨기는 것이 없으시려나?"

투덜대는 볼테르를 내버려 둔 채 에밀리는 마차와 마부석 사이의 칸막이를 똑똑 두드리며 마부에게 팔레 루아얄로 가달라고 말했다.

"죽은 남작부인의 집은 한 번도 본 적이 없거든요."

제8장

우리의 주인공들이
독으로 연명하고
공증 서류로 불을 때다

"예쁜 집이네요. 정원을 내려다보는 전망이라니! 이 집, 임대할 수 있나요?"

에밀리의 말에 볼테르는 그의 세간, 장서, 매트리스가 이 집에 처박혀 있고, 상속자들이 서로 물고 뜯고 난리를 치며, 살인자들이 그를 추격하고 있는 이상, 임대는 꿈도 꾸지 말라고 대꾸했다. 이 문제들을 해결하기 위해 맨 먼저 할 일은 고인의 유언장과 범인을 찾아내는 것이었다. 이 말에 에밀리는 아주 신이 났다.

"독약을 넣은 사람, 목을 조른 사람, 칼로 찌른 사람, 베개로 질식시킨 사람 중에서 누구를 먼저 잡을까요?"

"그 넷을 한꺼번에 추적해서 제일 먼저 등장하는 놈부터 잡읍시다. 그쪽에서 우리를 먼저 잡지 않는다면 말이오."

저택에서 제일 먼저 그들을 반긴 사람은 식당에서 정신없이 비스킷을 먹고 있던 리낭이었다.

"어이, 이 친구야! 수사 단서를 먹어치우면 어떡하나!"

남작부인이 먹은 독약이 어디에 들어 있었는지는 분명치 않았다. 이제 최소한 비스킷에 독이 들지 않은 건 확실해졌다. 볼테르는 에밀리에게 남작부인은 이 뚱뚱한 열아홉 살의 사제를 고용하려 들지 않았지만 남작부인이 숨을 거두기 무섭게 자신이 결국 불러들였노라고 설명했다. 그러고는 에밀리에게 편히 있어도 좋다고 말한 뒤 곧장 하녀를 불렀다.

"저 분께서 계속 저희와 지내시는 겁니까?"

하녀는 꾸역꾸역 배를 채우는 리낭 사제 쪽을 바라보며 볼테르에게 물었다. 새로운 집주인은 그렇다고 대꾸하고 방을 준비하라고 명령했다. 그러고는 에밀리에게 이렇게 덧붙였다.

"남의 집에 빌붙는 식객들이 내가 머무는 집에 함께 있는 게 좋다오."

볼테르는 솜을 넣은 실내복을 입고 벨벳 모자를 쓰고 실내화를 신었다. 그러고는 벽난로 위 거울에 비친 자기 모습을 바라보며 볼테르다운 차림새가 되었는지 확인했다. 에밀리의 도움이 있었기에 위대하고 세련된 철학자의 풍모를 갖추는 데에는 아주 작은 노력이면 충분했다.

하인들이 질겁해서 바라보는 와중에 볼테르는 에밀리에게 저택을 안내해 주기로 마음먹었다. 그러나 법적 대리인의 명령에도 불구하고 하인들이 노략질에 열을 올리고 있음을 확인한 뒤 마음을 고쳐먹었다. 그들은 각자의 주머니에 은으로 된 식기류며 장식품들을 마구 꿍치고 있었다. 퐁텐 마르텔 부인이 이미 석 달째 하인들에게 품삯을 지불하지 않고 있었던 것이다. 그들이 여기 남아 볼테르를 모시려면 어떻게든 보상을 받아야 했다.

볼테르는 지팡이로 하인들을 위협했다. 끝이 뾰족하게 굽은 금속 손잡이가 달린 지팡이는 망치를 휘두르는 것만큼의 위력을 발휘했다.

"조심들 하시오! 이 지팡이는 원래 당신들보다 더 센 사람들을 상대할 목적으로 만든 거라오!"

볼테르는 실제로 그 지팡이를 어디든 가지고 다녔다. 에밀리도 그런 지팡이를 잘 알고 있었다. 보통 그런 지팡이는 속이 비어 있고 안에는 검이 숨겨져 있었다.

"이 안에는 아무도 당하지 못할 무기가 숨어 있소!"

투쟁적인 철학의 선구자는 다시 한 번 으름장을 놓았다.

신사들은 검을 소지하기를 꺼렸다. 검은 거추장스러운 무기인 데다가 귀족의 전유물이기도 했다. 하지만 으슥한 밤에 아무런 대책도 없이 귀가하는 것보다는 지팡이를 가장한 무기라도 소지하는 편이 나았다.

에밀리 역시 하인들을 구워삶는 수법을 구사했다. 그녀는 하인들의 어려움을 헤아려 주고 푼돈을 나누어 주었다. 여기저기 돌아다니느라 허기졌던 에밀리는 볼테르에게 뭐 먹을 게 없는지 물었다. 볼테르는 요리사에게 음식을 주문하며 몇 가지 요리들은 절대 만들지 말라고 주의를 주었다. 남작부인이 독약을 먹은 날 상에 올라왔던 요리들이었다.

"하지만…… 마님은 칼에 찔려 돌아가셨잖아요!"

가엾은 요리사가 구시렁거렸다. 그녀는 남작부인의 가슴에 난 상처를 분명히 목격했던 것이다.

"그 말도 맞소. 범인은 적당히 넘어가는 법 없이 만전을 기하는 놈이었지."

요리사는 무슨 요리를 해야 할지 망설였다. 그래서 다함께 부엌 진물로 가서 남아 있는 식량을 살펴보기로 했다. 그들은 퐁텐 마르텔 부인이 사망하던 날 먹었던 음식물을 목록으로 작성하고 그 출처를 살펴보았다. 징세관 클레망 씨가 보냈다는 새끼 멧돼지 요리와 노르망디산 과일 설탕조림이 주된 섭취물이었다. 새끼멧돼지 쪽은 분석하고 말고도 없었다. 부인이 가장 많이 먹긴 했지만 하인들도 뼈다귀 하나 안 남기고 깨끗이 나눠 먹었기 때문이었다. 온 집안에서 새끼멧돼지 맛도 못 본 사람은 원래 그 요리의 주인이자 인간들의 이기심에 피 보는 일로 이골이 난 볼테르뿐이었다.

볼테르는 문득 원래 그 요리를 먹었어야 할 사람은 자신임을 깨달았다. 혹시 범인의 진짜 표적은 자신이 아니었을까? 그쪽으로 생각이 미치자 몸이 떨리고 손이 얼음장처럼 싸늘해졌다. 볼테르는 간이 의자에 털퍼덕 주저앉아 주위 사람들의 은근한 의혹을 외면했다.

에밀리는 남작부인이 어떤 경로로 독극물을 섭취했는지 알아내야 한다고 주장했다. 언제, 어떻게라는 문제를 밝히면 범인의 정체도 알 수 있을 테니까.

"그래, 그래! 내 목숨을 노리는 범인을 찾아봅시다!"

에밀리는 그날 남작부인의 식단이 정확히 어떻게 구성되었는지 알려달라고 했다. 물론 자기 전에 소화를 돕기 위해 마신 약간의 탕약도 빼놓지 않았다. 하녀는 그날 저녁에 잠을 잘 오게한다는 캐모마일 탕약을 끓여서 올렸다고 했다. 남작부인은 여기에 꿀과 오렌지꽃을 섞고 탕약이 식을 때까지 기다리면서 비스킷 한두 개를 찍어 먹었다. 그 정도면 끼니가 될 법도 한 양이니 저녁으로 쳐야 할 터였다.

그들은 고인의 방에서 수사를 이어 나갔다. 주인이 영영 돌아오지 않을 방에 불을 피워 놓은 사람은 아무도 없었다. 덕분에 볼테르는 털외투를 뒤집어쓰고 바들바들 떨어야 했다.

"아이고, 추워라! 겨울이 없는 나라에서 살았으면 좋겠군!"

"그 나라에선 철학적 주제들을 두고 논쟁할 일이 별로 없을 것 같네요."

"이러한 기후 풍토를 지닌 나라에서 철학자들이 어떤 대우를 받고 있는지 생각해 본다면 줄루족들의 나라라고 해서 과히 더 나쁠 게 있을까 싶소."

침대 머리 협탁에 놓인 작은 종을 아무리 울려 봤자 아무도 그들을 도우러 오지 않았다. 에밀리는 결국 체념하고 손수 벽난로에 장작을 넣었다. 볼테르가 장작 하나를 집어 들려는데 에밀리가 그를 만류하더니 뭔가를 주워들었다.

"이곳에선 남의 소유물로 불을 때나 봐요?"

그녀의 두 손가락 사이에는 거의 다 타고 남은 종이쪽지가 들려 있었다.

"하잘것없는 낙서나 메모일 거요."

벽난로에 땔감을 쑤셔 넣기 바빴던 볼테르가 일축했다.

"하잘것없는 낙서에 공증인의 인장이 찍혀 있을까요."

에밀리가 볼테르의 코앞에 종이쪽지를 내밀었다. 과연 붉은 잉크로 찍은 인장을 확인할 수 있었다. 유언장을 찾고 있는 입장에서는 결코 좋은 조짐이 아니었다.

제9장

우리의 주인공들이
사라진 유언장의 행방을 놓치다

그들이 곰곰이 생각에 잠겨 있는데 책 읽어 주는 시녀 그랑샹이 문 앞에 나타났다. 그녀는 어깨까지 내려오는 짧은 케이프를 두르고 있었다. 그녀의 적갈색 곱슬머리와 생기 넘치는 푸른 눈 앞에서는 세상 그 어떤 철학자도 마음이 누그러질 만했다.

"외출하는 거요, 그랑샹 양?"

볼테르가 친절한 목소리로 물었다.

그랑샹은 남작부인의 공증인 사무실에 가서 유언에 따라 혼처를 잡아 시집을 갈 수 있을지 알아볼 거라고 했다. 남작부인의 유족 모두가 공증인 사무실에 모이기로 되어 있었다. 우리의 수사관들도 당연히 가보기로 했다. 그들은 스스로 행실이 올바른 사람들이기 때문에 군이 초대받지 않더라도 자기들이 참석하면 반가워할 거라고 지레짐작하는 습관이 있었다.

그들은 떠나기 전 리낭에게 집을 잘 지키라고 당부했다. 볼테르의 허락이 떨어지기 전까지는 그 누구도 무언가를 뒤지거나, 노략질하거나, 훔치거나, 감추거나, 먹어치워서는 안 된다는 신신당부도 잊지 않았다.

공증인의 사무소는 그리 멀지 않았기 때문에 걸어서 갈 수 있었다. 어떤 면에서는 잠시 장례 행렬을 따르는 기분이었다. 팔레 루아얄 인근에서는 진짜 왕족의 피를 물려받은 공작부인들과 노름을 좀체 끊지 못하는 백작부인들, 파티에 가는 새침한 아가씨들과 점점 더 고약한 취향으로 치닫는 싸구려 장신구들을 전부 다 볼 수 있었다. 상류 사회와 천박한 취향의 공존, 그게 바로 이 구역의 뚜렷한 특징이었다.

빅투아르 광장에 도착하자 마차 세 대가 죄다 똑같이 생긴 집들 중 한 채 앞에 서 있는 게 보였다. 그 마차에서 유산 상속인으로 추정되는 이들이 우르르 나왔다. 에밀리는 마차 문짝에 그려져 있는 문장들을 알아보았다. 퐁텐 마르텔 남작부인과 인척 관계에 있는 마르텔 드 클레르 가의 문장이 있었고, 남작부인의 딸인 데스탱 부인 가문의 문장도 보였으며, 남작부인에게 많은 것을 약속받은 시녀 빅토린 드 그랑샹의 고모인 당드르젤 자작부인 가문의 문장도 보였다. 그들은 모두 동시에, 서로 비슷한 수준으로 열에 들떠서 도착했다. 처음에는 서로 냉랭하게 인사를 주고받으며 분위기를 탐색하는 듯 보였다. 그러나 별로 중요하지 않은 이야기를 신랄하게 주고받는 와중에도 한 가지만큼은 의견이 일치했다. 고인의 마지막 뜻을 확실하게, 그것도 최대한 빨리 파악해야만 한다는 것이었다. 선량한 노부인의 기억을 소중히 간직할지, 욕심쟁이 할망구라고 공개적으로 헐뜯을 것인지 확실한 입장을 취해야 했기 때문이다. 모두들 그 문제에 있어서 갈피를 잡기 전까지 억지로 눈물을 쥐어짜느라 진이 빠질 지경이었다.

공증인과 서기들은 창가에서 그들을 내려다보고 있었다. 공증인 모메 씨가 입을 열었다.

"왜들 저렇게 모여들었지? 폭동이 일어났나? 혁명이라도?"

상속인들은 그들 소망의 현실성을 조사하기 위해 문지기를 밀치고 사무실로 우르르 올라갔다. 그리고 법적 대리인과 그의 직원들이 마룻바닥 널판장 아래에 서류를 숨기는 현장을 목격했다. 모메 씨는 사실 다른 일, 절대로 소문이 나서는 안 될 훨씬 더 까다롭고 복잡한 일 때문에 급습을 당하는 줄 알았던 것이다.

상속인 무리에서 앞장을 서고 있던 당드르젤 자작부인이 선언했다.

"선생님, 퐁텐 마르텔 남작부인의 사망 소식이 곧 선생님의 귀에도 들어갈 겁니다."

"그럼 귀머거리가 되어야겠군요."

공증인이 퉁명스럽게 대꾸했다.

사무실이 갑자기 번잡스러워졌다. 직원들은 부인들을 위해 의자를 내왔다. 그러나 부인들이 의자에 가만히 앉아 있는 시간은 그리 오래가지 않았다.

공증인은 경찰을 염려할 필요 없이 널판장 밑에서 서류를 꺼내도 된다는 사실에 안도했다. 그래서 적어도 한 명은 이 자리에 있을 필요가 없지만 어쨌든 유언장을 낭독하겠노라 선언했다. 볼테르는 자기를 두고 하는 말이려니 생각했으나 말을 마친 공증인의 시선은 아름다운 그랑상을 향해 있었다. 모메 씨는 고인이 유언장 최종안에서 딱히 시녀에 대한 배려를 보여 준 기억은 없노라고 분명히 말했다. 이 말을 들은 당드르젤 부인은 충격에 빠졌다.

"뭐라고요? 우리 조카를 자기 집에 데려가 살게 해놓고서, 유산은 조금도 나눠주지 않는다고요? 그렇다면 우리 집안사람들을 하인 취급한 겁니까?"

그때, 서류가 들어 있는 상자를 열어 보던 공증인의 얼굴이 새파래졌다. 그는 다 죽어 가는 목소리로 수석 서기에게 혹시 그가 퐁텐 마르텔 부인이 위탁한 서류를 치웠는지 물었다. 자명한 사실을 인정해야 했다. 상속인들은 넘쳐 나는데 유언장은 온데간데없었다.

부인들이 의자를 박차고 벌떡 일어났다. 그들이 두 번째로 취한 행동은 공증인을 고발하겠다고 으름장을 놓는 일이었다. 위탁받은 서류의 분실은 중대한 과오요, 횡령죄로 고발할 수 있었다. 그러나 부인들의 협박에 법조인은 눈썹 하나 까딱하지 않았다. 이런 유의 언사에 이골이 난 그는 유언장이 없어지면 이득을 보게 될 사람이 일을 꾸몄을 거라고, 소송을 걸어 봤자 그쪽에서 몇 명만 낭패를 보게 될 거라고 쏘아붙였다.

게다가 유언장을 완전히 잃어버렸다고만 할 수도 없었다. 남작부인은 유언장 최종안을 확정한 후에 사본을 소지하고 있었다. 가장 손쉬운 방법은 남작부인의 자택에 보관되어 있을 그 사본을 빨리 찾아내는 것이었다. 물론 볼테르와 에밀리는 그 방법이 통하지 않을 거라고 능히 짐작할 수 있었다. 목마른 놈이 우물 판다고, 한 방 먹은 상속인들은 법적 절차를 밟을 겨를이 없었다. 상속인들은 떠나고 공증인은 자체 수사에 매달렸다. 문이 닫히자마자 한바탕 뒤엎으려고 직원들을 죄다 불러 모은 걸로 봐서 모메 씨도 유언장을 훔쳐 간 도둑이 자기 사무실 사람이 아니라는 확신은 없는 모양이었다.

상속인들에게는 마차가 있었다. 그래서 볼테르와 에밀리는 봉 장팡 거리에 제일 마지막으로 도착했다. 오래된 서류 찾기라는 판은 이미 벌어져 있었다. 한 패가 몰려와 서랍이란 서랍은 다 열어 보고 장롱을 비우고 매트리스를 뒤집어엎고 난리도 아니었다. 그래도 그들은 아무것도 망가뜨리지 않으려고 조심하고 있었다. 왜냐하면 이 모든 것이 어쩌면 그들 몫의 유산으로 돌아올 지도 몰랐으니까. 이 조심스러운 노략질은 뚱보 사제 리낭이 버 젓이 지켜보는 가운데 이루어지고 있었다. 리낭은 흥분한 약탈 자들이 조사의 편의를 위해 자기를 빈속으로 내쫓을까 봐 또다 시 비스킷을 꾸역꾸역 입에 처넣었다.

그들은 이 서랍 저 서랍을 열어 보며 거리낌 없이 욕설을 내뱉 었다. 평소 원색을 좋아하는 당드르젤 자작부인은 이날 이집트 풍뎅이 조각상을 연상시키는 초록색 옷을 입고 정직하지만 타협 을 모르는 여자 특유의 얼굴을 하고 있었다. 그녀는 조카딸을 싸고돌며 조카딸의 권리를 열렬하게 옹호하는 한편 역시 과년한 딸을 둔 클레르 부인이나 혼자서도 너끈히 상대를 제압할 수 있 는 데스탱 백작부인에게 맞섰다. 클레르 백작부인은 검붉은 옷 을 입고 있었다. 그 옷 색깔 때문에 그녀와 당드르젤 자작부인이 함께 있으면 농부의 사과궤짝 속에서 지나치게 농익은 사과와 풋사과가 서로 으르렁대며 싸우는 것처럼 보였다.

당드르젤 자작부인은 콘스탄티노플 대사로 있다가 순직한 남편의 넋을 들먹거렸다. 클레르 백작부인도 질세라 장교로 있 다가 사망한 남편의 혼을 불렀다. 이리하여 유언장 찾기는 유령 들의 싸움판으로 변했다.

클레르 부인은 화가 머리끝까지 나서 볼테르를 붙잡고 늘어 졌다. 사실 이 광경을 조용히 바라보며 마음에 새기던 볼테르는 다음번 비극을 구상하고 있었다. 피와 분노로 점철된 아트레우스 왕가의 비극을.

"당신은 여기서 뭐하는 거예요? 유언장에 당신 이름도 올라가 있을 거라고는 기대하지 않나 보죠?"

그러자 데스탱 부인이 킬킬대고 웃었다.

"이 집에서는 벽들도 상속을 기대한다죠, 아마."

볼테르는 보이지 않는 소크라테스의 토가로 무장했다.

"부인, 저는 여기 사는 사람입니다. 저는 제 처소로 올라갈 겁니다."

그는 첫 번째 계단에 발을 올려놓고는 뒤를 돌아보았다.

"혹시 과일 설탕조림 드시겠습니까?"

볼테르는 가증스러운 부인네들에게 이렇게 물었다. 비록 쇠심줄처럼 질긴 고집이 독으로 누그러들지는 확신할 수 없었지만 말이다. 그는 부인네들을 일층에 내버려 두고 잡동사니 진열실로 에밀리를 데리고 올라갔다. 볼테르는 닫혀 있는 문을 가리키며 말했다.

"세상을 떠난 푸른 수염 부인께서 이 방을 항상 열쇠로 꽁꽁 잠가 두고 아무도 들어오지 못하게 했다오."

하지만 이제 상황이 변했다. 이 집을 집어삼킨 소용돌이에도 꿋꿋이 닫혀 있을 수 있는 문 따위는 없었다. 상속인들도 속속들이 사람을 끌고 올라왔다. 멀찍이 거리를 지키고 있겠다는 사람은 아무도 없었다.

진열실이 다시 활짝 열렸다. 부인네들은 탐욕스러운 눈으로 방 안을 훑어보았다. 어슴푸레한 어둠 속에 박제된 동물들, 밀랍으로 된 남자의 상반신과 신체 내 기관들이 보였다(하반신은 없어서 다행이었다). 그 밖에도 그리스 것으로 추정되는 테라코타 여인상들, 돛을 있는 대로 펴고 탁자 위를 항해하는 듯한 갤리온선 미니어처, 먼지가 덕지덕지 쌓인 잡동사니가 있었다. 부인네들은 그 잡동사니들이 고인의 어둡다 못해 추잡스러운 면을 확인시켜 줄 뿐이라고 확신했다. 그래서 그들은 깨끗하고 건전한 쪽을 뒤지기 위해 방을 나갔다.

그 광경은 볼테르가 평소 인간 사회에 대해 품고 있던 생각, 특히 그 사회의 여자 구성원에 대한 생각을—그가 선호하는 쪽이긴 했지만—더욱 확고하게 만들어 주었다.

"내가 저 여자들 등쌀에 남아나질 않겠군."

그에게 인간은 '친구'와 '적'으로 양분되었다. 그리고 지금 이곳에선 명백히 두 번째 부류의 인간들밖에 보이지 않았다.

"마니교도처럼 굴지 말아요. 모든 것이 흑 아니면 백으로 나뉘진 않는다고요."

에밀리가 이의를 제기했다.

"물론. 세상엔 완전히 회색인 것들도 있으니까."

제10장

진중한 신사들도
순전히 바보 같은 짓거리에
매달릴 수 있나니

유산 사냥꾼들이 탐욕에 못 이겨 다른 장소로 이동하자 우리의 두 주인공은 겨우 잡동사니 진열실을 찬찬히 살펴볼 수 있게 되었다. 동물 시체와 기이하게 일그러진 해골 따위로 가득 찬 그곳은 괴짜 수집가들에게 이상적인 놀이터였다. 방을 뒤지다 보니 기분 나쁜 봉합 자국이 여기저기 나 있는, 갈색의 쪼그라든 사과 같은 것이 나왔다. 라벨을 읽어 보니 동인도에서 가져온 사람 머리통이라고 쓰여 있었다. 두 사람은 인간의 보편적 재능을 보여 주는 ─ 물론 다소 기이하고 불손한 인간의 면모이기는 해도 ─ 세속의 유물들을 모아 놓은 이 분묘를 열심히 파헤쳤다. 처음에는 이곳이 에로스와 비너스 숭배에 바치는 '금지된 물건 보관소enfer'라는 생각이 들었다. 하지만 이곳은 그냥 아수라장enfer일 뿐이었다.*

볼테르는 악어의 턱뼈라고 보기엔 너무 넓적한 광물성 턱뼈처럼 생긴 물체를 살펴보면서 중얼거렸다.

"이것 참 흥미롭군. 어째서 노부인이 내게 이런 장소를 숨겼는지 이해가 되지 않는단 말이오. 나로 말하자면 대단히 개방적인 정신의 소유자요, 다양한 것들의 절충주의를 각별히 높이 사는 사람 아니오."

에밀리는 나름대로 자기 생각이 있었다.

"우리는 어른들을 위한 인형의 집에 와 있는 거예요."

그곳은 남작부인의 놀이터, 괴상망측하지만 애착이 가는 물건들을 모아 놓은 비밀의 정원이었다. 지극히 내밀한 영역이었던 것이다. 에밀리는 볼테르처럼 신중하고 타인을 존중할 줄 아는 사람들일지라도 일단 낯선 이들은 이곳에 들이고 싶지 않았던 남작부인의 마음을 이해할 수 있었다. 에밀리 자신도 이런 방을 하나 갖고 있었기 때문에 그 마음은 이해하고도 남았다. 다만, 에밀리의 비밀 방은 자연과 인간이 만들어 낸 으스스하고 소름 끼치는 산물들을 모아 놓는 방이 아니라 수학과 물리학, 일반 과학 전체에 대한 연구 공간이라는 차이가 있을 뿐이었다. 누구에게도 보고할 필요 없이, 그녀가 살아 있음을 느끼게 해주는 오만 가지 것들을 모아 놓은 공간 말이다.

---

* 프랑스어 'enfer'는 '지옥, 아수라장'이라는 뜻이지만, '도서관의 금서 보관실', '비밀 전시실'이라는 뜻도 있다.

볼테르는 남작부인이 곁에 두기 좋아했던 '괴상망측하지만 애착이 가는 것들'에 자신도 포함된 것이 아닐까 의문을 품기보다는 오래된 신문더미에 주목했다. 동시대의 과학계 소식을 다루는 월간지 〈학자신문〉이 한 호도 빠짐없이 쌓여 있었다. 퐁텐마르텔 부인은 이 간행물을 통해 살롱에서 오가는 대화의 주제들을 파악했을 터였다. 기사에는 장식적인 효과를 더해 주고 독자들에 대한 정보 제공에도 도움이 되는 목판화 삽화가 들어 있었다.

"내가 제일 좋아하는 읽을거리예요!"

에밀리가 철학자의 어깨 너머로 고개를 숙이며 외쳤다. 볼테르는 에밀리가 이렇게 딱딱하고 근엄한 간행물을 알고 있다는 데 놀랐다.

"머리가 두 개 달린 괴물이나 달나라 사람들에 대한 정보를 어디서 얻을 수 있겠어요? 광속光速이니 어쩌니 하는, 다소 터무니없는 문제들을 어디서 접하겠어요?"

에밀리는 최근 10년간 과학이 접근했던 모든 영역들에 대해서 광범위한 지식을 지니고 있었다. 그래서 잡동사니 진열실의 선반과 탁자에 놓여 있던 도구들을 대부분 알아보았고 곤충학 표본 따위도 대담하게 살펴보았다. 그녀의 식견은 나무상자 위에 놓여 있던 몰상식한 물건, 큼지막하고 추악한 물건과 충돌했다.

"남작부인은 참 쓸데없고 추잡스러운 것들도 소장하고 있었군요. 여기 이 양철통을 보세요!"

사교계의 풍속에 통달한 볼테르는 그 물건이 환등기라고 가르쳐 주었다. 환등기는 아이들에게는 마법 같은 장면을 스크린에 투사해 주고, 어머니들에게는 아름다운 색감의 경치를 보여 주며, 사내들에게는 반드시 문을 잠가 놓고 봐야만 하는 규방에서의 그렇고 그런 장면을 보여 주는 데 쓰였다.

그때 리낭이 진열실로 들어왔다. 그는 상속자 떨거지가 주방을 뒤지는 현장을 처음부터 끝까지 감시해야만 했기에 이제야 이곳으로 올라올 수 있었다. 무엇보다 주방에는 그가 특별히 애착을 가지는 것들—대부분 먹을 수 있는 것들—이 잔뜩 있었으니까. 리낭의 눈에 볼테르가 살펴보고 있던 환등기가 들어왔다.

"판은 어디 있나요?"

리낭은 상당한 관심을 보이며 잡동사니 더미를 들춰 보았다.

"신부님, 그게 중요한 게 아니잖아요!"

에밀리가 눈살을 찌푸리며 말했다.

환등기는 투사할 그림이 그려져 있는 유리판 없이 본체만 덩그러니 남아 있었다. 바로 그때, 환등기 등잔 속에서 종이 한 장이 떨어졌다. 거기에는 남작부인의 글씨로 12음절 시구가 적혀 있었다.

후회를 남기니 회한이 오는 법.

세 사람은 호기심이 바짝 동했다. 아무래도 그림판을 찾아보는 게 좋을 듯싶었다. 그들은 하인들을 심문하기로 했다.

그러나 하인들은 아무것도 모르고 있었다. 다만 그랑상은 데스탱 백작부인이 바로 전날 보주네에게 아무나 방물장수가 오는 대로 그림판을 팔아 치우라고 하는 소리를 들었다고 했다. 아마도 백작부인은 모친의 집에서 음탕한 춘화春畵가 발견되는 사태를 참을 수 없을 거라나. 이 말은 곧 그 그림판을 반드시 볼 필요가 있다는 뜻이었다. 백작부인이 그런 물건을 유산으로 물려받고 싶어 했을 리가 없다. 그녀의 나침반은 가可와 불가不可만을 따졌고, 그녀 자신의 판단이랄 만한 것은 없었다. 만약 그들이 사는 곳이 프랑스가 아니라 잔지바르였다면 백작부인은 볼테르도 노예 시장에 내다 팔았을 것이다.

보주네를 불러서 물어보니 어느 사부아 어린애에게 그림판을 팔았다는 무성의한 대답이 돌아왔다. 저잣거리에서 꼭두각시 인형극이나 가벼운 구경거리를 보여 주는 그렇고 그런 떠돌이였다고 했다.

볼테르는 확실하고도 적대적인 무리들에게 쫓기는 처지였으므로 다시 어둠 속을 헤매야 한다는 생각만으로도 치가 떨렸다. 그때 에밀리가 외쳤다.

"우리가 동네 굴뚝 청소부들을 일일이 쫓아다닐 필요는 없어요!"

"그럼, 그렇고말고. 몸으로 뛰는 일은 이 친구가 맡을 거요."

볼테르는 그렇게 말하며 리낭을 가리켰다. 두 사람은 리낭을 듣기 좋은 말과 비스킷으로 살살 구워삶아 추운 바깥으로 내몰았다. 뚱보 사제는 추위에 웅크린 채 한 손으로 외투를 단단히 여미고 다른 한 손으로는 모자가 날아가지 않게 누르고 사부아 사람 찾기에 나섰다. 이런 떠돌이 흥행사들은 대개 낮에는 집집마다 돌아다니며 벽난로와 굴뚝을 청소하고 밤이 되면 몸을 깨끗이 씻고 환등기로 구경거리를 보여 주러 나섰다. 리낭은 봉 장팡 거리에서 가방을 메고 환등기를 등에 진 떠돌이를 발견했다.

떠돌이는 그림판을 정말 헐값에 구입했다고 순순히 시인했다. 게다가 자신이 지고 다니는 네덜란드제 환등기에는 그 그림판이 맞지 않아서 적합한 환등기를 가진 동료를 만나는 대로 넘기려던 참이었다고 했다. 사제는 떠돌이가 푼돈에 그림판을 사들였으니 값을 높게 부르지는 않을 거라고 지레짐작했다. 그러나 놀랍게도 그림판의 가격은 말도 안 되게 뛰어 있었다.

"언제부터 추잡스러운 그림이 들어간 유리판이 금값이 됐지?"

"글쎄요, 사겠다는 사람이 나타난 때부터?"

"누가 사겠다고 했는데?"

"사제님이요."

상속자 떨거지는 소득 없이 쿠션을 뒤집어 보는 짓거리에 지쳐 각자의 집으로 돌아갔다. 볼테르와 에밀리는 이때다 싶어 가볍게 요기라도 하기로 했다. 응접실에는 이제 아무도 없었지만 한바탕 뜨거운 강풍이 휩쓸고 지나간 듯했다.

"참아 줄 수 없는 유일한 결함은 남들의 결함이지."

볼테르가 중얼거렸다.

에밀리는 초콜릿을 따라 주는 그랑샹이 철학자에게 아양을 떠는 모습을 유심히 지켜보다가 아가씨가 물러가자마자 볼테르에게 물었다.

"저 아가씨가 선생님께 뭔가 바라는 게 있나요?"

"여느 아가씨들이 원하는 것을 저 아가씨도 원하지 않겠소. 어떤 경우에든 아가씨들은 좋은 신랑 만나 좋은 데 시집가면 다 해결될 거요."

하녀가 그들에게 신문을 가져다 주었다.

"이게 뭐지?"

"신문인데요."

"파리의 신문이라니! 멍청한 잡소리밖에 읽을 게 없다고! 네덜란드 신문을 가져오게. 그래야 프랑스에서 무슨 일이 일어나고 있는지 알지!"

읽을 만한 신문이 없자 볼테르는 에밀리에게 자신의 비극 〈에리필레〉의 내용을 간단하게 요약해 들려주었다. 그는 이 작품에서 〈햄릿〉의 주제와 〈오이디푸스 왕〉의 주제를 결합하고 〈맥베스〉를 연상시키는 몇 가지 요소들을 끼워 넣었다.

"〈돈 후안〉과는 상관없고요?"

에밀리가 놀랍다는 듯이 물었다.

그들이 남작부인 집의 초콜릿을 음미하고 있을 때 떠돌이에게 지갑을 털린 리낭이 그림판을 가지고 돌아왔다. 그렇잖아도 있는 돈을 다 털린 채 낙담하고 있던 리낭은 두 사람이 자기만 빼놓고 무언가를 먹기 시작했다는 사실에 완전히 실의에 빠졌다. 반면 볼테르에게는 이 거래가 얼마짜리였는지 따위 중요하지 않았다. 배를 채울 것도 있겠다, 편안하게 앉아 있겠다, 환등기 구경하기에 이보다 좋은 때는 없었다. 볼테르는 보주네를 시켜 잡동사니 진열실에서 환등기를 가져오게 했다. 하지만 보주네의 손은 비어 있었다. 이번에는 환등기가 사라져 버린 것이다. 그들은 진열실의 책과 잡동사니를 일일이 뒤집어 보며 삯은 정성을 들여 환등기 찾기에 매진했다. 환등기가 그곳에 없음은 분명했다.

볼테르가 철학적 비난을 격렬하게 퍼붓고 에밀리가 눈을 부릅뜨고 겁을 주며 하인들을 족쳤지만 누가 환등기를 슬쩍했는지는 알아낼 수 없었다. 그렇다면 다른 환등기를 구하면 될 일이었다. 그러나 리낭은 배워먹지 못한 떠돌이들을 상대로 흥정하기 위해 또다시 밖에 나가는 일을 완강히 거부했다. 게다가 이제 환등기를 구해 올 돈도 없었다.

다행히도 〈학자신문〉을 탐독하던 에밀라가 매주 환등기 영사 애호가들이 모임을 갖는다는 기사를 찾아냈다. 게다가 바로 오늘이 그 모임이 열리는 날이었다. 그녀는 당장 가보자며 자리에서 일어섰다.

"그 몸을 하고서요, 부인?"

리낭은 남산만한 배를 하고서도 쉴 새 없이 부산스럽게 움직이는 후작부인을 보고 놀랍다는 듯 말했다.

"내 몸이 뭐가 어때서요? 애는 어디에서든 낳을 수 있어요!"

그래서 그들은 생 도미니크 거리에서 애를 낳을 각오로 집을 나섰다.

그 거리는 생 제르맹 데 프레 수도원 서쪽 구역의 중심축에 해당했다. 최고의 건축가들이 설계하고 아름다운 정원을 갖춰 놓은 집들은 그 이상 우아하고 세련될 수가 없었다. 강바람이 부는 동네라서 공기도 좋거니와 참석자들도 알아주는 사람들이었다.

조제프 드 라 모송의 자택에는 프랑스에서 가장 진귀한 물건들이 풍부하게 소장되어 있었다. 그밖에도 그날 밤 모인 희귀품 애호가 중에는 할아버지에게 물려받은 희귀품 전시실을 소유한 가스파르 드 세르비에르, 유명한 박물학자이자 예술사가인 앙투안 다르장빌이 있었다.

세 명의 방문객이 새로운 그림판을 들고 왔다고 하자 그들은 시스티나 성당에서 미켈란젤로를 환영하듯 열렬하게 환영해 주었다. 환등기로 즐기는 여흥은 그렇게까지 널리 퍼진 유행이 아니었기에 애호가들은 늘 새로운 그림판에 목말라 있었다. 존경할 만한 세 명의 학자가 지금 막 틀려고 하는 그들의 소장품에 대해 소개했다.

"빛이 있으라!"

드 라 모송 씨가 외쳤다. 그러자 과연 빛이 있었다. 그 빛 속에서 아름다운 풍경이 나타났다. 그 후 단테의 작품에서 영감을 받은 듯 들판을 내달리는 기묘한 짐승들이 보였다. 그다음 장면은 오막살이에 모여 앉은 플랑드르 농부들을 보여 주는 듯했다.

"아! 정말로 플라톤의 동굴에 들어앉은 기분이군!"

볼테르는 이 재미있는 눈속임에 희희낙락했다. 그다음 작품은 중국에서의 일상사를 다룬 것이었다. 그들은 순식간에 베이징으로 옮겨 간 기분마저 들었다. 부르주아들이 등장했고, 은밀한 장면들이 펼쳐졌다. 등장인물들은 거리낌이 없어 보였을 뿐 아니라 옷도 걸치다 만 모습이었다.

"이 추잡한 그림들은 다 뭐예요?"

에밀리가 물었다.

"이건 피에르토 아레티노의 〈논거^{Ragionamenti}〉에 들어간 삽화들입니다. 일반적인 낯 뜨거운 그림들과는 차원이 달라요."

가스파르 드 세르비에르가 대꾸했다.

"과연 그렇군요. 교양 있게 낯 뜨거운 그림들이군요."

"섭정께서도 환등기 영사를 자주 즐기셨더랬지요."

다르장빌 씨가 말했다.

"그렇다면 도덕성은 보장되겠군요."

에밀리가 빈정거리며 말했다.

드디어 그들의 방문 목적으로 넘어갈 때가 되었다. 리낭이 금 값으로 겨우 구해 온 그림판을 꺼냈다. 신사들은 먼저 촛불에 비추어 그림판을 대충 훑어보았다. 그들은 깐깐한 요조숙녀처럼 보이는 후작부인 앞에서 그림판 영사하기를 망설였다.

"부인도 그렇고, 사제님도 그렇고. 아니, 사실은 그 누구 앞에 서든 이런 그림을 영사하는 일이 마땅치 않다고 사료됩니다."

드 라 모송 씨의 말에 리낭은 교회의 사람으로서 어떤 죄와 맞서 싸워야 하는지 분명히 알아야 하기 때문에 자신도 그림을 꼭 봐야겠다고 말했다. 그는 여러 각도에서, 전면과 후면에서, 다리를 번쩍 들어 올리고서 그 죄를 '확인하기로' 단단히 작정했다. 한편 에밀리는 인체 해부학과 곤충의 삶을 연구하는 입장에서 모든 것을 철저히, 박물학자의 눈으로만 보겠노라 약속했다.

그 그림 속 곤충들의 앞날개와 더듬이는 빵빵하게 부풀어 있었다. 에밀리는 경고를 듣고 마음을 다잡았음에도 불구하고 자기도 모르게 신음소리를 내며 얼른 눈을 돌렸다. 두 번째 판으로 넘어가서는 사내들의 열렬한 관심에 호기심이 동해서 그녀도 쳐다보지 않을 수 없었다.

"음! 노트르담의 스테인드글라스는 아니군요."

가스파르 드 세르비에르가 말했다.

솔직히 말하자면 그 장면은 아무 의미도 없어 보였기 때문에 더욱 낯설었다. 그림이 바뀔 때마다 특정 요소들이 빠진 듯 언제나 전체적으로 비슷한 배경 속에 등장인물은 한 사람씩만 보였다. 인물이 옷을 걸치지 않았다는 점만 제외하면 딱히 관객들의 주목을 끌 만한 점도 없었다. 남녀가 벌거벗고 따로따로 차를 마시고 있는 모습을 그리다니, 정말 괴이한 발상 아닌가. 도대체 어떤 화가가 이렇게 엉뚱한 그림을 그렸으며, 누가 이런 바보 같은 그림을 샀을까? 남작부인은 왜 이 따위 그림판을 대단한 물건이라도 되는 양 비단주머니에 고이 넣어 간직했더란 말인가?

세 명의 애호가들은 자기들이 소장한 일본 판화를 같이 보자고 제안했지만 에밀리는 피곤하다며 거절했다. 그리하여 손님들은 해가 뜨는 나라에 사는 사람들이 아레티노의 작품에 나타난 사람들에 비해 어떤 해부학적 특징을 지녔는지 확인할 길 없이 그 집에서 나왔다. 에밀리는 친구들을 퐁텐 마르텔 부인 저택에 내려 주고 집으로 돌아갔다.

바람은 여전히 매섭고 이미 밤도 깊은 시각이었기에 앞이 잘 보이지 않았다. 볼테르와 리냥이 현관의 끈을 잡아당겼지만 안에서는 아무 대답도 없었다. 집 안에서는 불빛이 새어나오고 있었다.

아무리 끈을 당겨도 반응이 없자 두 사람은 팔레 루아얄 정원 쪽으로 향했다. 옷만 그럴듯하게 차려 입고 경비원에게 돈만 찔러 주면 해가 진 뒤에도 정원에 출입하기는 어렵지 않았다. 경비원은 파리지앵들의 별의별 소행에 이골이 나 있었다. 정원의 덤불 숲은 파리지앵들이 가장 선호하는 만남의 장소 중 하나였다. 볼테르는 일단 정원을 통해 저택 뒤로 가서 골방의 창문을 확인했다. 보주네가 몇 번이나 골방 창문 빗장이 망가져서 고쳐야 한다고, 어떤 악당 같은 놈이 그리로 들어올지 모른다고 말하는 소리를 들었기 때문이다. 볼테르는 리낭에게 자기가 등을 타고 올라갈 수 있도록 엎드려 달라고 부탁했다.

라이프니츠라면 절대 해낼 수 없을 몸 비틀기 묘기를 펼친 끝에 볼테르는 창문으로 들어가 방 안으로 떨어졌다. 그러다 몸의 일부를 바닥에 세게 찧었는데, 다행히도 그 부위는 문학적 과업에는 아주 기본적인 용도로 밖에 쓰일 데가 없는 곳이었다. 어쨌든 볼테르는 최소한 아무 악당이나 골방 창문을 통해 이 집에 침입할 수 있다는 사실을 실제로 증명했다는 데 만족했다.

볼테르는 골방의 문을 열고 나가자마자 복도에서 하녀와 마주쳤다. 하녀는 이렇게 시끄럽게 쿵쿵대는 쥐도 있나 궁금해서 나와 본 참이었다. 볼테르는 쥐 한 마리보다는 철학자의 잔소리를 더욱 두려워해야 마땅하다는 사실을 따끔하게 알려 주고 싶었다.

"죄송해요, 선생님. 하지만 데스탱 부인께서 이제 여기는 부인의 집이니 볼테르 선생님께 문을 열어 주지 말라고 하셨어요."

선량한 하녀의 말을 볼테르는 초연하게 받아들였다. 이제 열쇠 두 개를 새로 맞추는 수밖에 없으려나. 이 집에 들어오는 데 필요한 두 개의 열쇠는 무지막지하게 크고 무거웠다. 거추장스러워서 자주 이용하지 않다 보니 결국 열쇠들을 잊어버렸고 이제 어디에 뒀는지 기억도 나지 않았다. 그 열쇠들을 주머니에 넣으면 옷 모양이 보기 싫게 늘어졌다. 그래서 모두들 열쇠를 지니고 다니기보다는 현관의 끈을 잡아당겨 사람을 부르곤 했던 것이다. 그래도, 그렇더라도, 지금 자기를 잊어버린 줄 알고 마구 고함을 질러 대는 저 멍청한 사제와 추운 길바닥에 나앉아 눈을 맞으며 밤을 보내는 것보다는 그런 소소한 불편을 감수하는 편이 나을 성싶었다.

제11장

죽어가는 와중에도
돈 버는 법

다음 날, 볼테르는 간밤에 과하게 묘기를 부린 탓에 삭신이 쑤셔 죽을 지경이었다. 에밀리는 오전 11시에 나타났다. 잠을 거의 이루지 못했던 그녀는 볼테르가 털모자를 쓰고 침대에 누워 있는 모습을 보고 소스라치게 놀랐다. 리낭은 침대 옆에서 볼테르가 먹을 고깃국을 휘젓고 있었다.

가엾은 철학자가 추적자들에게 공격이라도 당한 줄 알고 사색이 된 에밀리에게 볼테르는 골방 창문을 넘다가 이렇게 되었다고 설명해야 했다. 그러나 측은해 할 줄 알았던 에밀리는 실소를 터트렸고 이는 볼테르에게 엉덩이에 입은 타박상보다 더 쓰리고 아프게 다가왔다. 철학자는 이불을 뒤집어썼다. 최소한 이불 속에서는 아무도 그의 고통을 웃음거리로 여기지 않을 테니까.

"우리 리낭 사제가 나를 잘 도와줄 거요!"

볼테르는 들으라는 듯 큰소리로 말하고는 에밀리의 귀에 대고 나지막하게 속삭였다.

"어떤 사람들은 하루에 17시간씩 잘 수 있다는 거 아시오? 내가 아무래도 잠꾸러기를 채용한 모양이오. 게다가 저 친구가 먹는 데 쓰는 시간을 제외하고 나면 문학을 숭배할 시간은 남지도 않는다오."

"수프 먹여 주는 일을 시키려고 사제를 채용해요?"

"안 될 건 또 뭐요? 저 친구가 신자들에게 말도 안 되는 종교 나부랭이를 설파하는 것보단 여기 있는 게 낫소. 성직자 노릇보다는 볼테르의 조수 노릇이 쓸모 있는 일이지. 저 친구가 나를 성심껏 돌보아 주리라 생각하오. 자기도 게으름을 피우거나 태만하게 일처리를 하면 지옥에 간다는 것쯤은 알겠지!"

철학자가 무지한 대중을 구하러 달려갈 수 있을 만큼 기운을 차리자 리낭은 숟가락을 놓고 펜을 들어 볼테르가 하는 말을 받아 적었다. 리낭은 잠을 자지 않는 약간의 시간 동안 간호사 겸 비서 노릇을 할 것이고 필요에 따라서는 쓸데없는 질문을 생략하고 종부 성사를 치러 줄 수도 있었다. 그건 여러 모로 편리한 일이었다.

에밀리는 볼테르가 쓰고 있는 작품에 대해서 질문했다. 볼테르는 몸이 불편할 때에는 주로 시를 썼다. 다 죽어가는 사람처럼 끙끙 앓았던 오늘은 〈에리필레〉를 군데군데 손보았다. 에밀리는 그 비극의 상태를 좀 더 잘 납득할 수 있었다.

하녀가 올라와 볼테르를 치료할 선생님이 와 계시다고 전했다. 에밀리는 볼테르를 자신의 주치의에게 보이고자 했다.

"의사! 난 평생 의사를 상대한 적이 없소! 그놈들은 걸핏하면 사혈瀉血 처방이나 하고 말도 안 되는 청구서로 사람을 두 번 죽인다니까!"

볼테르를 찾아온 손님은 각종 예방 조치를 만들어 내는 데 일가견이 있었다. 오늘은 새로운 관장용 주사기를 들고 나타났다. 리낭은 볼테르가 여러 가지 크기의 주사기를 비치해 두는 장롱을 열었다. 그 안에는 어디를 가더라도 소지할 수 있는 아주 작은 여행용 주사기까지 구비되어 있었다. 덕분에 볼테르는 마차를 타고 국경으로 가는 길에도 속도를 늦추지 않고 관장을 할 수 있었다.

주사기 제조업자가 케이스에서 구리 피스톤과 유리통이 달린 흉측한 물건을 꺼내들고 물었다.

"당장 쓰실 겁니까?"

볼테르는 새로운 장난감을 시험해 볼 생각에 몹시 들떴다. 에밀리는 다른 방으로 자리를 비켜 주었다. 관장이 끝나자 리낭이 난처한 얼굴로 탕약을 들고 하녀와 함께 다시 올라왔다.

"아래층에 선생님께 돈을 빌리겠다는 신사분이 와 계십니다. 제가 이곳은 은행이 아니라고 누차 말씀드렸는데도 고집을 부리

시네요."

하녀는 몹시 화가 난 눈치였다.

"마님은 돌아가셨다고 말씀드렸더니 그분 대답이, 선생님을 만나러 온 거라고 하더군요."

그렇게 말하는 하녀의 목소리에는 의심이 가득했다.

"착오가 있었나 보군. 어쨌든 들여보내시오."

볼테르가 말했다.

"이 상태로 만나시겠다고요?"

간호사 겸 비서 겸 사제가 반발했다.

"물론, 지금 이 상태로."

청원자는 사십대의 땅딸막한 신사로 자수가 들어간 멋진 저고리를 입고 있었다. 하지만 볼테르는 그의 움푹 파인 눈, 넙수룩한 눈썹, 좁은 이마에서 답답하게 생긴 원숭이 상판대기를 연상했다. 볼테르는 기침을 하고는 이렇게 침대에서 손님을 맞아 미안하다고, 가까이 오라고 손짓했다. 이제 서른아홉이라지만 눈도 나쁘고 가는귀까지 먹은 볼테르는 이미 체력이 바닥난 상태였다.

제 몸 가누기도 힘들어 보이는 사람이 돈놀이를 할 것 같지는 않았지만 장 바티스트 앙고 드 라 모트 레조는 침대 옆에 약간 거리를 두고 앉았다. 그는 볼테르도 아는 친구에게 얘기를 듣고 왔다고, 받을 돈이 빨리 안 들어와 사정이 어렵다고 말했다.

"선생님께서 급전을 빌려주신다는 얘길 들어서요."

"글쎄올시다. 파리에 사십니까?"

"저는 루앙에 삽니다."

"그럼 빌려드릴 수도 있겠습니다."

볼테르는 세상 사람들의 이목도 생각해야 했기에 파리지앵들을 상대할 때에는 다른 사람을 내세웠다. 거래는 종신연금의 형태로 이루어졌다.

"융통하셔야 하는 돈이 얼마나 되는지?"

레조 씨는 이곳에 오면서 4천 리브르쯤 빌리려고 계산해 두었다. 그러나 쇠약해 빠진 채권자를 보고 나니 6천 리브르를 부르지 않으면 바보라는 생각이 들었다. 상환은 오래 걸리지 않을 터였다. 어쩌면 올 겨울에 채권자의 사망 소식을 듣게 될지도 모를 일 아닌가. 레조 씨는 날치기 심보가 발동했다.

볼테르는 차용인의 자격 조건을 알아보았다. 일단 레조 씨는 볼테르의 다른 고객이자 친구인 시드빌 씨의 추천을 받고 온 사람이었다. 그래서 2천 리브르까지는 문제없다고 보았다. 차용자가 후작이라는 것을 알고 차용 금액은 3천으로 올라갔다. 상당한 유산을 상속받을 사람이라고 하니 5천까지도 괜찮았다. 이 귀족은 노르망디 고등법원 자문대신이라는 대단히 안락한 자리를 차지하고 있었으므로 차용액은 7천 리브르까지 올라갔다. 시골 귀족, 고등법원 보직, 이보다 이상적인 고객은 있을 수 없었다.

고등법원에 재직 중인 후작님도 같은 생각을 하고 있었다. 대화를 나누면서도 그의 시선은 가구들 위에 굴러다니는 수많은 알약, 주사기, 약병, 물약을 훑고 있었다. 게다가 이 집 마님도 죽은 지 얼마 안 됐다고 하지 않았던가. 이곳에는 병의 기운이 감돌았다. 머지않아 이 채권자도 똑같은 운명을 맞을 것만 같았다.

두 사람은 8천 리브르로 피차 흡족하게 합의를 보았다. 후작은 볼테르의 병약한 얼굴 하나만 보고 10퍼센트라는 높은 금리를 덥석 물었던 것이다. 일이 끝나자 볼테르는 작은 종을 쳐서 하녀를 불러 손님을 배웅하라고 명했다. 하녀의 얼굴에는 어쩌다 고리대금업자를 모시게 된 자기 신세를 한탄하는 기색이 역력했다.

근사하게 한 건 성사시킨 볼테르는 기분이 한결 좋아졌다. 비극에 몰두하고픈 마음은 싹 가셨다. 그는 죽었다 살아난 라자로처럼 침상을 박차고 일어나 에밀리가 있는 남작부인의 진열실로 건너갔다. 에밀리는 하녀와 함께 먼지떨이를 동원하여 보다 심도 깊은 조사를 진행하는 중이었다.

볼테르는 열쇠를 돌리면 기계가 연주하는 음악에 맞춰 춤을 추는 인형을 살펴보았다. 앵무새 박제, '일본 미술품'이라는 딱지가 붙어 있는 종이 냄비, 괴상한 모양의 알록달록한 조가비들까지.

"과학에 조예 깊은 남자 혹은 권태에 찌든 부인네의 잡동사니로군."

이 말을 들은 에밀리가 화를 냈다.

"과학에 조예 깊은 부인네들과 권태에 찌든 사내들일 수도 있다고는 생각지 않으세요?"

"당신과 함께라면 어떤 사내도 권태 따위는 느끼지 않겠지."

볼테르는 그렇게 말하고 에밀리의 손에 입을 맞추었다. 그러고는 잠잘 때 쓰는 모자 밑에서 종이 쪼가리 하나를 꺼냈다. 남작부인이 끔찍한 악몽을 꾸었던 밤에 그 방에서 주운 종이 쪽지였다. 쪽지는 축축하고 잉크가 다소 번져 있었지만 내용을 보는 데 무리가 없었다.

에밀리는 그 악보 쪼가리에 관심을 보였다. 그녀는 사람의 대퇴골과 소름 끼치도록 비슷한 뼈 피리를 발굴한 참이었고—'발굴'이라는 표현은 적절하다—볼테르는 세상없어도 그 피리에 입을 대려 하지 않았다. 에밀리는 손수 그 악보대로 피리를 불어 보았다. 도저히 그럴싸한 멜로디가 될 수 없는 악보였다. 그녀는 수학적 조예가 깊은 사람답게 이 악보에 어떤 메시지가 숨어 있지 않을까 생각했다. 그러나 에밀리는 솔페주에 대해서 잘 몰랐기 때문에 전문가가 필요했다.

당시 최고의 음악 이론가는 단연 장 필립 라모*였다. 그는 탕생 부인의 집에 자주 드나들었다. 탕생 부인의 집은 수요일마다 손님들을 맞았는데 마침 오늘이 수요일이었다. 그들은 초대받지 않았지만 에밀리가 탕생 부인과 잘 아는 사이였고 볼테르가 가겠다는데 마다할 집은 없었다.

"선생님께서 죽도록 편찮으시지만 않다면야……."

웬 머저리가 매년 꼬박꼬박 800리브르를 내겠다고 약속한 참이니 죽어 가던 사람도 살아나지 않겠는가. 돈의 향기보다 잘 듣는 묘약은 없었다. 볼테르는 얼른 옷을 갈아입기 위해 자신의 방으로 건너갔다. 8천 리브르를 빌려 간 그 작자에 대해 자신이 잘못 생각했다는 것을 알았더라면 그렇게까지 급히 비단 스타킹을 꿰어 차지는 않았을 것이다.

---

* 프랑스의 작곡가이자 음악 이론가로, 1722년에 《화성론》을 발표했다.

제12장

금빛 대리석 아래서
프티 푸르를 먹어 치우는
야수들을 관찰하다

그들은 집을 나서기 전에 리낭을 진열실 앞에 세워 놓고 아무도 이 방을 정리하거나 현 상태를 흐트러뜨리지 못하게 하라고 당부했다.

"리낭이 꼼짝 않고 저 자리를 지키게 하려면 주방의 먹을거리를 다 옮겨 놓아야 할걸요."

에밀리가 볼테르를 바라보며 한마디 했다.

볼테르는 사교계에 나갈 준비를 해야 하니 잠깐만 기다려 달라고 부탁했다. 실제로 아주 잠깐이면 됐다. 그는 평소와 똑같은 옷차림에 잘 차려 입었다는 표시를 해야 할 때 애용하는 레이스 넥타이만 추가로 착용하고 나타났다.

"저는 시간이 좀 더 걸릴 것 같은데요."

그들은 그녀의 표현을 그대로 빌리자면 "다른 분들 앞에 선보일 만한" 옷차림을 갖추기 위해서 그녀의 집으로 향했다.

에밀리가 손뼉을 치는 동시에 "나, 외출 준비를 해야 해!"라고 말하며 현관홀을 가로지르는 동안에도 철학자는 설마했다. 사방에서 시녀, 하녀, 미용사가 등장하더니 투르크군과 싸우러 가는 군대처럼 에밀리를 따라 이층으로 올라갔다.

그 전투는 한 시간 가량 계속되었다. 볼테르에겐 그 한 시간이 몹시도 길게 느껴졌다. 다행히도 샤틀레 가의 장서는 매우 훌륭했기 때문에 몇몇 작품을 들춰 보며 시간을 때울 수 있었다. 또한 필기구도 갖추어져 있어서 그가 가장 좋아하는 소일거리―다른 저자들의 책 여백에 끄적거리기―에 매달릴 수도 있었다. 에밀리가 몸단장을 마치고 나오자 그는 파스칼의 〈시골 친구에게 보내는 편지〉를 서가에 잘 끼워 넣었다. 나중에 후작이 책장마다 달려 있는 신랄한 비판을 보고 좋아할지 어떨지는 그가 알 바 아니었다.

에밀리는 비잔틴의 황녀처럼 머리부터 발끝까지 번쩍번쩍한 보석, 고리, 매듭을 뒤집어쓰고 나타났다.

"됐어요! 이제 선생님과 완벽하게 어울리는 차림새가 되었네요!"

볼테르는 어디가 어떻게 어울린다는 뜻인지 알 수 없었다. 그는 주름투성이 스타킹과 헝클어진 가발을 착용하고도 달랑 레이스 넥타이 하나면 충분히 특별한 차림이 된다고 생각하는 사람이었으니까.

"선생님의 위엄에 누가 되지 않는 차림새를 갖추고 싶었다고요."

에밀리가 좀 더 분명히 말했다. 볼테르는 에밀리가 자신을, 말한마디로 신도들을 좌지우지하고 배꼽에까지 다이아몬드를 박은 후궁들을 백 명쯤 거느린 바그다드의 칼리프로 착각하고 있는 건 아닌지 의심스러웠다.

마차 안에서 볼테르는 희한할 만큼 말이 없었다. 그는 오늘 저녁 모임을 두려워하고 있었다. 파리의 많고 많은 살롱 중에서 하필이면 그가 환영받지 못할 단 하나의 살롱에 장 필립 라모가 오다니, 무슨 일이 이 모양일까. 볼테르는 마지막으로 바스티유에 투옥됐을 때 탕생 부인과 마주친 적이 있었다. 당시 탕생 부인은 자신의 집에서 애인이 사망한 사건에 연루되어 무죄가 입증될 때까지 옥살이를 하고 있었다. 어떻게 보면 그때의 탕생 부인이나 지금의 볼테르나 임의적인 재판의 피해자였으나 어느 쪽도 핍박받는 사람들끼리 잘해 보자는 식으로 나올 성격이 아니었다. 어쩌면 그러기에는 그들이 너무 닮았는지도 몰랐다. 탕생 부인은 볼테르를 좋아하지 않았고 그녀의 집에는 볼테르를 멸시하는 이들이 우글거렸다. 볼테르는 차라리 바스티유로 돌아가는 쪽을 택하고 싶었다. 최소한 바스티유의 우두머리는 그에게 예의를 갖추기라도 했으니까.

에밀리는 볼테르의 근심을 짐작할 수 있었다. 그녀는 오늘 저녁에는 최고로 기품 있는 사람들만 올 거라며 그를 위로했다. 에밀리는 자신이 과학에서 모르는 분야나 모르는 인물은 없다고 덧붙여 말했다. 볼테르는 에밀리야말로 모든 자질을 겸비한 여성이라고 단언했다. 그러나 그 후에 일어난 일은 이 견해를 다소 수정하게 만들었다.

사바의 여왕과 투덜이 지니는 탕생 부인의 대리석 살롱에 입장했다. 볼테르는 대번에 미소라곤 찾아볼 수 없는 몇몇 사람들을 알아보았다.

"오, 여기는 아카데미 사람들로 넘쳐 나는군요! 아주 좋아요! 좋은데요!"

볼테르는 이미 여러 차례 아카데미에서 퇴짜를 맞은 바 있었다. 그에게 반대표를 던진 사람들, 반대표를 던지지는 않았지만 볼테르가 탐내는 그 자리를 야무지게 꿰차고 앉은 사람들이 이 자리에 여럿 참석해 있었다. 다행히도 에밀리는 재앙이 떨어진 와중에도 좋은 면을 볼 줄 아는 여자였다.

"잘됐네요, 다음번 입후보 준비에 도움이 될 거예요."

그녀는 방자하게도 이런 소리까지 했다. 볼테르는 아카데미에 공석을 만들기 위해서라면 기꺼이 한두 명쯤 목을 졸라 버릴 수도 있었을 것이다.

잠시 후 두 사람은 오십 줄에 접어들었으나 여전히 매력적인

이 집 마님에게 경의를 표했다. 비록 그 매력을 유지하기 위해 이런저런 도움을 많이 받고 있다지만 말이다.

"바스티유에서 뵌 후로 처음이군요."

볼테르는 그렇게 말하고 탕생 부인의 손에 입을 맞추었다. 여주인에게는 그 입맞춤이 거대한 비단뱀의 입맞춤처럼 느껴졌을 터였다.

"이제 머무실 곳으로 어느 댁을 생각하시는지요? 조만간 한 번 찾아뵙도록 하지요."

탕생 부인은 이렇게 말하며 지난해 엄청난 소란을 일으켰던 볼테르의 시를 칭찬했다.

"선생님께서 쓰신 〈취향의 사원〉은 오늘 참석한 손님들 중 그 누구도 물고 늘어지지 않더군요. 좋은 시간 보내다 가시기 바랍니다."

볼테르는 역시나 잘못 왔구나 싶었다. 그가 에밀리에게 속삭였다.

"내가 뭐랬소!"

"부인에게 바스티유에 투옥됐던 과거를 일깨우시면 어떡해요."

에밀리가 탕생 부인 편을 들었다.

"그래도 저 여자는 그 남자 돈이라도 물려받았잖소! 자기 때문에 그 사람이 죽었다고 고소까지 당했는데!"

에밀리는 볼테르에게 목소리를 낮추라고 손짓했다. 손님들이 그들을 주시하고 있었다. 두 사람은 곧 그 유명한 음악가를 찾아냈다. 두 남자의 외모가 어찌나 흡사한지 놀라울 정도였다. 여윈 몸매에 코가 길쭉한 라모는 볼테르의 살아 있는 초상, 볼테르를 조금 늘려 놓은 모습 그 자체였다. 게다가 섭정 시대 유행에 따른 옷차림—다시 말해 10년은 뒤떨어진 옷차림—을 고수하는 취향까지 똑같았다.

"키가 크기도 하지! 안티깝군. 저 친구, 키만 조금 작있어도 인물이 훨씬 살았을 텐데."

라모는 명석한 두뇌의 소유자이자 스스로 그 사실을 너무 의식하는 사람으로 유명했다. 그는 자신의 지성과 지식을 과신했다. 첫 번째 단점은 사람들에게 거슬렸고 두 번째 단점은 짜증을 유발했으니, 라모는 이곳에서 가장 인기 있는 손님이라고 볼 수 없었다. 그래도 탕생 부인은 현학자연하는 이들이 코가 납작해지는 꼴을 보고 싶어서 라모를 자주 초대했다. 라모만큼 명석하고, 교양 있고, 거리낌 없이 재미있는 구경거리를 메트로놈처럼 정확하게 안겨 주는 사람은 드물었으니까.

에밀리는 라모를 가증스럽게 여겼고 볼테르는 그를 짜증나는 사내라고 생각했다. 그래도 그 악보의 수수께끼를 풀겠다는 일념 하에 볼테르는 살살 비위를 맞췄고 에밀리도 라모의 말에 열심히 고개를 끄덕여 주었다. 솔직히 말하자면 라모가 자신이 데려온 합주단에게 자기 작품을 연주하게 한 순간, 볼테르의 생각은 조금 달라졌다. 그는 라모의 음악에 완전히 매료되었다. 무엇보다도 부당하게 방치된 자신의 비극 작품에 새로운 미래를 마련해 줄 가능성을 엿보았다. 볼테르는 작곡가의 기다란 매부리코를 올려다보며 외쳤다.

"이렇게 황홀한 음악이 있다니! 당신은 자기 역량에 걸맞은 주제로 오페라를 써야겠군요. 혹시 내 작품 〈에리필레〉를 아십니까?"

라모는 서정적 작품의 주제로 왜 피부병을 들먹거릴까 생각했다. 그는 오히려 구약성서에서 적당한 주제를 찾고 싶었다. 볼테르는 얼른 승산 없는 〈에리필레〉를 포기하고 자신의 독서 경험에 매달렸다.

"아! 성경을 논하고 싶다면 더 이상 좋은 기회는 없을 겁니다! 성경에 대해서라면 내가 성경의 저자 뺨치게 잘 아니까요!"

성경의 저자라면 신? 신께서 라모에게 오페라를 쓰라고 하시는 건가. 확실히 거부하기에는 아까운 제안이었다. 그러나 성경 이야기에 걸맞은 작품을 만들기에 앞서 라모는 수수께끼를 하나 풀어야 했다. 어떤 면에서는 한 편의 오페라 전체와 종이 쪼가리에 끼적인 음표 몇 개를 맞바꾸는 셈이었다. 라모는 그 쪽지를 보여 달라고 했다. 그러고는 흥미롭다는 듯이 직접 클라브생 앞에 앉아 그 바보 같은 멜로디를 쳐 보았다.

"화음이 전혀 맞지 않는데요."

"제길, 라모 선생 작품은 확실히 아니군요!"

볼테르는 그 와중에도 아첨할 기회를 놓치지 않고 이렇게 대꾸했다. 다행히도 라모는 그리스 비극 주인공들의 숨넘어가는 비탄보다 이 수수께끼의 악보에 더 관심을 기울였다. 그는 쓸 것을 가져오라고 명하고는 주위 사람들의 찬탄 어린 시선을 받으며 분석에 몰두했다. 라모는 입을 꾹 다물었고 당분간 그럴 조짐이 보였기 때문에 볼테르와 에밀리는 그가 수수께끼를 풀게 내버려 두고 자리를 옮겼다. 에밀리는 곧 볼테르를 나 몰라라 하고 안락의자에 앉아 있던 아카데미 회원들에게 다가갔다.

"오! 누가 왔는지 보게!"

아카데미 회원 한 명이 외쳤다.

"너무 일찍 오셨구려. 아직 기존 회원 중에 사망자가 없다오."

"상관없습니다. 기다릴 겁니다."

볼테르의 대답은 아카데미 회원들을 화나게 했다. 아카데미는 기름 부음을 받은 자가 들어오는 곳이지 자극적인 풍자의 재주로 들어올 수 있는 곳이 아니었다.

"말을 가려서 하게, 볼테르! 여기 모인 사람들은 문학과 예술의 꽃이라고 할 만한 이들이네!"

"그 말씀을 들으니 기쁘군요. 언제쯤이 되어야 그런 문학과 예술을 볼 수 있겠습니까?"

볼테르는 대답을 기다리지 않고 얼른 찻잔을 내려놓은 뒤 자리에서 일어났다. 그때 한 부인이 다가와 자기를 샤틀레 후작부인과 절친한 사이라고 소개하며 볼테르의 귀에 조용히 속삭였다.

"에밀리가 카드에 손대지 않게 해주세요."

"왜 그러십니까? 에밀리가 카드지에 알레르기라도 있습니까?"

볼테르의 대답에 그 부인은 모르는 체해도 소용없다고 대꾸했다. 사실 볼테르도 무슨 말인지 다 알아들었다. 또한 이 충고를 무시했다가는 뼈아픈 경험을 하게 될 것도 알았다. 걱정이 된 볼테르는 에밀리를 찾아 나섰다. 그리고 뷔페에 있는 그녀를 발견했다. 에밀리는 그렇잖아도 큼지막하고 번쩍거리는 반지들 때문에 거추장스러운 손으로 가루 설탕을 묻힌 튀김 과자를 집으려고 애쓰고 있었다. 볼테르는 그녀에게 접시를 내밀며 이렇게 말했다.

"카드놀이를 하지 않겠다는 약속을 받아야겠소."

에밀리는 튀김 과자를 꿀꺽 삼키며 말했다.

"어머, 조금 지나치시군요. 기꺼이 약속드리죠. 약속하는 데 돈 드나요."

라모는 여전히 숙제를 마치지 못했고 분위기는 침울하기 짝이 없었다. 볼테르는 아무도 환영하지 않는 곳에 자기를 끌고 왔다고 에밀리를 타박했다.

"그거야 선생님이 불평이 많아서 그런 거죠. 저는요, 모두들 절

좋아한다고요! 자요, 지갑을 주세요. 선생님도 모두가 좋아하는 사람으로 만들어 드리죠."

에밀리가 넉살좋게 대꾸했다. 그녀는 볼테르를 이끌고 누추한 골방으로 들어갔다. 이미 여러 사람들이 융단을 깐 테이블을 둘러싸고 모여 있었다. 에밀리가 들어서자 누군가가 "샴페인!" 하고 외쳤다. 볼테르도 그 패거리가 도대체 뭐하는 작자들인지 확인해 보고 싶었지만 지인에게 붙들려 최근 작품에 대한 이야기를 나누어야만 했다. 모름지기 작가란 족속은 자기 작품에 대한 이야기를 결코 거부할 수 없는 법이니까.

문학의 최면은 대략 30분쯤 지속되다가 상대가 자기 작품 이야기를 꺼냄과 동시에 깨졌다. 볼테르는 순식간에 이 세상의 고달픈 현실로 되돌아왔다.

곧 에밀리를 찾아 나선 볼테르는 그녀가 성 레오나르도*의 가호를 빌며 그놈의 융단 위에 주사위 세 개를 던지는 광경을 맞닥뜨렸다. 이렇게 절박한 기도를 하기에 이르렀다는 것은 결코 좋은 조짐이 아니었다. 탕생 부인의 비서는 여주인 이름으로 물주 역할을 하고 있었다. 손님들이 잃은 돈은 케이크와 양초로 돌아왔다. 에밀리가 건 판돈을 보아하니 다음 모임에는 푸아그라라도 나올 듯했다. 볼테르는 이 부인의 '인기'가 어디에서 비롯되었

---

* 성 레오나르도는 임신부의 수호성인이다.

는지 이제야 알 것 같았다. 그녀는 절제를 어디에다 팔아 치웠는지 결국 어마어마한 돈을 잃고 말았다. 볼테르는 에밀리의 손에서 주사위를 빼앗고는 돈만 잡아먹는 노름판에서 얼른 데리고 나왔다.

"이거 놔요! 안 그럼 가발을 벗겨서 창밖으로 던져 버릴 거예요!"

에밀리는 술을 찾는 알코올중독자처럼 씩씩거렸다. 때마침 다행히도 라모가 메시지를 해독한 참이었다. 그는 음표 하나하나가 알파벳의 26개 문자에 해당한다고 말했다.

"음, 이 악보기 다 장조라면 '남작부인을 죽어라'가 됩니다. 내림 나 장조라면 '자타 소 타필로'가 되고요. 라 단조라면 '보위나 리고투름'이라고 읽을 수 있겠죠."

나중 얘기는 들을 필요도 없었다. 다 장조 가설만 새겨들으면 될 일이었다. 수수께끼를 다 푼 라모가 홀가분한 얼굴로 볼테르에게 물었다.

"그런데 진짜 문제로 넘어가야죠? 우리의 오페라 주제는 뭘로 잡을까요?"

볼테르는 에밀리에게 치근덕대는 라모의 모습을 보며 데릴라에게 속아서 신세를 망친 삼손 이야기가 떠올랐다. 두 사람은 라모가 혼자 열을 올리게 내버려 두고 집주인에게 작별 인사를 하러 갔다.

"친애하는 볼테르, 뻔뻔하게 초대도 받지 않고 오셔서 남들보다 먼저 자리를 뜨셔서야 되겠어요?"

탕생 부인이 쏘아붙였다. 볼테르는 자기가 아카데미 회원들에게 호되게 면박을 당하기 전에는 이 집에서 나갈 수 없다는 사실을 깨달았다. 과연, 아카데미 회원들은 살롱 저쪽 끝에서 무섭게 그를 노려보며 어떻게 망신을 줄까 벼르고 있었다. 그들은 볼테르에게 자리 하나를 내줄 수 없다는 일념으로 똘똘 뭉쳐서 말 그대로 그를 흠씬 두들겨 패줄 작정이었다. 볼테르가 처음 보는 한 신사가 입을 열었다.

"그 소식 들었소? 볼테르가 다 죽게 생겼다던데?"

탕생 부인이 이날 저녁 처음으로 진심에서 우러난 미소를 보여 주었다. 그녀는 볼테르를 지목하며 이렇게 물었다.

"본인이 직접 말씀해 보시지요. 친애하는 볼테르, 살 날이 얼마 안 남았나요?"

"뭐, 시시때때로 죽어 가기는 합니다만."

볼테르는 그런 소식은 아직 너무 이른 것 같은데 도대체 누가 퍼뜨리고 다니는 거냐고 물었다. 그러자 사람들이 새 옷을 입고 최신 유행 가발을 쓴 시골 귀족을 가리켰다. 그 시골뜨기는 파리 최고의 상점에서 구입한 근사한 지팡이를 손에 들고 있었다. 볼테르는 자신에게서 돈을 빌려 간 노르망디 귀족 레조 후작을 금세 알아보았다. 하지만 레조는 지난번에 봤을 때보다 신수가 훤

했다. 노르망디 고등법원에서 열심히 돈을 벌어 꼬박꼬박 10퍼센트 이자를 내야 할 사람을 노름판이 벌어지는 살롱에서 다시 보다니, 염려가 되지 않을 수 없었다.

조금 전 볼테르가 다 죽게 생겼다고 말한 그 신사는 거짓 소문의 진원지 레조와 잘 아는 사이인 모양이었다. 레조가 돈을 빌리러 파리까지 왔다는 것 자체가 루앙에선 이미 그에게 돈을 꾸어 줄 사람이 없다는 뜻 아닐까.

"도대체 왜?"

"저런! 저 친구는 벌써 전 재산을 저당 잡혔다오!"

볼테르는 불길한 예감에 사로잡혔다.

"그래도 받을 돈이 많다던데요?"

"그 돈은 만져 보기도 전에 노름판에서 다 잃을 거요!"

도움을 청해야 했다. 볼테르는 쓰러지기 일보 직전이었다.

"시시때때로 죽어 간다더니, 바로 지금 그런가 보군요."

이제 탕생 부인은 오늘 저녁 모임이 더할 나위 없이 유쾌해졌다.

바보들과 계약을 맺을 때 발생하는 문제점은 빌려 준 돈이 내 주머니에 들어오기도 전에 남의 주머니로 넘어갈 위험이 있다는 것이다. 레조 후작 쪽에서도 병석에 누워 죽어 가던 사람이 여전히 살아서 돌아다니고 최신 유행 살롱에 와서 끙끙대는 모습을 보고 놀라기는 마찬가지였다. 그래도 자기에게 돈을 빌려 준 채권자가 두 명의 하인에게 실려 가다시피 하자 자기가 맺은 계약의 앞날에 적잖이 안심이 되었다.

입구에서 볼테르와 다시 만난 에밀리는 볼테르를 긴 의자에 앉히고 젖은 수건으로 얼굴을 닦아 준 뒤 리큐르를 두 모금 정도 마시게 했다. 그러자 철학자도 겨우 기운을 차리고 마차에 몸을 실을 수 있었다. 마차가 생 토노레 거리를 떠나는 순간, 에밀리가 그들이 처한 상황에 대해 그리 낙관적이지 않은 전망을 내놓았다.

"우리가 알아낸 바에 따르면 우리 주위를 서성대는 범인은 음악에 조예가 깊은 사람인데 우린 그렇지 못해요. 지금 우리는 위험에 빠져 있지만 그 위험이 어디서 올지는 정확히 모르죠! 참 대난한 신석이네요!"

볼테르는 그래도 위험을 깨닫는 것이 목숨을 보전하기 위한 첫걸음이라며 에밀리를 안심시켰다.

제13장

한밤중의 질주와
익사 위기의 비교 효과

두 마리의 말이 끄는 샤틀레 후작부인의 마차는 차분하게 앞으로 나아갔다. 밤늦은 시각인지라 저녁 내내 그들을 기다리던 마부는 비몽사몽 중에 마차를 몰고 있었다. 마차 안에서 마주보고 앉은 에밀리와 볼테르는 최근 사건들을 두고 이야기를 나누었다. 그때 갑자기 에밀리가 손을 들어 볼테르의 말을 막았다.

"들려요?"

귀를 쫑긋하고 집중하자 과연 무슨 소리인가가 들리는 것 같았다. 기묘한 소리는 점점 가까워지고 있었다. 열두 개 음으로 이루어진 단조로운 가락이 앞뒤를 뚝 끊어 먹고 반복되었다. 마차가 소리 나는 곳에 이르렀을 때 에밀리는 차창 밖으로 고개를 내밀었다. 들보에 매달린 열두 개의 은빛 판이 보였다. 처음에는 바람이 불 때마다 판들이 부딪히는 소리인 줄 알았으나 똑같은 가락이 반복되는 걸로 봐서는 누군가가 작은 망치 따위로 그 판들을 연주하는 듯했다. 바깥이 너무 어두웠기 때문에 그러한 심증을 확인할 길은 없었다.

"주명종을 조율하고 있나 봐요."

볼테르는 아무 말이 없었다. 그는 이 가락을 어디서 들어 봤는지 기억을 더듬는 중이었다. 그 답이 떠오른 순간, 볼테르는 새파랗게 겁에 질렸다. 그와 동시에 마차에 쿵 하고 충격이 느껴졌다. 그다음에는 "악!"하는 비명과 함께 무언가가 떨어지는 둔탁한 소리가 이어졌다. 무슨 일이 일어났는지 깨닫기도 전에 두 사람은 자리에서 뒤로 벌렁 나자빠졌다. 볼테르는 에밀리의 치마 속에 엎어졌다. 말이 미친 듯이 달리고 있었다. 그들의 몸뚱이가 노름판에 넣는 한 쌍의 수사위보다 더 심하게 위아래로 요동쳤다. 에밀리는 겨우겨우 몸을 일으키고 마부에게 한 소리 하려고 차창 밖으로 고개를 내밀었다.

"피카르! 미쳤어요? 우릴 죽일 참이에요?"

그녀의 눈에 피카르는 보이지 않았다. 지금 마차를 모는 자는 머리부터 발끝까지 시커먼 옷을 입고 있었다. 그자가 에밀리를 향해 고개를 돌렸다. 희미한 달빛에 광기 어린 눈빛을 하고 인상을 쓰는 사내의 얼굴이 보였다. 에밀리는 얼굴이 창백해져서는 마차 좌석에 주저앉았다.

"피카르가 아니에요!"

마차는 점점 더 속도를 내며 한산한 도시를 가로질렀다. 밤도 깊었지만 날이 워낙 추워서 거리는 텅텅 비어 있었다. 파리지앵들은 벽난로 옆에서 불을 쬐거나 침대 커튼 안에서 잠들어 있을 터였다. 우리의 가엾은 두 주인공은 지옥의 아가리에 제대로 물린 마차 안에서 제 무덤을 파고 있었다.

"통 속에서 이리저리 메다꽂히는 청어가 따로 없군!"

볼테르는 이런 순간에도 자기 이성으로 생각해야 하는 팔자인지라 그리스도교의 신에게라도 살려 달라고 빌 수 없는 것이 애석했다.

"저 지식을 때려눕혀요!"

볼테르가 눈을 동그랗게 뜨고 에밀리를 쳐다보았다. 이 여자가 지금 누구에게 하는 소린가 어리둥절했던 것이다. 사실 한 손으로 가발을 눌러쓰고 다른 손으로 칸막이를 부여잡기도 바쁜 볼테르가 '저 자식을 때려눕히기에는' 무리가 있었다.

마차는 루브르의 주랑 앞을 지나 센 강 쪽으로 꺾어져 파리 시청 방향으로 질주했다. 마차가 센 강으로 내려가는 완만한 경사로에 접어들 무렵, 납치범이 마부석에서 훌쩍 뛰어내렸다. 볼테르는 그 자가 건초를 가득 담은 수레 안으로 뛰어드는 것을 보았다. 그와 동시에 에밀리는 반대편 차창을 통해 텅 빈 마부석을 보았다.

"잘됐어요! 말들이 알아서 멈출 거예요!"

쇠를 덧씌운 바퀴가 포석에 부딪혀 요란한 굉음을 내는데도 에밀리는 질세라 소리를 질렀다. 문제는 말들이 이미 내리막길에 들어선 후라는 것이었다. 이제 마차 앞에는 센 강밖에 없었다. 시커먼 강물이 어둠과 하나가 되어 잘 보이지도 않았다. 마차는 흙길을 미친 듯이 내려갔다. 가속도가 붙어서 좀체 멈출 수 없었던 네 발 짐승들이 강물에 발을 집어넣었다. 그때 거센 바람에 마차가 홱 뒤집히면서 마구가 부서졌다. 마차에서 해방된 말들은 육지로 다시 올라왔고 마차의 차체는 서서히 물속으로 처박혔다.

마차 안으로 새어 든 물은 얼음장 같았다. 두 사람이 빠져 나갈 가망은 없었다. 아직까지 머리는 물 밖으로 나와 있었지만 물을 흡수해서 무거워진 옷이 이제 곧 그들을 바닥으로 끌어내릴 디었다.

에밀리는 뭔가 잡고 매달리려고 아등바등하는 와중에도 젖은 옷의 질량, 부력, 체온이 떨어지는 속도 따위를 계산하지 않을 수 없었다. 학사원에서의 의사소통에 더욱 적절할 법한 이 계산들에 얽매이느라 에밀리는 더욱더 방향을 잃고 허둥지둥했다.

"28의 제곱근이 뭔지 말해 봐요!"

에밀리가 볼테르에게 냅다 소리를 질렀다. 볼테르는 대체할 수 없는 지성을 세상에 남길 수 있길 바라며 몸부림쳤다.

"예술의 손실이로고 Qualis artifix pereo!"*

볼테르는 살려 달라는 말 대신 이 말을 부르짖다가 더러운 물을 족히 한 바가지는 먹었다. 그때 그의 가발 위에 굵은 밧줄이 드리워졌다. 그 길을 지나던 삯마차 마부가 고맙게도 발길을 멈추고 강가에서 줄을 던져 주었던 것이다. 그는 목장에서 올가미를 던져 황소를 끌어오듯 밧줄로 두 사람을 끌어올렸다. 배에서 자고 있던 하역 인부들과 지나가던 사람들이 강물에 가라앉는 마차를 구경하려고 하나둘 모여들었다. 구세주 같은 마부는 진흙투성이 강둑에 에밀리와 볼테르를 끌어올린 후 세탁장에 보내야 할 빨래 바구니 싣듯 자기 마차에 실었다. 마차를 끄는 말이 느려서 그렇지, 마차는 나름대로 신속하게 트라베르시에르 거리로 그들을 데려다 주었나.

샤틀레 가의 하인들은 겁에 질려 소리를 질렀다. 흠뻑 젖어 몸에 착 달라붙은 옷, 망가진 머리 모양, 흐트러진 장식용 리본 때문에 주인마님은 거대하고 끈끈한 한 마리 애벌레 같았다. 모두들 마님과 그녀의 동행을 구하러 달려들었다. 마님의 입에서 떨어진 첫 마디는 이랬다.

"아주 예쁜 옷을 가져와!"

리본, 꽃, 방울은 농익은 채 서리를 맞은 사과나무의 열매들처럼 축 늘어져 있었다. 후작부인은 그녀의 처소로 모셔졌고, 볼테르는 마침 불이 피워져 있던 규방으로 안내되었다.

---

* 네로가 암살당해 죽기 전에 마지막으로 남긴 말이라고 한다.

생존자들은 머리를 감고 마른 옷으로 갈아입은 후 이불을 뒤집어쓰고 삼십 분 후에 다시 만났다. 두 사람은 벽난로 앞에서 따뜻한 초콜릿을 마셨다. 볼테르도 후작의 옷을 빌려 입은 참이었다. 볼테르에게 후작의 옷은 소매가 턱없이 길고 벨벳 반바지가 발목까지 늘어질 지경이었다. 물에 빠진 것도 모자라 여전히 우스꽝스러운 꼴이었다. 선량한 마부에게 사례를 해야겠다는 생각이 든 볼테르가 하인들에게 물어 보니 그 마부는 아무것도 요구하지 않고 그냥 가버렸다고 했다. 철학자는 죽을 수밖에 없는 상황에서 신의 가호로 목숨을 건졌다고, 그 구세주는 선행의 실천 그 자체로 만족할 거라고 결론 내렸다.

다행히 피카르도 그들보다 조금 먼저 집에 도착해 있었다. 머리를 크게 다치고 어깨가 탈구된 피카르는 초죽음이 되긴 했지만 어쨌든 목숨은 붙어 있었다. 에밀리는 얼른 외과의를 불러 피카르를 치료하게 하라고 명령했다.

"마님께서는 경찰에 알리기를 원하시는지요?"

집사가 묻자 두 사람 모두 완강한 거부 의사를 밝혔다. 그들은 나일 강에서 가까스로 구원받은 모세와 비슷한 처지였다. 오늘 저녁 두 사람은 당할 만큼 당했다. 그들을 악착같이 물고 늘어질 경찰의 질문 공세에까지 시달릴 마음은 없었다. 에밀리가 말했다.

"내가 경찰총감 에로 씨를 잘 알아요. 에로 씨가 자기 집 침대에서든 다른 곳에서든 평안히 주무시도록 내버려 두고 싶군요."

그런데 정신을 좀 수습하고 나니 볼테르에게는 한 가지 의문이 생겼다. 삯마차 마부가 에밀리의 집을 어떻게 알고 그들을 여기까지 데려다 준 것일까? 그러나 에밀리는 그런 의문은 부질없다고 일축했다. 그만큼 샤틀레 후작부인은 파리에서 유명한 사람이었으니까.

"있잖아요, 유명해져서 불쾌한 일만 있는 건 아니라니까요. 유명한 사람이 모두 다 선생님처럼 악평만 듣는 건 아니라고요."

진이 빠진 볼테르는 더 이상 대꾸할 힘도 없었다. 그냥 에밀리가 삯마차 마부들 사이에서 아주 유명한가 보다 생각하기로 했다. 어쨌거나 볼테르 자신도 관장용 주사기 상인들 사이에서는 만만찮게 유명했으니까.

에밀리는 비상한 기억력의 소유자였지만 솔페주에는 전혀 관심이 없었다. 그녀는 어렴풋이 기억나는 대로 그 열두 개의 음을 클라브생으로 쳐 보고는 아이들에게 음악의 기초를 가르치는 가정교사를 불러오도록 했다. 하녀가 가정교사 아가씨는 자고 있다고 대답했다.

"내가 죽을 뻔했는데 태평하게 잠이나 잔다고? 당장 깨워!"

가정교사는 잠옷에 손뜨개 숄을 걸치고 면직 모자를 쓴 모습으로 나타났다. 에밀리는 클라브생을 치면서 그 음들을 악보로 적으라고 주문했다. 그다음 라모가 가르쳐 준 방식대로 메시지를 해독해 보았다. 애매한 구석이라곤 털끝만큼도 없는 메시지였다. '볼테르를 죽여라.' 오늘 저녁, 파리에서 누군가 이 메시지를 담은 가락을 연주했다.

"아, 다행이다!"

그녀는 자기가 표적인 줄 알았던 것이다.

제14장

문을 여는 방법이
언제나 최소한 두 가지는 있음을
증명하려 애쓰다

이튿날 아침, 그리 이르지 않은 시각에 두 사람은 퐁텐 마르텔 남작부인 집까지 걷기로 했다. 에밀리는 이제 전용 마차가 없었고 남의 마차를 빌려 타기는 불안했다. 퐁텐 마르텔 가의 자택은 샤틀레 가에서 멀지 않았지만 건장한 하인들이 세 발짝 뒤에서 에밀리와 볼테르를 호위해야 했다.

볼테르는 샤틀레 후작의 옷이 너무 커서 소매와 바짓단을 걸어 올려야 했다. 평소처럼 말쑥한 옷차림을 할 수 없었던 그는 속으로 끊임없이 왜 여자들은 희한하게도 이렇게 키가 큰 남자들과 결혼을 하는 걸까 투덜거렸다. 사실 에밀리도 여자치고는 키가 큰 편이었다. 에밀리도 그녀의 팔짱을 끼고 있는 이 요정 같은 사내보다는 후작과 함께 걸어 다닐 때 모양새가 훨씬 좋았을 것이다. 지금 이 사내는 너무 큰 옷을 입은 데다가 센 강에서 능욕을 당한 후에 가까스로 되찾은 덥수룩한 가발을 계속 쓰고 있지 않은가.

사악한 살인자가 가까이에서 서성이고 있다고 생각하니 남작부인 살인 사건의 수수께끼를 기필코 풀어야겠다는 각오가 생겼다. 누가 누구에게 기댔는지는 모르지만 두 사람은 서로 찰싹 달라붙어 팔레 루아얄을 따라 걸었다. 에밀리가 그들이 처한 상황을 한마디로 정리했다.

"누가 음식에 독을 넣었는지 알아내야 해요."

"가엾은 퐁텐 마르텔!"

"누가 부인을 칼로 찔렀는지, 누가 질식시켰는지……."

"가엾은 퐁텐 마르텔!"

"……누가 선생님을 공격했는지도요."

"가엾은 내 신세!"

그랑샹이 고맙게도 잠동사니 진열실에 불을 피워 놓았다. 사실 그 방에서 더 나올 것은 딱히 없었지만 두 사람은 자리를 잡고 앉았다. 공포의 밤을 보내고 나니 방 안에 살짝 감도는 광기 어린 분위기도 왠지 편안하고 안심이 되었다. 잠시 후 진열실에 다시 나타난 그랑샹은 이 집에서 이곳이 제일 따뜻하다며 벽난로 앞에다가 빨래를 좀 말려도 될지 허락을 구했다. 볼테르와 에밀리는 기꺼이 허락했다.

그리고 잠시 후, 볼테르는 혼자 사는 남자의 눈에 보여서는 안 될 법한 아가씨의 옷가지들을 멍하니 쳐다보고 있었다. 그랑상이 겉옷 아래에 받쳐 입는 옷은 그야말로 리본과 레이스 뭉치였다. 이 아가씨가 겉보기보다 상당히 정열적인 데가 있다는 표시였다.

"저 아가씨가 선생님 면전에 속바지를 들이대는군요."

에밀리가 못마땅하다는 듯이 말했다.

바로 그때, 창 사이 벽면의 장식 거울에서 의미 없는 문자들이 두 사람의 눈에 띄었다. 아마도 기름기 묻은 손가락으로 쓴 것 같았다. 원래는 보이지 않던 글자가 차가운 유리에 수증기가 맺히면서 드러난 것이다.

E LD KJIIM HL GLIBTM LT UCLS

"남작부인의 마지막 편지요!"

"속바지의 수호신께 감사를 드리셔야겠네요."

그 문자들은 흡사 죽은 자가 보낸 편지 같았다. 두 사람은 글자가 사라진 후에도 두고두고 조사를 할 수 있게 종이쪽지에 그 문자들을 베꼈다. 그 문자들의 의미를 해독하기 힘든 만큼 그 메시지는 더욱 중요해 보였다.

에밀리는 수학 기호를 이용하는 방정식 쪽으로 조예가 깊었다. 볼테르는 한때 외교 수단으로서의 암호에 관심이 있었다. 하지만 어찌된 일인지, 안타깝게도 볼테르가 국가 기밀과 관련된 일을 맡은 적은 없었다. 어쨌든 그는 이 종잡을 수 없는 알파벳들의 나열이 어떤 문장을 나타낼 거라고 짐작했다. 이 메시지를 해독하려면 전문가가, 수수께끼 풀이에 익숙한 학자가 필요했다. 볼테르는 선택의 여지가 너무 많아서 곤란할 뿐이라고 생각했다.

"날 좋아하는 사람들이야 널렸지!"

그런데, 그게 그렇지가 않은 듯했다. 그는 가능한 후보들을 꼽아 보았다. 후보들은 볼테르를 돕고 싶어 하지 않을 사람들과 볼테르가 도와 달라고 말하고 싶지 않은 사람들로 양분되었다.

"나한테 돈을 빌린 사람들을 만나 봐야겠소!"

볼테르는 열리지 않을 법한 문들이 종종 돈 앞에선 활짝 열린다는 사실을 상기하며 그렇게 선언했다. 그는 수수께끼에 푹 빠진 에밀리를 남겨 두고 과학아카데미가 위치한 루브르로 달려갔다.

왕이 떠나간 루브르는 궁정 예술가들의 거대한 주거용 건물이 되어 있었다. 볼테르는 밖에서 볼 때는 이질적인 건축물이 얽히고설켜 있고 안에는 개인 거처가 들쭉날쭉 자리 잡은 루브르가 싫었다. 그는 웅장한 왕실 건축물이 얼마나 모욕적으로 변했는지 보고 싶지 않아서 허겁지겁 과학아카데미 전용 공간으로 직행했다.

복도에서 마주친 몇 명의 학자들 중 최소한 두 명 정도가 확실한 그의 거래 상대로 보였다. 볼테르는 차용증을 내밀며 자신이 그들의 채권자라고 밝히고 채무자들이 메시지를 해독해 줬으면 한다고 말했다. 그들은 자기가 돈을 빌린 상대는 볼테르가 아니라 뒤물랭 씨라고 반박했다.

"그게 바로 나요! 내가 뒤물랭이라고요. 이 수수께끼나 풀어 주쇼."

채권자들은 뒤물랭 씨의 변신에 얽힌 의문은 일단 접고 그 종이를 살펴보았다. 한 과학자는 그 메시지가 그들이 해독할 수 없는 수메르 문자로 쓰여 있다고 했다. 또 다른 학자는 모음을 사용하지 않는 걸로 봐서 아랍어를 베낀 것 같다고 했다. 또 한 사람은 종이를 이렇게 돌려 보고 저렇게 돌려 보더니 혜성이 지구에 돌아온다는 메시지가 적혀 있다고 했다. 어쨌든 그들은 금세 싫증을 내고 수수께끼를 집어 치웠다. 그들은 메시지 해독보다 뒤물랭 씨의 정체에 훨씬 더 관심이 있었다.

그 종이에 가장 흥미를 보인 사람은 전직 외교관이었다. 그는 은퇴 후의 풍요로운 삶을 위해 인맥을 동원해 이곳에 한자리 얻은 사람이었다. 그는 다른 학자들이 물러가기를 기다렸다가 종이를 자세히 들여다보고는 이렇게 외쳤다.

"이건 이스탄불 암호문인데!"

그는 아차 싶었는지 행여 자기 말을 들은 사람이 있을까 주위를 두리번거렸다. 가발을 쓴 말라빠진 사내만이 번득이는 눈으로 자신을 지켜보고 있었다. 전직 외교관은 공문에 쓰이는 암호문을 들고 온 사내에게 이렇게 사람이 들끓는 회랑에서 국가 간 서신을 퍼뜨린 자는 좁아터진 감옥에서 생을 마감하게 될 거라고 경고했다. 학자로서가 아니라 외교관으로서 하는 말이었다.

감옥에 처넣겠다는 협박이라면 귀에 딱지가 앉도록 들어온 볼테르였다. 지금까지 받은 협박대로 감옥에 갈 것 같았으면 몸이 여러 개든가 몇 번을 다시 태어나야 할 판이었다.

"그러니까 선생께서는 이 글을 해독할 수 있다는 겁니까?"

볼테르는 외교관의 경고가 자기가 못 알아듣는 방언이라도 되는 양 심드렁하게 물었다.

"당연히 그렇소."

"그럼 해독해 주십시오!"

"절대 그럴 수 없소."

볼테르는 왜 안 되느냐고 물었다.

"이보시오, 당신의 호기심을 만족시켜 주는 자는 우리나라의 안위에 심각한 위해를 가하는 셈이오. 이 종이를 당장 찢어 없애고 이런 걸 손에 쥐고 있었다는 사실조차 잊기를 바라오. 어떻게 보더라도 이건 절대 당신이 갖고 있을 문건이 아니오. 프랑스 왕국의 모든 지하 감옥들로 통하는 여권이 당신에게 있소. 경고하건대, 우리나라에는 지하 감옥이 한두 군데 있는 게 아니라오."

볼테르는 굴하지 않고 '이스탄불' 암호라고 생각한 이유가 무엇인지 끈질기게 물었다. 전직 외교관은 자신이 한때 대사의 신분으로 이스탄불에 가서 이런저런 조사도 하고 임무를 수행했기 때문에 안다고 대답했다. 비밀이 많은 전직 외교관은 서둘러 그 자리를 떠났다. 볼테르는 외교관 쪽으로 자신의 인맥이 누가 있는지 생각해 보았다. 누군가 최근에 이스탄불 얘기를 했었는데…… 누구한테 그런 얘기를 들었더라?

아! 이제 볼테르가 다음으로 가야 할 곳이 정해졌다.

한편, 에밀리도 암호 해독에 골몰해 있었다. 그녀는 아카데미 사전에 수록된 어휘 통계를 참고하여 이렇게 저렇게 겹치는 부분들을 찾아보면서 프랑스어에서 자음과 모음이 반복되는 빈도를 조사했다. 그러자 메시지에서 몇몇 부분들이 걸려들었다. 예를 들어 두 번 연달아 나온 I, 즉 II는 실제로는 NN이거나 LL이거나 TT일 확률이 매우 높았다.* 그렇다면 II 바로 앞에 나온 문자는 분명히 모음일 것이다. 그리고 메시지 안에서 반복적으로 등장하는 L은 프랑스어에서 가장 많이 쓰이는 문자 E 아니면 A

---

* 프랑스어에는 n, l, t가 연달아 쓰이는 단어들이 매우 많다(예를 들어. baronne, demoiselle, culotte).

로 추정되었다. 에밀리는 이 문장이 일인칭 주어로 쓰였다고 가정해 보았다. 그렇다면 맨 먼저 나온 문자 E는 Je(프랑스어의 일인칭 주어)의 J로 바꿀 수 있다. 그 다음의 두 문자가 AI라고 가정한다면 처음 세 문자는 'J'ai'가 된다. 그렇게 에밀리는 차츰 가닥을 잡고 페넬로페가 기껏 짠 베를 풀 듯 수수께끼를 풀어 나갔다.

에밀리가 자음과 모음을 분류하는 동안 볼테르는 피콩 부인의 집에 등장했다. 예순일곱 살의 당드르젤 자작부인은 외교관의 미망인이었다. 프랑수아즈 테레즈는 평생을 남편이 점점 더 먼 곳으로 부임해 가는 모습을 지켜보았다. 남편은 알자스와 루시용을 거쳐 프랑스 군대 소속으로 스페인에 갔다가 결국 콘스탄티노플 대사관에 부임했다. 그곳에서 남편은 프랑스에는 알려지지 않은 병에 감염되어 영영 가족들 곁을 떠나고 말았다. 당드르젤 부인은 결혼생활의 대부분을 남편과 떨어져 지냈지만 그렇게까지 외로운 삶을 살지는 않았다. 자식들, 시댁 식구들, 퐁시 사제(Ponci라는 이름은 Picon의 애너그램*으로 이 사제는 사실 남편이 밖에서 본 아들이었다)에 이르기까지, 피콩 가 사람들은 늘 주위에 있었다. 그리고 친정 언니가 남기고 간 가엾은 조카딸도

---

* anagramme, 단어의 철자 순서를 바꾸어 새로운 단어를 만드는 것.

있었다.

당드르젤 부인의 언니도 피콩이라는 이름의 사내와 결혼했다. 그러나 형부는 유능한 외교관이 아니라 일개 궁정 집사에 지나지 않았다. 피콩 드 그랑샹이 남긴 약간의 재산은 두 아들에게 돌아갔다. 반면에 딸은 부자 친척의 후의에 기댈 수밖에 없었다. 후의라고 해봤자 퐁텐 마르텔 남작부인 집에서 시녀라는 임시직을 얻는 데 도움이 되었을 뿐이지만.

볼테르는 그 아가씨의 미래를 논의하러 왔다는 핑계를 대고 그랑샹을 "매우 흥미로운 아가씨"라고 표현했다. 그는 당드르젤 자작이 죽기 직전까지 콘스탄티노플 근처에서 외교 업무를 맡아 보았음을 확인하고는 그의 죽음은 "프랑스 왕실과 국제 관계에 있어서 돌이킬 수 없는 상실"이라며 부인을 위로했다. 그는 자작부인의 남편이 어떻게 출세 가도를 달렸는지 어렵잖게 알 수 있었으며 그가 정말로 관심 있어 하는 유일한 시기, 즉 이스탄불 체류 시기 이야기도 놓치지 않았다. 볼테르는 젊은 국가 공무원들을 교화하기 위해서 자작의 훌륭하고 모범적인 생애를 기념해야 마땅하다고 주장했다. 그러면서 자작의 생애를 기술하는 글을 써서 대규모로 인쇄, 유통시킬 수도 있을 것 같다고 말했다. 그러자면 자료, 즉 고인의 서류들이 필요했다.

그러나 자작부인은 주저했다. 볼테르의 방문은 너무 급작스러웠다. 그래도 두세 마디 아첨에 마음이 열린 자작부인은 볼테르에게 남편의 진열실을 열어 주었다. 누군가 보았다면 그녀가 산처럼 쌓인 먼지투성이 서류더미에 볼테르를 파묻으려는 줄 알았을 것이다.

볼테르는 이스탄불 체류 시기에 주고받은 서신들을 중심으로 단서를 찾아보았다. 장 바티스트 루이 피콩, 일명 당드르젤 자작은 5년 전에 64세를 일기로 사망했다. 술탄 아흐메드 3세의 궁정에 드나들 수 있게 된 지 2년 만이었다.

볼테르는 이것저것 헤집고 다닌 끝에 대사 나리의 책상 받침 안쪽에 숨겨져 있던 작은 비망록을 발견했다. 즉사한 사람은 자기 물건을 정리하고 갈 시간이 없는 법이다. 볼테르는 속으로 여기 오길 잘했다고 쾌재를 불렀다. 자신은 지금 왕실의 안위를 도모하는 큰일을 한 셈이었다. 그가 아니었으면 이 암호가 적국의 손에 넘어갈 수도 있지 않았을까. 못된 심보를 품었거나 그냥 좀 엉뚱한 자가 이 구멍 뚫린 암호문 해독용 판지에서 뭘 끄집어낼지 누가 알겠는가. 외교관 나리가 기밀 우편물을 해독하기 위해 이 판지에 넣어야 했던 키워드는 '로쿰'*이었다. 투르크인이 상상도 못할 키워드였다. 외교관 나리는 기지가 있었다.

볼테르는 봉 장팡 거리로 돌아와 에밀리가 있는 잡동사니 진

---

* 터키의 특산물인 달콤한 과자.

열실로 올라갔다. 그는 교묘한 재주와 노력을 쏟아 부어 간신히 알아낸 키워드가 적힌 쪽지를 내밀었다. 뛰는 놈 위에 나는 놈 있다고, 에밀리는 에밀리대로 해독한 메시지를 볼테르에게 들이밀었다.

"내 혀를 고양이에게 주었다."*

"포기하다니, 이걸 이용하면 문제의 암호를 풀 수 있을 거요!"

"아뇨, 그게 아니라, 그 암호를 해독하면 '내 혀를 고양이에게 주었다'라는 뜻이라고요!"

에밀리는 메시지에 등장하는 문자들의 빈도와 프랑스어에서 자주 반복되는 문자들을 비교해 보았다고 설명했다. 그녀는 자기가 손수 재구성한 문자표를 보여 주었다. 그 문자표의 키워드는 '로쿰', 딱 맞아떨어졌다.

"한나절 만에 이걸 다 풀었소? 머리 좋은 걸로는 누구에게도 지지 않을 사람들을 따돌리려고 고안한 암호를?"

"머리깨나 쓴다는 남자들에겐 효과가 있지만 한 사람의 명민한 여자에겐 당할 수 없다고 해두죠."

에밀리는 겸손이라고 할 만한 태도로 그렇게 말했다. 볼테르의 눈에 에밀리가 달리 보이기 시작했다. 매혹적인 후작부인이라는 겉모습 속에 자신을 뺨칠 만한 두뇌, 최소한 논리적 학문에 관

---

* J'ai donné ma langue au chat, 포기했다는 의미의 관용어구.

한 한 자신을 능가할 두뇌가 숨어 있다니. 그는 샤틀레 후작부인이 비극이라는 진정으로 숭고한 유일한 예술에서 기량을 닦아 자신의 경쟁자가 되지 않은 것이 참으로 다행이라고 생각했다. 두 사람은 이제 혀가 어디 있는지 알았다. 고양이를 찾는 일만 남았다.

피곤하기도 하고 약간 기분이 상하기도 한 볼테르는 금세 손을 놓아 버렸다. 메시지를 해독하고 보니 어린애 장난 같기도 했다. 거울에 손가락으로 남긴 글 치고는 진지한 맛이 없지 않은가? 그러나 에밀리는 반대 의견을 내놓았다. 일단 이 집에는 어린애가 없었다. 애들이 썼다고 보기에는 글자들의 위치가 너무 높았다. 그리고 원래 대수롭지 않게 보이는 문장일수록 무시무시한 의미를 담고 있는 법이다. 성경만 봐도 그렇지 않은가. 게다가 퐁텐 마르텔 남작부인은 애들은 물론, 고양이도 집에 들이지 않았다. 부인은 오로지 자기 하인들과 시녀와 볼테르만 집안에 들였다.

에밀리는 옷감, 서류, 그 밖의 수상쩍은 물건들을 닥치는 대로 뒤집어 보다가 나무를 깎아 만든 이집트산 조각상에 주목했다. 높이가 50센티미터 남짓한 그 조각상은 삼각형 대가리를 하고 쫑긋 세운 귀에 금 귀걸이가 달랑거리는 고양이를 형상화한 듯했다. 손톱으로 톡톡 쳐 보니 속이 비었는지 울리는 소리가 났다. 조각상을 뒤집어 보니 점잖은 사람이라면 결코 언급하지 않으며 예술 작품에서도 으레 생략되는 '그 구멍'이 그 자리에 길쭉하게 나 있었다. 어느 익살꾼이 이렇게 구멍을 파 놓고 종이를 둘둘 말아 꽂아 놓았을까. 에밀리와 볼테르는 탁자 한쪽 구석에 그 종이를 조심스럽게 펼쳐 보았다. 종이에는 작성일과 서명이 기입되어 있었다. 에밀리는 큰소리로 내용을 읽었다.

"나의 늘그막에 유일한 기쁨이 되어 주고, 늙은 여인의 수많은 고충을 덜어 주었으며, 곁에 둔 것을 한 번도 후회하지 않게 해 준 아이의 거취를 마련하겠다는 약속을 지키고자, 나의 전 재산, 토지, 영지, 별장, 연금, 소작료, 파리에 소재한 저택과 세간 일체, 그 외에도 나의 사망일 당시에 내게 속한 모든 것을 빅토린 피콩 드 그랑샹 양에게 그녀의 선의와 충성에 감사하는 뜻에서 양도합니다.

따라서 나는 어떤 자식이나 친척에게도 유산을 넘기지 않을 것입니다. 위로든 아래로든 방계로든 그 어떤 혈연관계에 있는 사람도 내 마지막 뜻을 거스를 수 없습니다.

또한 마지막 순간까지 내 집에서 애정과 충성으로 일한 사람들에게 합당한 처우 또한 빅토린 피콩 드 그랑샹 양에게 맡깁니다. 내가 더 이상 세상에 없을 때에 나의 가장 가까운 벗들에게 내 재산의 일부를 나눠 주는 일 또한 그녀의 재량에 맡깁니다. 이 유언장은 이전에 작성된 모든 유언장들을 폐기하고 대신합니다.

*팔레 루아얄 인근 자택에서 1733년 1월 10일에 작성하고 친히
서명합니다. 앙투아네트 마들렌 데보르도, 퐁텐 마르텔 남작
미망인.*"

그토록 찾아 헤매던 유언장을 발견한 두 사람은 너무 놀라
말도 나오지 않았다. 유언장을 찾았다는 사실 자체는 자랑스럽
고 흡족했으나 손아귀에 폭탄을 쥐게 된 판국이었다. 두 사람은
뭔가를 좀 더 알아낼 때까지 유언장을 비밀에 부치기로 합의
했다.

그때 복도로 통하는 문에서 개구리 울음 같은 이상한 소리가
그들의 주의를 끌었다. 문 앞에는 하녀가 서 있었다. 그랑상 양
이 두 사람에게 더 필요한 것은 없는지 알아보고 오라고 시켰다
는 것이다. 하녀는 이 말을 남기고 그대로 우당탕 요란한 소리
와 함께 마룻바닥에 쓰러져 버렸다.

온 집안이 금세 들쑤셔 놓은 벌집처럼 소란스러워졌다. 희소
식에 익숙지 않은 불쌍한 하녀를 살펴보던 볼테르가 강심제를
가져오도록 시켰다. 하인이 잔에 담긴 강심제를 가져오자 볼테
르가 단숨에 들이켰다. 에밀리는 볼테르에게 나무라는 눈빛을
보내고는 강심제를 한 잔 더 가져오게 했다. 이번 잔은 에밀리가
단숨에 비웠다. 세 번째 잔에 이르러서야 겨우 기절한 하녀의 입

을 벌리고 내용물을 흘려 넣을 수 있었다. 하녀가 눈을 번쩍 뜨고 하얀 삼베 수건으로 부채질을 해주고 있던 그랑샹을 뚫어져라 바라보았다.

"당신이! 당신이!"

하녀는 말을 맺지도 못하고 시선을 떼지도 못한 채 꺼이꺼이 울었다. 그랑샹은 이게 무슨 일인가 싶어 하녀를 멀뚱멀뚱 바라보았다.

"아니, 아가씨한테 이 친구 입김이 정면으로 미치잖아요. 얼른 뒤로 물러나요!"

볼테르는 유언장에 대한 정보가 그랑샹에게 들어가기를 바라지 않았기 때문에 그렇게 둘러댔다.

"당신이 상속자래요!"

하녀는 다 죽어 가는 소리로 기어이 그 말을 뱉고야 말했다. 볼테르와 에밀리는 하녀가 마룻바닥에 머리를 부딪친 충격 때문에 헛소리를 하고 있다고 몰아세우고 싶은 심정이었다. 그러나 하인들이 득달같이 그 하녀를 내팽개치고 그들에게 달려들어 꼬치꼬치 캐묻는 상황에서 거짓말을 할 수는 없었다. 결국 두 사람은 결과를 가늠할 수 없는 설명을 늘어놓기보다는 하녀를 맡기고 그랑샹만 따로 잡동사니 진열실로 불렀다. 그들은 그녀에게 희소식을 전하고 유언장을 보여 주었다. 그러고는 당분간 비밀을 지켜 달라고 부탁했다. 그랑샹은 얼떨떨해하면서도 비밀을 지키겠노라 약속했다.

그녀는 문을 열고 나가자마자 복도에서 기다리던 하인들과 맞닥뜨렸다.

"나예요!"

그랑샹은 생 쉴피스 복권* 당첨자처럼 환하게 빛나는 얼굴로 그렇게 외쳤다. 그녀는 남작부인의 유언을 구구절절 상세하게 설명했다. 유언장에서 가장 세부적인 부분도 빼놓지 않았다. 유산을 나눠 주는 것은 전적으로 자기 재량에 달렸다, 모두에게 돈을 나눠 줄 수 있다, 이제 그들은 부자다 등등. 복도에서 계단까지 기쁨의 탄성이 터졌다. 모두들 기뻐 날뛰었다. 마님의 죽음이 그들에겐 축복이었다. 물론 그랑샹이 그토록 안도하는 모습을 책망할 순 없었다. 그녀의 팔자가 순식간에 바뀌었다. 그녀의 얼굴이 확 피었다.

반면 볼테르와 에밀리는 골치 아픈 문제들이 예상되었다. 이들의 기쁨이 모든 이의 기쁨이 될 리는 만무했다. 잔뜩 기대했다가 물 먹은 상속자들의 집에는 한바탕 폭풍이 몰아칠 터였다. 평소에도 이성의 옹호자가 되기는 힘들다지만 부자가 될 꿈에 부푼 자들에게 이성적인 태도를 고취하기란 인간이 감당할 수 있는 일이 아니었다. 하인들은 유언장 내용을 비밀에 부칠 마음이 눈

• 당시에는 교회 공동체를 돕기 위한 복권이 성행했는데 그중에는 생 쉴피스 교회 설립을 위한 복권도 있었다. (• 이하 원주)

곱만치도 없었다. 가진 것 없는 그들에게 푼돈이나마 준다는 유언장 아닌가. 그들의 보호자인 그랑샹 양을 확실하게 보필하는 것이야말로 하인들에게 새로운 삶의 목표가 되었다.

에밀리는 서둘러 그 집을 떠났다. 들떠서 설치는 하인들을 보고 있자니 피곤해진 탓도 있고 새삼 만삭의 몸이니 휴식을 취해야겠다는 생각도 들었다. 볼테르 혼자 술판에 남겨졌다. 하인들은 남작부인 소유의 술을 몇 병이나 비우며 자축했다. 살아 있을 때에는 그렇게나 짜게 굴던 마님이 저승에 가서 이렇게 관대하게 나올 줄이야 누군들 기대했을까. 그 점을 감안하면 볼테르도 마땅히 기뻐해야 했을지 모른다. 유언장에는 '나의 가장 가까운 벗들에게' 재산의 일부를 나눠 주라고 쓰여 있지 않았던가. 볼테르보다 이 표현에 부합하는 수혜자가 또 있을까. 그랑샹은 볼테르의 주름살을 확 펴 줄 만한 말을 넌지시 던지는 것도 잊지 않았다.

"안심하세요. 제 행복은 선생님 덕분인 걸요. 제가 이 집의 주인으로 있는 한, 선생님 같은 사상가에게 걸맞은 안식처가 보장될 거예요."

그러나 볼테르는 이 말에 속지 않았다. 그는 자신을 치켜세우는 칭찬 속에서 '사상가'로서의 자질이 갑자기 떨어지면 쫓아 낼 수도 있다는 위협을 간파했다. 달리 말해, 이 집 지붕 밑에서 따뜻한 이불 덮고 살고 싶으면 고분고분 따르라는 뜻이었다.

밤마다 벽난로 옆에서 마님께 우화를 읽어 주던 예쁘고 귀여운 그랑상은 생각만큼 호락호락하지 않았다. 4만 리브르의 연금에는 얌전한 아가씨를 수전노이자 권모술수의 대가로 둔갑시킬 위력도 있더란 말인가?

볼테르는 자신의 다락방으로 물러났다. 실의에 빠져서라기보다는 《철학서한》에 덧붙일 대목을 곰곰이 생각하고 싶었기 때문이었다. 영국인 상속녀들과 스털링 파운드화가 가장 순수한 영국 국교도 의식에 미치는 역효과가 이 새로운 문단의 주제가 될 터였다.

제15장

악어가
철학을 강매당한 사연

폭풍우를 예고하는 나른전둥이 치는가 싶더니 퐁텐 마르텔
가의 문이 요란한 굉음과 함께 열렸다. 절망에 빠진 고인의 외동
딸이 돌풍처럼 집 안으로 들이닥쳤다. 데스탱 부인이 벌써 자초
지종을 듣고 달려오다니, 이 집에 끄나풀을 심어 둔 것이 분명
했다.

"당신이 뭘 갖고 있다지요? 그게 뭐죠? 내가 알아야겠어요.
아무것도 숨길 생각 말아요. 거짓말쟁이 같으니!"

지난번에 백작부인이 이 집에 끌고 왔던 포동포동한 법적 대
리인도 따라 들어왔다. 그 사람은 이런 식의 급습 훈련을 한 번
씩 할 때마다 폭삭 늙는 모양이었다. 하녀들은 백작부인의 고함
소리가 나자마자 얼른 그랑샹 양을 방에 숨기고 철통같은 보호
에 나섰다.

볼테르는 서류철에서 종이 한 장을 꺼내어 바람과 폭우를 동반하는 여신께 들이밀었다.

"아, 어마어마한 유산을 하루아침에 앗아간 유언장 치고는 짧아도 너무 짧군요."

데스탱 백작부인의 불안은 마음 깊이 우러난 당혹감으로 바뀌었다. 친모의 유산을 애먼 사람에게 빼앗기려고 오랫동안 이 날만을 기다려 왔단 말인가. 원래 좋지 않았던 모녀 사이는 세월이 흐르면서 더욱 희미해졌다. 그렇지만 혈연에 따라 당연히 받을 유산을 어디서 굴러들어 왔는지 모를 계집에게 빼앗기리라고는 단 한 순간도 생각해 본 적 없었다.

"내가 경계한 젊은 여자는 다른 쪽이었는데……."

백작부인이 중얼거렸다.

"클레르 양도 무척 실망하겠지요."

볼테르는 그렇게 해석했다. 물론 백작부인은 흡족해하지 않았다. 하지만 사실 볼테르는 이보다 훨씬 더 격앙된 반응을 예상했던 터라 유산을 강탈당한 딸치고는 꽤나 온화하고 철학적이랄 만큼 초연한 태도를 보이는 백작부인이 놀랍기까지 했다.

데스탱 부인은 차분해서 더 불안한 목소리로 '뱀처럼 교활한 그 빨간 머리 계집'이 어디 있는지 물었다. 하인들은 그랑샹 양이 이 기쁜 소식을 이모에게 알리기 위해서 외출을 했다고 둘러댔다. 그들은 자기들에게 복을 줄 아가씨에게 찰싹 달라붙어서 장차 떨어질 콩고물을 지키기 위해 살아 있는 방패라도 될 태세였다.

백작부인은 유언장을 골똘하니 읽고 있던 법적 대리인의 팔을 찰싹 쳤다.

"무슨 말이든 좀 해봐요!"

그는 이 유언장의 진위 여부를 확인하기가 매우 어렵다고 했다. 모메 씨가 고인의 일을 맡아 보던 공증인으로서 법적 감정에 들어갈 터였다. 만약 이 서명이 진짜라고 해도 유산의 유용에 이의를 제기하거나 사후 유언장의 무효를 주장할 수 있다고 했다. 하지만 피콩 가문은 그렇게 만만한 상대가 아니었다. 그 집안에는 왕실과 법조계에 인맥이 있는 고위 공무원들이 많았다. 그들은 자기네 친척이 이 하늘의 만나를 놓치지 않게 손을 쓸 것이다. 그러니 소송을 걸면 10년은 금방이요, 그랬다가 소송을 건 쪽이나 걸린 쪽이나 망하기는 매한가지니 적당한 선에서 좋게 끝내자고 위협하거나 구슬리는 것이 최선이었다.

테스탱 백작부인은 자신의 미래에 대한 법적 조언을 듣고 난 후에 뭔가 생각하는 바가 있는지 낮게 투덜거리고는 좀 더 확실한 장소에서 계획을 논의하기 위해 조언자의 소매를 잡아끌며 남작부인의 집을 떠났다.

볼테르는 홀로 남아 생각에 잠겼다. 유산 문제는 풀렸다지만 사소하면서도 사소하지 않은 의문이 남아 있었다. 누가 남작부인을 죽였을까? 경찰이 그가 집필하고 있는 빼어난 저작 《철학 서한》의 순수성을 의심할지도 모르는 상황이니만큼, 하루 빨리 범인을 색출하여 경찰총감 에로 씨의 환심을 사야 할 성싶었다.

상속인으로 추정되는 세 명의 여인을 용의자로 본다면 그중 한 명은 볼테르가 거의 아는 바가 없는 인물이었다. 클레르 양은 도대체 어떤 아가씨일까? 그녀는 어떻게 지내고 있으려나? 그녀 가 살인에 가담했을 수도 있을까?

볼테르는 클레르 양의 삼촌뻘 되는 로틀랭 사제와 친분이 있 었다. 로틀랭 사제는 사상계에서 독보적인 위치를 차지하고 있 는 존경 받는 학자였다. 볼테르는 《철학서한》의 원고를 보여 준 다는 핑계로 로틀랭 사제를 초대해서 차라도 한 잔 마셔야겠다 고 생각했다. 틀림없이 대화의 물꼬가 트일 것이었다.

샤를 드 로틀랭은 고위 성직자이자 고상한 취향을 지닌 인물 이요, 빼어난 고전학자이자 저명한 신학자였다. 그는 당대 최고 의 애서가 중 한 사람이었다. 아카데미 프랑세즈 소속이었고 금 석학 및 문학 아카데미 회원으로도 추대될 예정이었다. 이러한 이유로 많은 이들이 검열을 피하는 방법에 대해 조언을 구하고 자 이제 곧 출간할 원고를 들고 그를 찾아오곤 했다. 그래서 볼 테르도 《취향의 사원》으로 여러 사람을 진흙탕에 빠뜨리고도 교 묘한 칭찬과 아부로 덧칠을 할 수 있었다. 작가로서의 자유를 보전하고 싶다면 앞날에 대한 통찰력도 필요한 법이다.

그날 에밀리는 잡동사니 진열실의 소장품 일체를 분류하기로 마음먹었다. 이제 배가 불러 움직이기도 힘들었고, 공포박물관을 정리하는 일이 뜨개질보다는 덜 지루하고 범인을 찾아 파리 시내를 쏘다니는 것보다는 덜 피곤할 듯했다. 에밀리는 5분마다 볼테르에게 하녀를 보내어 이 동물 박제는 어떻게 할 거냐, 저 동물 박제는 어떻게 하면 좋겠느냐 꼬치꼬치 물었다. 업무 방해가 네 번째에 이르자 볼테르도 짜증이 나기 시작했다.

"또 뭔가? 용의자로 의심되는 악어 박제라도 찾았나?"

"아뇨, 신사분이 찾아오셨어요."

하녀는 그렇게 말하고 검은 옷을 입은 성직자를 들여보냈다. 악어 박제는 웬걸, 교회에 속한 사내가 볼테르를 찾아온 터였다. 오랜 연구에 등이 굽고 시력이 악화된 그는 근엄하고 뻣뻣한 분위기 때문에 제 나이보다 열다섯 살은 더 들어 보였다. 볼테르가 두 팔 벌려 그를 맞이했다.

"우리 신부님! 나의 벗이여! 이렇게 반가울 데가. 구세주가 따로 없습니다그려."

악어와 비슷한 습성으로 치자면 손님보다 주인장 쪽이 한수 위였다. 볼테르는 육식 동물 특유의 포위 공격을 준비하며 슬슬 포석을 깔기 시작했다. 이 사제는 이미 온갖 종류의 메달과 주화를 수천 개 이상 수집한 인물로 유명했다.

"자, 여기 하나 더 가지십시오."

볼테르는 그렇게 말하며 고이 접은 손수건을 펼쳐 로마 제국 시대의 금화 한 닢을 꺼냈다. 사제의 눈이 휘둥그레졌다.

샤를 드 로틀랭은 코안경을 고쳐 쓰고 눈에 띄게 흡족한 기색으로 아우레우스 금화를 살펴보았다. 그 금화는 남작부인의 유산 중에서 볼테르가 슬쩍 빼놓은 것이었다. 양심의 거리낌은 조금도 없었다. 어차피 남작부인을 위해서 하는 일 아닌가. 남작부인도 자기를 죽인 놈을 잡자고 하는 일이니 이렇게라도 좀 도움을 줘야 하지 않겠는가. 사제는 매우 만족한 얼굴이었다.

"나는 신학 분야의 장서도 꽤나 모았다오."

그는 이렇게 말하고 벽에 꽂힌 책들을 좀 더 자세히 살펴보려고 눈을 가늘게 떴다.

"그 분야라면 이 집에 한 권도 없을 겁니다."

볼테르는 그렇게 대꾸하고 사제에게 의자를 권했다. 실제로 남작부인의 집에는 신앙 서적이나 성직자의 손에 들어갈 만한 책이 전혀 없었다. 로틀랭 사제는 집주인의 죽음에 조의를 표하는 것이 좋겠다고 생각했다. 볼테르는 기회를 놓치지 않았다. 사제에게 측은지심을 불러일으킬 좋은 기회였으니까.

"남작부인의 물건들과 내 물건이 분리될 때까지 꼼짝없이 이 집에서 살게 생겼습니다. 모든 게 뒤죽박죽이에요! 자칫하면 제 손해가 이만저만 아니게 생겼습니다."

사제는 이 방에서 그의 소유가 무엇인지 물었다. 볼테르는 창가에 화분을 받쳐 놓은 작은 원탁을 가리켰다. 어쨌든 이 강제 억류도 글쓰기에는 이로운 면이 있었다. 볼테르는 체념조로 말했다.

"나의 〈에리필레〉는 계속 다듬고 있습니다."

"반신욕이라도 해보지 그러십니까."

사제는 별 생각 없이 대꾸했다. 볼테르는 비극과 반신욕을 제쳐 두고 다른 논쟁 주제들을 앞세웠다. 그는 서랍에서 깨알 같은 글씨로 뒤덮인 종이 더미를 꺼냈다.

"영국에 망명해 있는 동안 영국인이라는 괴팍하고도 위대한 국민에게 영감을 받아 글을 좀 써봤습니다."

"프랑스에 대한 원한과 앙심으로 쓴 글은 아니길 바라오."

볼테르는 로틀랭 사제처럼 상식 있는 사람이라면 분명 이 책에서 말하고자 하는 바를 이해할 거라고 주장했다. 사제는 흥미를 느끼면서도 경계하는 자세로 물었다.

"운문이오?"

볼테르는 시련으로 한층 더 성숙해진 작가다운 미소를 지어 보였다.

"그 이상이지요. 철학서입니다!"

로틀랭은 이 말을 듣자마자 눈에 보이지 않는 박쥐가 나타나기라도 한 듯 휘이휘이 손사래를 쳤다.

"친애하는 볼테르, 철학서는 쓰지 마시오! 철학서는 위험하다오! 이렇게 말하긴 좀 그렇지만 때로는 심히 저속하기도 한 것이 철학이오."

다행스러운 얘기였다. 사실 볼테르는 로틀랭 사제가 자신의 《철학서한》을 읽기를 원치 않았다. 당혹스러운 것은, 사제가 볼테르의 낭독을 기대하고 있었다는 것이다. 볼테르는 영향력 있는 사제를 근대 사상에 입문시키면서도 가장 전복적이고 문제시될 만한 구절은 슬쩍 피해가는 고난이도 훈련에 착수했다.

"이건 아니고. (한 장 넘기고) 이것도 안 되고. (한 장 넘기고) 음, 지루하실 텐데요."

볼테르는 비극작가의 기술과 요령을 십분 발휘하여 그럴싸한 대목 몇 개를 읽어 주었다. 그러다 보니 철학적 전개가 시대극 드라마 비슷하게 흘러갔다. 원칙을 지키지 못한 낭독이라고는 하나 최소한 지루하지는 않았다. 볼테르는 이만하면 상대가 작품을 개괄하고 열광적인 박수를 보낼 수 있겠다 싶어서 낭독을 마치고 잠시 침묵했다. 그러고는 사제의 평가를 기다렸다.

"어떤가요? 아카데미는 어떻게 평가할까요?"

로틀랭 사제는 아카데미의 고견을 기꺼이 전달할 수도 있었지만 조용히 입을 다물었다. 그는 사려 깊은 성직자이자 예의가 깍듯한 사람이었다. 참 고약하게도 걸려들었다. 차라리 숲 속에서 도적 떼의 습격을 받는 편이 낫지 싶었다. 사실 볼테르가 《철학서한》을 발췌해서 읽어 준 사람이 로틀랭 사제가 처음은 아니었다. 볼테르의 고막은 이미 불같은 비판들로 단련되어 있었다.

"책 속에 종교에 관한 견해를 피력했다고 들었는데…….”

볼테르는 암탉을 잡으려다 딱 걸린 여우같은 표정을 지었다.

"정말입니까? 누가 그런 소리를 합니까? 종교라뇨? 나는 파문당한 개신교 종파들을 언급했을 뿐입니다!"

그런 까닭에 그는 신랄한 표현으로 종교를 거침없이 몰아세울 수 있었다. 개신교 종파들에 대한 볼테르의 비판은 가톨릭 주교들에게도 그대로 적용 가능했으니까. 어쨌든 볼테르의 변명은 충분히 예상할 수 있었다. 로틀랭 사제는 너무 앞서 나가지 않기로 했다.

"어떤 대목들은 문제시될 거요. 예를 들어 전제 군주들을 다루는 대목이라든가…….”

"그건 상상이잖습니까!"

"아니면 신의 본성에 의혹을 제기하는 대목이나…….”

"그것도 그냥 상상해 보자는 겁니다!"

사제는 이 책이 상상을 조금 배제하고 관습을 더 준수해야 한다고 판단했다.

"누구나 할 수 있는 생각을 글로 쓰고 싶지 않아서 그랬습니다!"

철학자가 자기변호에 나섰다. 아마도 그 이유 때문에 그의 책은 아무에게도 호응을 얻지 못할 것 같았다. 그의 책은 영국을 찬양하고 있었지만 독자들은 영국에 빗대어 프랑스 이야기를 한다고 느낄 터였다.

"솔직히 말하자면 이 책이 영국인들을 다루는 이상, 프랑스 아카데미보다는 영국인들의 아카데미에서 인정받기가 더 수월할 거요."

하지만 어쩐다, 영국에는 리슐리외도 없고 마자랭도 없고 아카데미도 없으니. 실로 위대한 영국 문명의 빈틈이 아닌가. 영국에서는 문인들에게 경의를 표하고 돈으로 보상은 할지언정 왕실의 대리석 건물을 내어 주고 좌석을 나눠 주지는 않는다. 항의해야 마땅하지 않은가.

사제는 몹시 난처했다.

"녕 아니라고 하긴 않았소이다……."

볼테르는 이 말을 매우 긍정적으로 받아들였다. 프랑스의 학술 기관들을 너무 물로 보는 셈이었다. 피곤한 말싸움에서 벗어나고 싶었던 로틀랭 사제는 몇 군데 문제될 만한 표현만 완화한다면 암묵적인 동의를 얻어 낼 수 있을 거라고 성의 없이 중얼거렸다.

"이보시오, 누구에게도 충격을 주어서는 안 되오."

"신선한 충격을 포기한다면 앞으로 비극만 써야겠군요!"

천재 사상가가 탄식했다.

"그래서 비극에서 큰 성공을 거두지 않았소! 나는 당신이 그쪽 분야를 계속 파고들었으면 좋겠소."

사제는 이렇게 마음에도 없는 말을 할 수 있는 사람이었다. 하지만 그는 자신의 본심을 숨기는 재주가 볼테르만큼 뛰어나지 못했기에 결국 솔직한 생각을 드러내는 우를 범했다.

"내 생각을 듣고 싶으시오? 출간을 포기하시구려. 그냥 소박하게 사시오. 당신이 가질 수 있는 것에 만족하면서. 당신은 가만히만 있으면 아카데미에서 자리를 마련하고 불러 줄 사람이오!"

글쓰기를 중단하면 아카데미에 넣어 주겠다는 제안과 다를 바 없었다. 수탉에게 거세를 하면 암탉들이 우글대는 닭장에 넣어 주겠다고 하는 말과 뭐가 다를까.

두 사람 모두 만족할 만한 성과 없이 각자의 입장으로 돌아갔다. 사제는 어쨌거나 공개 화형을 당할 사람은 자기가 아니니까 상관없다고 생각했다.

잡동사니 소굴에 처박혀 있던 에밀리는 사제가 위층에서 계단을 내려오는 소리를 들었다. 그녀는 볼테르의 방으로 올라가 무슨 소득이 있었는지 물었다.

"자기 조카에 대해서 뭐라고 하던가요?"

"누구?"

원고 생각에 푹 빠져 있던 볼테르는 건성으로 대꾸했다. 《철학서한》에서 어떤 부분을 쳐내야 자신의 철학을 훼손하지 않고 검열관들의 비위를 맞출 수 있을까. 에밀리는 볼테르의 반응에

기가 막혔다. 그녀는 사제를 쫓아 급히 계단을 내려갔다. 로틀랭 사제는 아래층에서 케이프와 장갑을 착용하는 중이었다. 이 집에 들어올 때보다 등이 한층 구부정해 보였다. 사상과 검열이 한 덩어리가 되어 짓누르니 그의 등이 어찌 남아날까. 위층에서 해맑게 들떠 있는 짓궂은 자유 기고가와 달리 이 사제는 《철학 서한》의 출간이 반드시 파란을 불러오리라 예측했다. 자신의 것도 아닌 사상 때문에 자기 이름이 들먹거려질 생각을 하니 탄식이 절로 나왔다.

에밀리의 관심사는 한결 평범했다. 그녀는 클레르 양의 행실, 취향, 습관을 궁금해 했다. 로틀랭은 조카딸에 대한 질문을 받고 안도감을 느꼈다. 드디어 아카데미나 도덕성과 무관한 대화 수제가 나왔으니까. 게다가 그가 생색도 낼 수 있는 주제가 아닌가!

에밀리는 로틀랭을 배웅한 뒤 다시 다락방으로 올라갔다. 원고를 붙들고 앉아 씨름하고 있는 볼테르를 보며 에밀리가 비아냥거렸다.

"내가 있어서 그나마 수사가 진척되니 다행이네요!"

"나는 철학의 대의를 위해서 일했소. 그보다 중요한 일이 어디 있다고!"

제16장

성녀냐, 천사냐, 나비냐,
이것이 문제로다

잠재적 상속인은 세 명, 다시 밀해 용의자는 세 명이었다. 따라서 품행에 대한 조사도 세 건을 동시에, 최대한 신속하게 진행해야 했다. 클레르 양에 대해서는 아무것도 아는 바가 없었고, 데스탱 백작부인에 대해서는 그들이 원하는 것 이상으로 많은 것을 알고 있었다.

"내가 젊은 아가씨 쪽을 맡겠소."

볼테르가 서둘러 나섰다. 그는 광신도 부인을 감시하는 일은 얀센파들의 괴상한 짓거리에도 꿈쩍하지 않을 다른 사람들에게 맡기고 싶었다.

에밀리는 데스탱 백작부인이 자선을 베풀러 갈 때에 뒤를 밟기로 했다. 데스탱 부인은 행실이 올바른 부인네가 갈 법한 장소에 확실히 모습을 드러낼 터였다. 한편, 마흔 살이나 먹은 남자가 과년한 처녀의 뒤를 밟았다가는 무슨 위험한 일을 당할지 모른다고 우려한 볼테르 덕에 결국 적갈색 머리의 운 좋은 상속녀는 리낭이 맡기로 했다. 그랑샹 쪽은 위험할 것도 없고 더 이상 놀랄 일도 없을 것이었다.

평생 하인들에 둘러싸여 살아온 에밀리는 양갓집 부인네가 하녀들과 있을 때 가장 경솔하게 행동하기 쉽다는 것을 잘 알고 있었다. 그녀는 일단 데스탱 부인의 하녀 중 한 명에게 에퀴 금화 두 닢을 건네고 부인의 평소 일과를 알아냈다. 에밀리는 당분간 미사와 가난한 환자들을 방문하는 일로 기분 전환을 해야 할 듯했다. 게다가 이 즐거운 일정은 성무 일과의 제1기도 시각부터, 다시 말해 새벽 맷바람부터 시작되었다.

에밀리는 동트기 전부터 백작부인 집으로 달려갔다. 센 강에 침수됐다가 이제 겨우 복구된 마차 안에서 그녀는 열혈 여신도가 나타나기를 기다렸다.

데스탱 부인의 새벽 미사는 베르사유의 화려한 일요일과 거리가 멀어도 너무 멀었다. 백작부인은 입문자들만의 비밀 장소를 방불케 하는 칙칙하고 조그만 교회로 쏙 들어갔다. 에밀리는 거기서 소금 밀매꾼들이 모여 작당을 한다고 해도 믿었을 것이다.

그녀는 이 어두컴컴한 예배당에 발을 들인 것을 후회했다. 모든 것이 칙칙하고 금욕이 뚝뚝 떨어지는 그곳은 인간 박쥐들의 소굴이나 다름없었다. 초대 그리스도교 신자들이 그들을 사자굴에 처넣으려는 이교도들의 눈을 피해 몰래 예배를 드렸다는 로마의 납골당도 여기보다는 유쾌하지 않았을까. 백작부인의 신앙적 동지들은 원형 경기장의 야수들이 바로 문 밖에 있다고 생각하는 듯 불안해하면서도 악에 받쳐 있었다.

에밀리가 볼테르의 비난에도 일리가 있음을 깨닫기까지는 그리 오래 걸리지 않았다. 지금 그녀가 보고 있는 것은 얀센파의 미사였다. 두 팔을 벌리고 있는 저 그리스도 아래 모여들 선택받은 자는 그리 많지 않을 터였다. 가톨릭 미사가 신의 존재를 믿지 않는 자들에게 따분할 뿐이라면 얀세니우스 추종자들의 미사는 고행 그 자체였다. 사제는 설교 도중에 영원한 지옥 불에 떨어질 수밖에 없는 자들을 열거했다. 속물, 남색가, 간음하는 자, 무신론자, 진정한 신앙을 탄압하는 왕의 재상들 등등. 사제가 이름들을 주워섬기기 시작했을 때 에밀리는 볼테르의 이름이 나오자 신도들이 얼마나 황급히 성호를 긋고 치를 떠는지 똑똑히 보았다. 인자하고 좋으신 하느님이 널리 펼치는 진리를 훼방하는 자들은 지상에서든 천상에서든 아무리 가혹한 벌로 다스려도 부족하노니…….

설교는 거만하고, 교화적이고, 보수적이었으며, 사회의 비참함을 시시콜콜 들먹거렸다. 무엇보다도 도대체 언제 끝날지 모르는 설교였다. 에밀리는 퇴마 의식에 꼼짝 없이 붙들린 마귀가

된 심정이었다. 이 고문에서 벗어날 수만 있다면 당장 불구덩이 같은 지하 세계로 달려가 루시퍼와 철학을 논하라고 해도 주저하지 않았을 것이다. 만약 악마가 볼테르만큼 교양이 있다면 악마와의 대화가 이곳에서의 전례의식보다 골백번 더 즐거울 것 같았다.

데스탱 부인은 마부와 함께 미사를 드리고 있었다. 그녀가 정숙한 체하지 않는다는 증거였다. 에밀리는 백작부인이 자기 집 하인들도 얀센파로 끌어들였거나 그들에게 선택을 강요했을 거라고 확신했다. 관용과 박애로는 뒤지지 않는다는 에밀리였지만 자기 시중을 드는 하녀와 나란히 앉아서 미사를 드릴 마음은 추호도 없었다.

영성체가 끝나고 축제의 2부가 시작되었다. 백작부인은 환자들을 구제하는 일에 열심인 사람으로 정평이 나 있었다. 에밀리는 마차에 오르면서 안도의 한숨을 쉬었다. 뭔 짓을 해도 얀센파 미사 전례보다는 재미있을 것 같았다.

마차는 뤽상부르 구역 세브르 거리의 프티트 메종 정신병원 앞에 멈추었다. 정신병자, 정신박약아, 치매 노인, 요컨대 파리 시립병원에서 더 이상 손쓸 수 없다는 판정을 받은 이들을 격리 수용하는 기관이었다. 야트막한 병동 건물이 마당 전체를 빙 둘러싸고 있었다. 이곳에는 빈민구제청에서 관리하는 정신병자들이 400명 이상 수용되어 있었다.

백작부인은 광야의 그리스도처럼 병동을 헤치고 나아가며 위로의 말과 브리오슈를 나누어 주었다. 이곳은 그녀의 정복지였다. 게다가 여기에는 그녀와 같은 예배당에 다녔던 얀센파 광신도들도 몇 명 있었다. 경찰총감 에로가 바스티유 투옥이라는 가문의 망신을 면제해 주기 위해 그들에게 정신병자 판정을 내렸던 것이다.

데스탱 부인은 수녀 한 명을 대동하고 병자들을 한 사람씩 만났다. 수녀는 환자마다 병세가 어떠하고 상태가 어떻게 진전되고 있는지 설명해 주었다. 에밀리는 백작부인에 대해 정확한 판단이 서지 않았지만 적어도 지금의 데스탱 부인은 그녀의 눈에도 성녀처럼 보였다. 비스킷과 격려의 말을 나누어 주는 그녀의 인류애가 하늘의 무서운 심판이 예정되어 있는 철학자들과 재상들의 죽음을 바라는 데에는 아무런 걸림돌이 되지 않는 모양이었다.

온갖 종류의 정신병자와 정신박약자가 데스탱 부인을 열렬히 환영했다. 지랄 맞은 성격의 백작부인은 살롱에선 환영받지 못했지만 이곳에선 환영받고 있었다. 철학자들은 그녀의 신념을 혐오했으나 가난한 이들은 그녀의 손에 입을 맞추었다. 귀족 부인네들은 그녀를 못마땅하게 여겼으나 헐벗은 이들은 그녀를 상찬했다. 이토록 선행에 힘쓰는 신심 깊은 인물이 친모를 독살하거나 칼로 찌르거나 질식시켰다고 믿기는 힘들었다. 에밀리는 뉴턴의 창공에서 춤을 추는 별들을 능히 상상할 수 있는 여자였지만 백작부인에게서 느끼는 감정들의 모순은 그녀의 상상력으로도 감당하기 어려웠다.

잠시 자기 생각에 푹 빠져 있던 에밀리가 백작부인의 눈에 띄고 말았다. 백작부인은 가난한 사람과 병자들을 살피러 온 에밀리를 칭찬했다. 또한 좀 전에 '우리 교회'에서도 에밀리를 보았다고 말했다. 백작부인은 에밀리에게 임신을 축하한다고 말하며 그녀의 팔짱을 끼고 광란과 강박의 동산을 함께 거닐었다.

백작부인의 가난한 자들은 무엇보다도 정신적으로 빈곤한 자들이었다. 그녀는 과자를 나눠 주면서 성화聖畵도 나누어 주었다. 얀센파를 설립한 코르넬리우스 얀세니우스의 초상이나, 죽어서도 무덤에서 그토록 많은 기적을 이루었다는 파리스 부사제의 초상화였다. 백작부인은 이 선물을 나누어 주며 "우리를 위해 기도해 주세요. 저희도 여러분을 위해 기도할게요"라든가 "하느님께서는 당신의 은총에 거하는 자들을 고쳐 주신답니다"라는 말을 건넸다. 에밀리는 환자들에게 나눠 줄 성화 따위는 없었기 때문에 도대체 여기에 뭐 하러 왔느냐는 말을 듣지 않으려면 있는 돈을 탈탈 털어 수녀의 손에 쥐어 줘야 할 것 같았다.

에밀리는 자신의 마차로 백작부인을 집까지 데려다 주기로 했다. 백작부인은 새로운 개종자가 생긴 것에 크게 기뻐했다. 그녀는 에밀리에게 영혼의 평안을 위해 가급적 빨리 이러한 선행을 다시 베풀자고 권했다.

에밀리를 안내했던 수녀가 문을 닫기 전 조용히 속삭였다.

"내일 아침에 다시 오세요. 내일은 비세트르 호스피스에 갈 겁니다."

'다른 병동을 또 가자고? 이렇게 반가울 데가!'

내일 그녀는 엉덩이가 가벼운 소프라노 가수들과 통통한 카스트라토들이 깃털, 알록달록한 유리 장신구, 레이스를 뒤집어쓰고 나오는 오페라를 볼 예정이었다.

한편 볼테르는 마침 집 앞을 지나던 삯마차로 뛰어들었다. 마차 안에서 진동하는 그놈의 고약히고 불순한 냄새 때문에 그는 다시 한 번 발정 난 뱃사람들이 드나드는 사창가에 엉덩이를 들여놓은 기분이 들었다. 그는 마부에게 마르텔 드 클레르 가문의 저택으로 가달라고 했다.

클레르 가에 도착한 볼테르가 마차 안에서 저택을 살피고 있으려니 클레르 양이 집 밖으로 나오는 게 보였다. 클레르 양은 살구색 드레스를 입고 같은 색상의 작은 모자를 쓰고 있었다. 손에는 숙녀용 장갑을 끼고 목에는 분홍색 스카프를 두른 그녀는 가정교사를 대동하고 있었다. 사제복을 입은 가정교사는 꽤 근엄해 보였다. 그들을 태운 마차가 센 강 쪽으로 향했다.

"저 마차를 따라가시오!"

볼테르가 마부에게 소리쳤다. 마부는 귀찮은 듯 어깨를 한 번

으쓱하고 마차를 출발시켰다. 볼테르는 몇 번이나 클레르 양을 놓칠까 봐 가슴을 졸였다. 마차들로 혼잡하기 이를 데 없는 파리의 도로에서 누군가를 미행하는 일이 얼마나 어려운 일인지는 미행을 해본 사람만이 알 것이다.

마차는 파리 식물원의 창살문 앞에 멈춰 섰다. 볼테르도 마차에서 내려 얼른 공원 안으로 들어간 클레르 양의 뒤를 밟았다. 그 모습을 본 마부는 철학자의 평판에 그리 이롭지 않은 결론을 내렸다.

처음에 볼테르는 가정교사가 클레르 양을 동물원에 데려가 영양들에게 빵조각이나 나눠 주게 하려나 보다 생각했다. 그러나 그것은 클레르 양의 야심을 너무 얕잡아 본 판단이었다. 그녀는 교수들이 공개 강의를 하는 건물로 향했다. 대학에서는 라틴어로만 강의를 했지만 공개 강의는 프랑스어로 진행되었다. 클레르 양과 가정교사는 희귀한 전시물에 대해서 상세한 설명을 듣고 있던 청중들 틈에 합류했다. 가정교사와 여제자는 이런 일에 매우 익숙한 듯 보였다. 볼테르는 수사를 위해서, 또 한편으로는 배움의 기회를 놓칠 수 없었기에 그 무리에 끼어들었다.

마리 프랑수아즈 드 클레르는 밤색 눈동자와 갈색 머리를 가진 아가씨로 상당히 단호한 데가 있어 보였다. 볼테르는 이 아가씨가 그 무엇으로도 뜻을 꺾을 수 없는 부류, 특히 미모가 없어도 상관없는 부류라고 확신했다. 이런 여자들에게는 선천적으로 모든 장애물을 무너뜨리고 원하는 것을 쟁취하는 비결 같은 게 있는데 어쩌면 양심이나 동정심을 모르기 때문에 그럴 수 있을 것이다. 복잡다단한 인간 사회에서는 그런 성품이 야심가들이나 범죄자들의 강점이 되기도 하니까.

오전 시간은 동물학과 식물학이 차지했다. 아메리카 대륙에서 자라며 여러 가지 약의 원료가 되는 커다란 잎사귀의 독말풀이 화제에 오르자 클레르 양은 모든 질문에 야무지게 대답했다. 그녀는 독말풀에 대해 이미 잘 알고 있었다. 딱정벌레의 일종인 가뢰에 대해서는 더 야무지게 이야기를 나눌 수도 있었을 것이다. 그들은 가뢰에서도 효과적인 독약과 치료제를 추출할 수 있다고 이미 배운 바 있었다.

볼테르는 황홀한 흥분에 사로잡혔다. 젊은 처자가 약초와 약학에 조예가 깊다니! 이런 여자와 결혼했으면 좋았을 것을! 만약 그가 클레르 양이 관장을 할 줄 알고 주사기 사용에도 능숙하다는 것을 알았다면 당장 그 자리에서, 진달래속 식물과 잎이 오래가는 레바논 삼나무 사이에서 청혼이라도 했을 것이다. 볼테르는 그녀의 교양과 명민함을 마음 깊이 인정했다. 다양한 분야에 관심 있는 똑똑하고 아름다운 여성보다 매혹적인 존재는 없었다. 청신한 매력에 기지까지 있으니 어찌 저항할 수 있을까. 볼테르는 천사를 믿지 않았으나 교육을 받은 아가씨는 믿었다. 그래서 자기가 추적하는 용의자가 양파와 월하향에 관심을 보이고, 날씬한 손가락으로 끝이 뾰족한 잎사귀를 쓸어 보며, 목탄으로 다른 벌레를 잡아먹는 곤충을 건드려 보는 모습을 보며 기뻐했다. 그는 흉측한 검은 전갈은 에밀리에게 떠넘기고 요 귀여운 나비를 쫓아오기를 얼마나 잘했나 생각하며 자축했다.

쉬는 시간에 클레르 양은 다른 부인들과 과일 조림에 대해서 이야기를 나누었다. 그녀는 어머니가 노르망디 영지에서 나는 과일을 장기 보존하기 위해서 설탕을 많이 넣고 가열하는 방법을 쓴다고 말했다. 식물학과 과일 조림이라, 참으로 매혹적인 그림 아닌가.

바로 그때, 볼테르는 퍼뜩 그들의 연관성을 깨달았다. 식물학을 알아야만 알 수 있는 괴상한 식물, 곤충학자가 아는 독극물, 마르텔 드 클레르 가문에서 만든다는 과일 설탕조림…… 그 합은 폭발적이었다. 무서운 직감이 고개를 들었다. 그가 쫓는 나비는 독을 품었을지도 모른다.

볼테르가 잠시 근심에 빠져 클레르 양을 놓친 사이 볼테르를 눈여겨보고 있던 클레르 양의 가정교사가 볼테르에게 다가와 순진한 아가씨들을 쫓아다니는 일은 그만두라고, 계속 이러면 경찰서로 끌고 가겠다고 조심스럽게 경고했다. 하는 수 없이 정원에서 나와 삯마차를 찾는 볼테르 앞에 희한하게도 그를 이곳까지 데려다 준 바로 그 삯마차가 다가왔다. 볼테르는 마부가 잠시 점심을 먹고 온 사이 우연히 시간이 맞아 떨어졌다고 생각했다. 운명과 감춰진 원인들에 대한 그의 감각은 오늘 방문의 기분 나쁜 결말 때문에 무뎌져 있었다. 그러나 실은 마부도 클레르 양의 가정교사와 똑같은 결론을 내린 터였다. 그래서 그는 공원 입구에서부터 볼테르를 무서운 눈으로 노려보고 있던 참이었다.

"양해해 주십시오, 하지만 선생님처럼 나이도 먹을 만큼 먹은 신사가 어린 아가씨들을 쫓아다니다니, 이건 옳은 일이 아닙니다."

마부는 품행에 대한 잔소리를 하고서 스스로 흡족했는지, 뒷좌석에 부루퉁한 얼굴로 앉아 있던 음탕한 철학자 선생을 원하는 목적지까지 데려다 수었다.

세 명의 공모자들은 퐁텐 마르텔 부인 집에 모여서 각자 용의자들의 품행에 어떤 인상을 받았는지 털어 놓았다.

리낭은 책 읽어 주는 시녀를 추적한 날에 대해서 이야기했다. 뚱보 사제는 가정 교육을 잘 받은 참한 처자의 전형적인 하루를 보았다고 했다. 에밀리와 볼테르는 그 전형적인 하루의 일정을 좀 더 자세히 이야기해 보라고 다그쳤다.

에밀리와 볼테르가 각자 종류는 다르지만 악마를 쫓았다면 리낭은 하늘을 날아다니는 천사를 쫓다 온 셈이었다. 그랑샹 양은 외출을 했고 돈깨나 있는 친척 집을 찾은 듯했다. 리슐리외 거리에 위치한 그 집은 파사드의 사슴뿔 장식이 인상적이었다. 그랑상 양은 그 집에서 한 시간쯤 있다가 나와서 생 피에르 골목의 작은 보석상에 들어갔다. 아마도 약혼반지를 구경하려고 그랬을 것이다. 위험한 구석이라고는 전혀 없었다. 그 후에 그녀는 공중 업무를 공부하는 서생처럼 보이는 젊은 남자를 만났다. 아마도 사촌이지 싶었다. 두 사람이 무람없이 팔짱을 끼고 어느 집 안으로 들어갔기 때문이다. 리낭은 근처 카페에서 그들이 나오기를 기다렸다. 여기까지가 리낭이 본 그대로였다.

"내가 알아맞혀 볼까. 그랑샹은 그 집에서 혼자 나왔을 거야."

볼테르가 설명하기도 귀찮다는 듯 말했다. 에밀리는 웃어야 할지 울어야 할지 모를 표정이었다. 볼테르의 짐작은 정확했고 볼테르와 에밀리는 딱하다는 표정으로 서로를 바라보았다. 그랑샹은 결혼한 여자가 누릴 수 있는 이점을 앞당겨 누리고 있었던 것이다. 뚱보 사제는 황당하리만치 순진한 사내였다. 볼테르가 그의 눈을 열어 주어야 했다.

"자네 말대로라면 그랑샹은 우선 오텔 드 제브르에 갔네. 밤낮을 따지지 않고 아무 때나 노름을 할 수 있는 곳이지. 그다음에 자네가 흠잡을 데 없는 요조숙녀라고 하는 그 처자는 생 피에르 골목의 유대인 전당포에 장신구를 저당 잡혔어. 요컨대, 그녀에겐 갚아야 할 빚이 있다는 뜻이지. 그러고 나서는 자기 애인을 만난 거야. 난 감히 약혼자라는 표현은 쓸 수 없네. 두 사람이 함께 들어가서 그녀 혼자 나왔다는 사실만 봐도 알 수 있듯이, 사내는 자기에게 모든 것을 허락한 아가씨들과 좀체 결혼까지 가지 않는 법이라네."

뚱보 사제는 구름에서 떨어진 기분이었다. 그는 볼테르와 에밀리에게 어떻게 그런 비열한 짓거리를 다 알고 있느냐고 물었다. 두 사람은 노르망디 촌구석의 신학교 출신만 아니라면 그 정도는 누구나 안다고 대꾸했다.

"아, 끔찍해라."

리낭이 중얼거렸다.

"봐요! 고상한 취향을 지닌 여자의 품행은 사소한 차이로 달라지는 법이죠!"

에밀리가 까르르 웃음을 터뜨리며 말했다.

"그래요, 그래."

리낭이 산전수전 다 겪은 방탕한 여인네에게 대답했다.

간략히 정리하자면, 데스탱 부인은 병원을 돌며 정신병자들에게 덕담을 건네고 기적을 행하는 여인이었다. 아마도 정신병자들이야말로 그녀를 가장 잘 이해할 수 있는 사람들이리라. 빅토린 드 그랑샹은 내숭을 떨면서 뒤로 호박씨를 까고 있었다. 클레르 양은 설탕조림과 위험한 성분에 각별한 관심을 기울이고 있는데, 그 두 가지 관심 영역이 결합한다면 참으로 위험하다 하지 않을 수 없었다.

리낭은 충격에서 헤어날 수 없었다. 그는 이제 아가씨들이 아직 받지도 않은 유산을 걸고 도박장에 드나드는 세상, 양갓집 규수가 독극물을 연구하는 세상, 철학자가 경찰의 비위를 맞추기 위해 탐정 노릇을 하는 세상, 후작부인이 곧 태어날 아기의 배내옷이나 만들지 않고 파리 시내를 누비며 죄인들을 추적하는 세상에 적응해야 할 판국이었다.

제17장

볼테르가 청중을 사로잡고
경찰의 심기를 거스르다

다음날 볼테르가 아카데미와 지성세에서 손꼽아 기다리는《철학서한》의 진척을 보기 위해 작업에 몰두하고 있을 때 에밀리가 나타났다.

"도대체 뭘 원하는 거요?"

볼테르는 펜을 든 채로 조금은 짜증스럽다는 듯이 물었다.

"스피노자에 의한 오성의 개혁, 말브랑슈의 형이상학, 삶의 의미를 설명해 주세요. 그리고 약간의 기분 전환도 시켜 주신다면 바랄 나위가 없겠네요."

"맨 마지막 것부터 시작합시다."

두 사람은 성녀들과 깜찍한 거짓말쟁이 계집들과 아둔한 사제들에 넌더리가 났다. 그들은 기분 전환도 할 겸 밖에서 식사를 하기로 했다. 볼테르와 에밀리는 여러 집을 후보에 올려놓고 즉

홍적으로 찾아가도 환영할 만큼 두 사람 모두와 절친하고, 솜씨 좋은 요리사를 데리고 있으며, 철학에 관심 있는 인물을 골라 다음과 같은 메시지가 적힌 카드를 보냈다.

> 샤틀레 후작부인과 볼테르 씨께서 리슐리외 공의 안부를 여쭙습니다.

이 시각에 이런 카드를 보낸다는 것은 점심식사를 함께 하고픈 의향이 있다는 뜻이었다. 한 시간 후에 하인이 그 카드 뒷면에 다음과 같은 답신을 받아서 들고 왔다.

> 리슐리외 공께서는 신체 건강하시고 식욕도 왕성하십니다. 부디 직접 오셔서 확인하시지요.

에밀리가 몇 가지 장신구를 옷차림에 더하고 나서 두 사람은 집을 나섰다.

낭비벽이 심한 남자, 유명한 바람둥이, 루이 13세 시절 유명한 재상의 종조카, 루이 프랑수아 아르망 드 비뉴로 뒤 플레시스는 볼테르와도 친하고 에밀리와도 가까웠다. 좀 더 정확히 말하자면 그는 볼테르의 고객이었고 —뒤물랭이 중간에 끼어 있기 때문에 당사자는 볼테르가 채권자인 줄도 몰랐지만—에밀리는 그의 집에 드나드는 얼굴 반반하고 품행에 얽매이지 않는 부인네들과 동격이었다. 볼테르가 에밀리에게 리슐리외 공과 어떤 사이냐고 묻자 그녀는 분명히 밝혔다.

"우리의 남편들은 자기네들의 쾌락을 위해서 우리를 아내로 취했지요. 그런데 우리 여자들도 쾌락을 원한다면? 그러면 애인을 만들어야 한답니다."

볼테르는 식사에 초대해 준 대가로 《철학서한》의 개요를 소개하겠노라 약속한 바였다. 그것은 볼테르가 기꺼이 지불하고픈 대가였고 교양 있는 사람이라면 누구나 환영할 만한 선물이었다. 이런 쪽으로라면 볼테르의 밑천은 바닥날 일이 없었다.

"그러니 주인장은 우리가 찾아가면 희희낙락하겠군."

"그게 아니면 우릴 쫓아낼 테고요. 《철학서한》에 심하게 충격적인 내용이 있나요?"

로틀랭 사제의 고의적인 침묵을 이미 간파했던 에밀리가 걱정스럽게 물었다.

"나는 사상의 자유를 옹호했을 뿐이오."

"그럼 가요! 선생님은 아무것도 두렵지 않으시잖아요!"

사실 그는 모든 것을 두려워했다. 그러나 자유를 옹호하고픈 충동은 결코 억누를 수 없었다.

"아무것도 쓰지 않느니 차라리 죽는 편이 낫소."

에밀리는 자칫하면 아무것도 쓰지 못하는 벌과 죽음의 벌을 동시에 받을 수도 있다고 지적했다.

루아얄 광장에 도착한 마차는 벽돌과 돌로 지은 건물˙ 앞에 그들을 내려 주었다. 그곳은 1세기 이상 리슐리외 가문이 차지하고 있었다. 주인장은 이층 살롱으로 그들을 맞아들였다. 이미 몇몇 손님들이 와 있었다. 리슐리외 공과 볼테르는 연배가 비슷한데다 같은 교육을 받은 탓에 마음이 잘 통했다. 볼테르는 리슐리외 공을 "나의 영웅"이라고 불렀고, 공은 볼테르를 "우리의 천재"라고 불렀다. 볼테르는 에밀리를 앞세우며 농을 쳤다.

"제 남편을 아시지요, 샤틀레 후작부인이라고……."

에밀리는 한술 더 떠 이렇게 대꾸했다.

"제 아내 이름은 볼테르라고 하지요."

리슐리외 공은 놀라면서도 크게 기뻐했다.

"볼테르! 내 친구! 그대가 죽었다는 얘기를 들었소!"

"네, 그러하옵니다. 그러나 다시 살아났습니다."

리슐리외 공이 손님들을 돌아보며 그날 모임의 절정, 즉 볼테르가 왔다는 소식을 전했다.

"볼테르? 〈자이르〉를 쓴 볼테르요?"

한 볼테르 추종자가 외쳤다.

"〈에리필레〉도 빼놓지 마시오!"

˙ 현재의 보주 광장 21번지.

볼테르가 덧붙였다.

모두들 다 안다는 듯이 고개를 끄덕이고는 "방금 피부병 얘길 한 건가?"라고 조그맣게 속삭였다.

손님들은 식사를 함께하며 이런저런 한담을 나누었다. 어디까지나 친한 사람들끼리의 간소한 식사 자리였기 때문에 손님은 스무 명도 안 됐고, 음식도 수프 네 가지, 앙트레 여섯 가지, 오르되브르 열 가지, 구이 요리 여덟 가지, 앙트르메 여섯 가지, 디저트 열다섯 가지밖에 나오지 않았다. 볼테르는 재기 넘치는 사람들의 모임에서 항상 돋보였다. 아무도 그의 교양, 기억력, 센스를 능가할 수 없었다. 특히 볼테르가 가장 신호하는 주제—자신의 생애와 작품—와 관련해서는 다른 사람들이 명함도 못 내밀었다.

강독 시간이 되자 모두들 벽난로 주위의 안락의자를 차지하고 앉았다. 리슐리외 공은 모카를 마셨고 다른 사람들은 코담배나 씹는담배를 즐겼다. 철학자는 가방에서 원고 뭉치를 꺼냈다.

"원래는 여러분께 〈에리필레〉를 보여 드리려고 했었지요."

청중은 볼테르가 반바지를 내리고 추잡한 종창이라도 보여 주려나 보다 생각했다. 볼테르는 주인장의 관대한 후의에 보답하고자 아직 검열은 통과하지 못했지만 아카데미의 승인을 얻어 낸 최신작을 이 자리에 모인 손님들에게 제일 먼저 공개하겠노라 선언했다.

볼테르가 《철학서한》을 낭독하자 손님들은 그가 작품을 검열관들에게 보여 주기 전에 이런 식으로 공개하기를 백 번 잘했다고 속으로 생각했다. 그의 패기 넘치는 추론과 신랄한 관찰은 예리한 칼이 되어 절대주의 왕정, 봉건제, 편견, 가톨릭교회의 절대 권력을 마구 공격하고 있었다.

"이거…… 심란무지하구먼!"

누군가의 입에서 당황한 나머지 사전에도 없는 단어가 튀어나왔다.

"이보시오, 그건 언어의 오용이오. 내가 그 주제로 소논문을 쓴 적이 있는데 한 번 읽어 보셨으면 좋겠소."

볼테르는 이렇게 말하고 심지어 그 책을 특가로 구해 줄 수도 있다고 제안했다. 에밀리는 다른 글도 몇 편 더 읽으려는 볼테르를 제지하고 카바뇰cavagnole 게임이나 하자고 제안했다. 그는 자신의 추종자들이 따분한 벌을 피하듯 우르르 게임에 달려드는 모습을 보고 심기가 상했다. 사유의 시대는 지나갔다. 어떤 철학도 순전히 우연에 기초한 게임의 상대가 되지 못했다. 게임은 지성을 지닌 이들에게 진정한 휴식이었으며 지성이 없는 이들에게는 유일한 기분 전환거리였다.

눈 가리고 칩과 대박을 탐하는 지옥에서 에밀리를 끌어내는 데에는 장장 세 시간이 걸렸다. 리슐리외 공의 집에서 나온 그들은 봉 장팡 거리로 갔다. 겨울밤이었고 눈까지 내린 뒤였다. 그리고 에밀리는 위대한 철학자가 단단히 삐친 걸 알았다. 이제 정신도 차렸고 게임의 유혹에 굴복했던 것이 부끄럽기도 한 에밀리가 리슐리외 공의 살롱에서 열렬한 성원을 받은 《철학서한》의 성공을 축하했다. 하지만 볼테르의 생각은 달랐다. 돼지들에게 진주 목걸이를 던져 준 격이었다. 사실 그는 조금 더 뜨거운 박수갈채를 기대했었다.

"사람들에게 보여 주지 말고 나만 간직했으면 좋았을걸. 내가 그렇게까지 성품이 모질지를 못해서 문제지."

에밀리는 리슐리외 공의 살롱에는 볼테르의 작품을 충분히 이해하고 칭찬할 만한 신사들도 있었다며 이의를 제기했다. 볼테르는 금세 어깨를 으쓱했다.

"누구나 좋은 책은 알아볼 줄 안다오. 역량 있는 작가를 칭찬하는 것은 다른 문제지. 만약 프랑스에 진정한 작가들만 있다면 성 바르톨로메오의 대학살이 매일 일어날 거요. 사람들은 결코 내 작품이 좋다고 말하지 않을걸. 아니면, 내가 죽은 후에야 비로소 칭찬을 하겠지. 죽은 자들은 해를 끼치는 법이 없으니까."

에밀리는 상처 입은 작가의 허영심에는 맞설 수 없겠다고 생각했다. 그보다는 그들의 수사 얘기를 하는 편이 나았다.

그녀가 이 살인 사건에서 가장 인상 깊게 여기는 부분은 용의자들이 죄다 여자라는 점이었다. 그들은 치마를 두른 범인을 찾고 있었다. 볼테르는 이 여자들이 제아무리 포악하다 해도 과연 남작부인을 칼로 찌를 수 있을지 확신이 서지 않았다. 그래도 용의자들의 행실을 생각해 보면 그가 지금까지 여성의 본성이라고 믿었던 것들에 몇 가지 수정을 가하지 않을 수 없었다.

그들은 도박장이 몰려 있는 팔레 루아얄 구역에 이르렀다. 오텔 드 제브르에서 뛰어 나온 사람의 몸집이 눈에 익었다. 오텔 드 제브르는 도박꾼들의 살롱과 도박보다 더 사악한 짓거리를 즐기는 살롱이 밀집해 있는 곳으로 유명했다. 술을 얼마나 퍼마셨는지 시뻘건 얼굴로 양팔에 여자를 끼고 나온 그 자는 퐁텐 마르텔 부인의 하인 보주네였다.

"나는 품행이 좋지 않은 하인들은 절대로 집에 들이지 않아요."

"당신이 행실을 그렇게 엄격히 따지는 여자인 줄은 미처 몰랐구려."

"아랫사람이 돈을 함부로 쓰면 결국 제 욕심을 채우기 위해서 주인의 서랍을 뒤지게 마련이죠. 그래서 나는 사제 말이라면 깜박 죽는 독실한 그리스도교 기혼자가 아니면 채용하지 않아요."

볼테르는 그런 콩고물이라도 있어야 주인마님을 그럭저럭 견딜 거라고 생각했다. 에밀리는 아랑곳하지 않고 자기 신조를 피력했다.

"아랫사람들은 사회의 유익을 위해서 모범적인 행실을 보여야 해요. 하지만 부자들에게까지 같은 요구를 할 순 없지요. 그런

대의명분은 성왕^{聖王} 루이 이후로 사라졌어요."

"감히 말하자면 성왕 루이에 대해서는 우리가 배운 바 이상으로 논란거리가 있다고 생각하오."

프랑스 왕들의 삶에 대해서 오랫동안 연구한 바 있는 볼테르가 말했다. 볼테르의 역사 연구는 루이 9세 시대에 능히 미칠 법했지만 그는 이미 포기한 일이었다. 신격화된 왕조에 한 마디라도 섣불리 뱉었다가는 그레브 광장에서 분서^{焚書}를 당하는 정도로 넘어가지 않을 터였다.

풍텐 마르텔 부인 저택에 도착한 볼테르는 몸부터 따뜻히게 덥히라고 에밀리를 먼저 들여보낸 뒤 자신은 마부에게 지시를 내리고 집 안으로 들어섰다. 바로 그때, 불길한 그림자가 성 미카엘이 타락한 천사들을 가로막듯, 그게 아니면 질책이 죄악을 막아서듯 그의 앞에 불쑥 나타났다. 볼테르는 외마디 비명을 지르며 감히 금세기 최고의 지성을 해치려는 불한당을 내리칠 기세로 끝이 뾰족하게 굽은 지팡이를 휘둘렀다. 강철같이 우악스러운 손이 지팡이를 잡고 지푸라기 다루듯 손쉽게 볼테르를 제압했다.

그 손은 경찰총감 르네 에로의 것이었다. 경찰총감은 바스티유의 곰팡내 나는 지하 감옥에 신선한 육체를 공급하는 책임자다운 얼굴을 하고 나타났다. 일단 한숨 돌린 볼테르는 차라리 도적을 맞닥뜨렸더라면 좋았을 거라는 생각이 들었다. 그는 뭔가 비난을 당할 것 같아서 얼른 피해자 행세에 돌입했다.

"경찰총감님! 총감님께 연민의 정을 베풀어 주십사 부탁드립니다. 나를 죽이려는 놈이 있습니다!"

연민은 이 왕실의 충복에게서 찾아보기 쉬운 감정이 아니었다. 경찰총감은 눈썹 하나 까딱하지 않고 물었다.

"정말이오?"

볼테르는 센 강에 마차가 처박힌 일을 간략하게 설명했다. 파리 경찰 서열 1위인 그가 이미 시시콜콜한 부분까지 파악하고 있을 터였지만 말이다. 정체를 알 수 없는 살인자가 빛나는 지성을 제거하기로 결심한 것만은 분명했다. 경찰총감의 반응은 몹시 실망스러웠다.

"빈대 한 마리 잡자고 초가삼간을 태우게 생겼구먼."

"그 야만적인 놈을 잡으면 어떻게 하실 겁니까?"

"칭찬을 해줘야지요. 그나저나 내가 쫓는 살인범은? 새롭게 밝혀진 사실은 없소?"

"아마 나를 죽이려는 놈과 동일인일 겁니다."

"잘됐군. 당신이 죽고 나서 범인을 잡으면 일이 다 해결되겠구려."

에로는 에로대로 푸념거리가 있었다. 아카데미에서부터 루아얄 광장에 이르기까지 《철학서한》이 스치고 지나간 경로를 따라 시끄러운 말들이 나오고 있었다. 이제 고위층이 그 책의 저자와 이야기를 좀 할 때였다. 볼테르는 완벽한 기교를 발휘하여 놀란 표정을 지어 보이며 자신은 비난받을 짓은 아무것도 하지 않았노라 잡아뗐다.

"나는 위험할 것 없는 소소한 생각들을 종이 위에 토로했을 뿐이오. 어쩌다 그 종이가 친구들 눈에 띄었는데 그게 마음에 들었는지 사람들이 이야기를 퍼뜨리는 게지요. 왜 이리 골치 아픈 일이 생기는지! 나는 글을 쓰는 것 외에는 아무짓도 하지 않았는데!"

"그것만으로도 이미 지나쳤소."

경찰총감은 스틱스 강의 플루토처럼 음산한 목소리로 말했다.

"글을 쓰지 않는 나라는 빌진하지 않는 나라요!"

"그렇소. 하지만 어떤 방향으로의 발전일지?"

궁정은 발전보다는 정체 상태를 원했다. 교회도 마찬가지였고, 고등법원과 폐하의 군대 또한 뜻을 같이했다. 그들만으로도 진보를 원하는 극소수의 두뇌를 짓밟기에는 충분했다.

다행히도 에로에겐 좀 더 급박하게 처리해야 할 일이 있었다. 이를테면 민사대리관 다르구주 씨의 조사를 방해하는 일이라든가. 에로는 민사대리관에게 귀족들이 표적이 되고 있는 살인 사건, 특히 남작부인의 사망 사건을 감추기가 점점 더 어려웠다. 그는 명석한 사상가에게 의뢰한 비밀 수사는 얼마나 진척이 있는지 물었다. 부정적인 답변이 나올 경우에는 왕이 서명한 투옥 명령서를 바스티유에 보내 버릴지도 몰랐다. 볼테르는 바스티유로 돌아갈 마음이 추호도 없었으므로 이 까다로운 보호자에게 굵직한 단서를 던져 주지 않을 수 없었다. 그는 가장 최근에 얻어 낸 결론을 풀어놓았다. 용의자 집단은 성녀, 선의 넘치는 천사, 식물학 애호가로 구성되어 있다고 말이다.

"좋소, 성질 고약한 여편네, 수상한 책략꾼, 바람둥이 계집이 용의자라 이거지요? 당신 견해를 듣고 싶소. 그중에서 누가 범인일 거라 생각하시오?"

볼테르는 그랑상과 클레르 양에게는 아무런 악감정도 없었다. 그의 선택은 어렵지 않았다.

"틀림없이 데스탱 부인일 겁니다!"

에로는 그렇다면 최대한 빨리 증거를 가져오라고 충고했다. 퐁텐 마르텔 남작부인의 혼령과 바스티유의 지배자가 요구하는 바가 그러하니 볼테르는 둘 중 한쪽이라도 만족시켜야 할 판국이었다. 유령 같은 경찰이 밤의 어둠 속으로 사라지는 동안, 볼테르는 혹시나 건강상의 이유로 해외 도피를 할 수는 없을까 생각해 보았다.

제18장

스크린에 비친 영상이
미래 없는 여흥거리임을 깨닫다

집으로 돌아온 볼테르는 하녀가 에밀리를 위해 준비한 강신제를 가로챘다. 그는 잔을 손에 든 채로 작은 응접실로 들어가 에밀리에게 자신의 근심거리를 토로했다. 어쩌면 리낭이 새로운 단서를 찾았을지도 모른다. 그런데 리낭은 어디 있을까? 두 사람 다 리낭의 소재를 모르고 있었다.

강심제를 새로 준비해서 들고 온 하녀가 사제 나리는 추잡스러운 양철통을 손에 넣고 흡족해 하더니 위층으로 올라갔다고 전했다.

"추잡스러운 양철통?"

남작부인의 집에서 발견할 수 있는 추잡한 통이라면 볼테르역시 지대한 관심을 보일 만했다. 게다가 요리사가 발견했다는그 희한한 물건의 생김새에 대해서 듣자니 아무래도 환등기를 말하는 것 같았다. 요리사는 주방의 음식물을 보관하는 찬장을 치우다가 그 물건을 발견했다고 했다. 우리의 두 주인공은 누가 환등기를 거기에 숨겼는가라는 의문은 나중으로 미루기로 했다. 그들은 계단을 걸어 올라가 잡동사니 진열실의 문을 벌컥 열어젖혔다. 방 한복판에서 환한 빛이 비치고 있었다. 불시의 공격에 놀란 리낭은 서둘러 환등기 안의 촛불을 훅 불어서 꺼 버렸다. 그는 환등기를 찾은 김에 남작부인의 소지품 중에서 발견한 성경 일화 그림판을 살펴보고 있었노라 둘러댔다. 남작부인의 유품들 중에 교회와 관련된 것이 있을 리 없었다. 초에 다시 불을 붙이자 리낭이 성화聖畵의 범주를 상당히 독특하게 잡고 있음이 드러났다.

"이 벌거숭이늘이 다윗 왕이나 아브라함이라도 되나? 여기 홀딱 벗고 목걸이만 두른 부인네는 밧세바인가, 사바의 여왕인가? 도대체 어떤 예언자가 이런 일화를 전해 주었나? 후작부인네 교구 사제께서도 흥미롭게 보시겠구먼."

에밀리는 사내들이란 어쩔 수 없이 감각에 매인 동물들이구나 생각했다. 생각 같아서는 따끔하게 한마디 비꼬아 주고 싶었지만 그녀 자신도 만만치 않은 수의 애인을 두고 있었으므로 입을 다물기로 했다. 최소한 에밀리는 그 애인들 모두를 나름대로 사랑하기나 했지, 이 신사들은 꼭 그렇지만도 않았다. 이를테면 사내들은 바보 같은 유리판에 그려진 채색 그림에도 정념을 불태

울 수 있었다. 아니, 이거야말로 인간 수컷의 이상적인 정부情婦였다. 하얀 천 위에 영사한 인공적인 이차원의 이미지, 말도 없고 감정도 없고 개성도 없지만 형태만큼은 완벽한 여체女體 말이다.

당황한 리낭은 춘화를 빼고 좀 더 건전한 다른 그림을 끼우려고 허둥대다가 한꺼번에 여러 장을 환등기에 밀어 넣고 말았다.

"나 참, 왼손만 두 개가 달렸나. 도대체 이렇게 손놀림이 서툰 사람을 비서로 고용한 이유가 뭐예요?"

에밀리가 눈살을 찌푸리며 물었다.

"이 딱한 친구야, 어찌 그리 야무진 데가 없을꼬!"

그러나 굼벵이도 구르는 재주는 있는 법, 리낭이 마구잡이로 끼어 넣은 그림들이 스크린에 비치자 두 사람의 눈이 번쩍 뜨였다. 첫 번째 판에는 차를 마시는 남자가 있었고 두 번째 판에는 차를 마시는 여자가 있었다. 그런데 두 개의 판이 겹쳐져 하나가 되자 더 이상 차를 마시는 그림이 아니었다.

"당신이 봐서는 안 될 그림이 또 나왔구려!"

볼테르가 환등기와 벽 사이를 가로막았다. 그의 옷 위에 음탕한 이미지가 나타났다. 마치 그의 저고리를 낯 뜨거운 판화들로 분할해 놓은 것 같았다. 게다가 볼테르의 머리통이 놀라운 정력을 지닌 사내의 육체 위에 달려 있는 듯 보였다.

"참 절묘한 위치에 서 계시네요! 비키세요, 그 모습이 더 민망하다고요!"

어차피 이 일에 뛰어들 때부터 부인네에게 적합지 않은 꼴은 다 본 에밀리였다. 게다가 셋째 아이의 출산을 앞둔 여자였다. 삶의 그런 측면으로는 이미 알 만큼 알았고 그래서 다행인 여자였다.

그림판에는 인물이 한 사람씩 따로따로 그려져 있어서 판들을 겹쳐야만 전체 그림을 볼 수 있었다. 특히 한쪽 구석에서 몇 가지 요소들이 합쳐지면서 하나의 문장紋章이 드러나기 시작했다. 창밖으로 팔레 루아얄의 안마당이 보였다. 그리고 마침내 바닥에 일련의 숫자들이 드러났다. 그 숫자는 050996이었다. 모두들 그 문장의 정체를 곰곰이 생각하던 중에 볼테르가 손수건을 꺼내 팽하고 코를 풀었다. 에밀리의 눈에 조금 전에 보았던 깃과 동일한 문장 사수가 손수건에 새겨진 것이 보였다.

"당신 거네요!"

감기에 걸린 철학자는 자신이 귀족이라는 확실한 엘리트 계급에 속하는 행운을 누리지 못했으므로 가문의 문장도 없다고 대꾸했다. 도도하게 고개를 든 품새, 덥수룩하지만 멋진 가발, 정강이의 윤곽선을 봐서는 귀족 중의 귀족이라고 해도 믿을 만했지만 말이다. 그 손수건은 남작부인의 것이었으니 거기에 새겨진 문장도 아마 남작부인의 것일 듯했다. 이로써 그들은 민망한 그림 속의 벌거벗은 여인이 남작부인의 소싯적 모습일 거라고 추측했다. 그 여인이 퐁탕주Fontange 머리를 하고 있었기 때문이었다.

퐁탕주는 가발을 머리 위에 쌓아 올려 가느다란 철사로 레이스, 리본, 비즈, 그 밖에도 갖다 붙일 수 있는 모든 것을 고정시키는 머리 모양으로 이런 머리 모양은 15년 전에나 유행했지 지금은 아무도 하지 않았다.

"어떻게 머리에 피라미드를 이고 다녔담!"

볼테르는 이렇게 말하며 둥글게 말린 밤색 머리채가 가슴께까지 늘어지는 자신의 머리 모양을 거울 앞에서 점검했다.

이 엉뚱한 그림은 팔레 루아얄 내부에서 있었던 일을 묘사하고 있는 듯했다. 따라서 퐁텐 마르텔 남작부인은 그녀가 오랫동안 느나들었던 오를레앙 기*와 관련된 비밀을 알고 있었을 가능성이 높았다. 어차피 추문이 끊이지 않았던 집안 아닌가. 루이 14세의 동생인 무슈 오를레앙 공이 살아 있을 때에는 그의 총애를 받는 이들이 많았던 만큼 그런 추문도 많았다. 그 후 무슈의 아들이 섭정을 하면서 스캔들은 예술의 경지에 이르렀다. 파리 전체에 알려지지 않은 오를레앙 가의 난처한 비밀이라는 것이 더 이상 남아 있기나 할까.

늦은 시각이었다. 볼테르는 에밀리에게 이제 그만 잠자리에 들어야 하지 않겠느냐고 물었다.

"왜요? 난 원래 잠이 없어요."

평화로이 생각에 잠기기에는 조용한 밤이 제일이었다. 그들은 작은 응접실에 불을 피우게 하고 함께 가벼운 밤참을 먹기 위해 자리를 잡았다. 리슐리외 공에게서 푸짐한 대접을 받고 온 터라 빵 한 덩이와 약간의 치즈, 채소 포타주만으로도 충분했다. 예리한 에밀리는 식사 시중을 드는 하인들의 옷차림이 달라졌음을 눈치챘다.

"선생님의 친애하는 벗이 사망하고 나니 이 집에서 일하는 사람들이 모두 부자가 된 것 같지 않아요? 하인이 그렇고 그런 여자들을 만나러 다니고, 시녀는 자수를 내팽개치고 노름을 하러 다니고…… 이제 요리사 아주머니가 마차를 굴리고 다니거나 하인이 동인도 회사에 투자를 한대도 놀랍지 않겠네요."

"모든 것을 잃은 사람은 나밖에 없구먼."

볼테르가 투덜거렸다. 그가 상속 문제가 해결되기를 기다리며 뭉그고 있는 망석노 이 아름다운 저택의 소유였다.

에밀리는 남작부인이 죽으면 이익을 보는 사람들 중에서 범인을 찾아야 한다고 주장했다.

"좋은 생각이오. 남의 죽음으로 이익을 보다니, 비열한 자들이지."

볼테르는 안에 털을 댄 외투—이것 역시 남작부인 소유의 외투였다—를 여미면서 맞장구를 쳤다. 하인이 달콤한 리큐르를 따라 주었다. 이제 그 리큐르의 주인은 없었으니까. 또 다른 하인은 볼테르와 에밀리가 감기에 걸리지 않도록 벽난로에 장작을 더 넣었다. 그때 문밖에서 종이 울렸다. 외출했던 그랑상이 돌아온 것이었다. 그녀의 모습도 자못 달라져 있었다. 이자만으로도 먹고 사는 부잣집 아가씨 같았다. 두 사람은 그녀가 하인들에게 선심을 썼으리라 짐작했다. 하지만 유산은 아직 한 푼도 건드릴 수 없는 상황인데 도대체 무슨 돈으로? 아마도 유언장의 내용을 담보로 돈을 빌렸을 것이다. 그녀가 받을 유산을 보고 돈을 빌려 준 사람이 있었으리라. 종이 쪼가리가 돈이 되다니, 짐작으로 아는 부富보다 더 큰 부는 없는 법이었다.

그랑샹의 변화는 치장에만 국한되지 않았다. 에밀리는 루이 금화가 아가씨들의 해방에 미치는 효과에 대해서 비꼬지 않을 수 없었다. 그녀는 스스로 열정을 쏟을 만한 취미를 찾으라고 조언했다. 에밀리 본인으로 말하자면 천문학, 수학, 물리학, 화학이 그런 취미였다. 뭘 하든 노름과 바람둥이 애인들보다는 나을 터였다. 그러나 에밀리의 참견은 과한 것이었다. 그 과한 참견이 비로소 그랑샹의 진정한 변화를 목도할 수 있게 만들어 주었다. 예쁘장한 빨간 머리 아가씨는 인생에 피가 되고 살이 될 가르침을 얻은 시녀가 아니라 능욕을 당한 공주마마 같은 눈빛으로 그들을 노려보고 있었다. 그랑샹은 지금 그들이 마시고 있는 술도 '자기' 것이고 그들이 부리고 있는 하인들도 '자기' 사람들이라고 날카롭게 쏘아붙였다. 또한 남작부인이 하인들과 식객들을 잘 보살펴 달라고 했기에 그 뜻을 기려 자신이 베푸는 안락을 고맙게 여겨 주었으면 좋겠다고도 했다. 볼테르와 에밀리는 아연실

색했다.

　그들의 입장을 일깨워 준 뒤 그랑샹은 하인들을 불러 모았다. 그러고는 볼테르와 에밀리가 보는 앞에서 하인들에게 '자신의 행복이 볼테르 씨 덕분이니 부디 잘 살펴 달라면서' 돈을 마구 뿌려 댔다. 그녀는 어디서 났는지 모를 반지, 사자마자 싫증난 최고의 장인들이 만든 모피 토시, 그 밖에도 여기저기 돌아다니다 충동적으로 사들인 자질구레한 선물들을 하인들에게 나눠 주었다. 이 집에서 사바의 여왕은 환등기 그림판에만 있는 게 아니었다. 그랑샹이 완벽하게 구사할 수 있는 기술이 하나 있다면 그건 바로 당근과 채찍을 절묘하게 써먹는 기술이었다.

　"건방진 계집 같으니! 하여간 마흔 전에는 유산을 물려받으면 안 된나니까!"

　그랑샹이 자리를 떠나자 에밀리가 분통을 터뜨렸다. 볼테르는 어쩌면 저 무례한 아가씨가 살인범일 수도 있다는 말로 에밀리를 진정시켰다. 만약 그렇다면 그랑샹이 부정한 수단을 통해 얻은 재산으로 재미 볼 날도 얼마 남지 않은 셈이었다. 에밀리는 그랑샹이 후작부인 모독죄로 교수대에 매달리는 꼴을 보고야 말겠노라 다짐했다.

　잠시 후, 또 누군가 퐁텐 마르텔 저택을 찾아왔다. 빅토린 드 그랑샹 양은 바로 옆 응접실에 있었다. 하녀는 신들의 간택을 받은 이 행운의 여신에게 지금 웬 신사가 찾아와 만나기를 청한다고 전했다. 이토록 늦은 시각에 꼭 만나야겠다고 고집 부리는 손님이라니, 좋은 징조는 아니었다. 잠시 침묵이 흘렀다. 그랑샹은 손님의 명함을 확인 한 뒤 만나지 않겠노라 선언했다. 그러나 불시에 찾아온 손님은 하녀에게 문 닫을 틈도 주지 않고 다짜고짜 현관을 가로질러 그랑샹 앞에 나섰다. 놀란 에밀리와 볼테르는 서로의 얼굴만 바라보았다.

그랑샹은 손님이 들이닥치자 재빨리 옆 응접실과의 사잇문을 닫았다. 그녀는 그 문짝들이 은밀한 공간을 만들어 줄 거라 생각했지만 에밀리와 볼테르는 부스러기 하나라도 놓치지 않으려고 사잇문을 조심스레 열었다. 두 사람은 들을 수 있는 것은 듣고 볼 수 있는 것은 보려고 서둘러 문틈에 달라붙었다. 급습에 당황한 부유한 상속녀는 기세가 꺾여 있었다. 훼방꾼은 고용인이었다. 남자의 얼굴을 본 에밀리는 어렴풋이 뭔가가 떠오를 듯했다. 한편 볼테르는 정신은 명석하나 시력이 좋지 않았기에 아무 기억도 나지 않았다.

서른 살쯤 되어 보이는 남자는 행동거지가 수상했다. 그랑샹에게 마음이 있는 건지 순전히 돈 문제로 찾아온 건지 애매했다. 어쨌거나 금전적인 문제로 그랑샹을 몰아붙이는 걸 보면 그가 상당히 곤란한 상황에 있는 것만은 분명했다. 그는 지불 만기가 됐다고, 숨통이 막힐 지경이라고 말했다. 그 사람 말만 들어서는 거의 생사가 달린 문제 같았다. 분명 오래 전 일은 아닌 것 같은 데 에밀리는 그 남자를 어디서 봤는지 도통 기억나지 않았다.

"대단한 인물은 아니라고 확실히 말할 수 있어요. 내가 원래 아랫사람들 얼굴은 기억하지 않거든요."

볼테르는 자기 얼굴은 바로 기억해 주었으니 다행이라고 생각했다. 그때 군소리 없이 사내의 한탄과 요구를 듣고 있던 그랑샹이 벌컥 화를 냈다. 그녀는 상처 입은 명예를 회복하고자 교묘한 유혹을 시작하고 있었다. 그랑샹은 번지르르한 말재주를 과시하고 나서 제일 먼저 손에 잡히는 물건을 사내에게 내밀었다. 그것은 남작부인이 몇 번이나 하인들에게 조심해서 다루라고 지시했던 중국 화병으로 상당히 오래된 물건 같았다. 그랑샹은 그 화병을 팔든지, 전당포에 맡기고 돈을 끌어다 쓰든지 마음대로 하라고 소리쳤다. 사내는 한숨과 약속에 누그러져 자리에서 일어났지만 조만간 다시 오겠다는 말을 잊지 않았다. 그가 실제로 다시 나타날 것이며 다음번 방문이 그랑샹에게는 더더욱 반갑지 않을 것임은 너무나도 분명했다.

염탐꾼들은 살금살금 안락의자로 돌아가 무슨 일이 있었는지 전혀 관심 없는 척했다. 자신의 비밀이 탄로 나지 않았을까 염려된 그랑샹이 그들의 동향을 살피러 들어왔다. 두 사람은 혜성의 귀환 주기 계산을 두고 과학아카데미 주간위원회를 방불케 하는 열띤 토론을 벌이는 중이었다. 그들은 그랑샹이 위층으로 올라가기를 기다렸다가 천체의 운행과는 별 상관없는 결론을 주고받

앉다. 에밀리는 노름빚에 초점을 맞추었다. 경박한 그랑샹이 크게 노름빚을 졌는데 돈을 갚지 못해서 도박장 주인이나 채무자, 혹은 그 밖의 악질 대금업자에게 쫓기고 있을 것이라는 주장이었다. 그런 일은 훌륭한 사람들에게도 얼마든지 일어날 수 있었다.

볼테르는 에밀리가 지금 남의 얘기를 하는 게 아니라는 소름 끼치는 예감이 들었다. 그는 왠지 그 사내가 고리대금업자나 어정쩡한 사기꾼보다는 먹물 중의 말단 같다는 인상을 받았다. 몸에 꼭 끼는 간소한 옷차림이나 구부정한 자세가 하루 종일 남의 지시를 받으며 글씨를 받아쓰는 데 익숙한 사람, 손가락에서 잉크 얼룩이 가실 날 없고 자기가 책임을 져야 하는 순간부터는 뭘 어떻게 해야 좋을지 모르는 사람을 연상시켰다. 미래가 보장된 젊은 상속녀가 서둘러 교분을 맺고 싶은 상대는 결코 아니었다.

좀 더 정보를 얻어야 했다. 에밀리가 몹시 열을 올렸다. 복수심이 아니라—에밀리는 그런 저열한 감정을 초월한 여자였다—경박한 젊은 여자가 어떤 곤경에 빠졌는지 알아내어 도움의 손길을 내밀기 위해서였다. 그런 게 동병상련 아니던가. 그녀는 리낭에게 그랑샹을 미행하라고 명령했다. 어차피 이 리낭이라는 인간이 지상에서나 볼테르에게 뭐라도 도움이 될 수 있는지는 어떠한 과학적 증명으로도 밝힐 수 없는 일이었다. 볼테르는 가장 명민한 지성은 가장 위대한 선의와 어깨를 나란히 하는 법이라고 다시 한 번 확신했다.

제 19 장

어떤 이들은
자기 이미지에 충실하게 살고
어떤 이들은
그 이미지를 충격적으로 배반하나니

2월의 엄동설한에 아침댓바람부터 빙산 색깔의 하늘 아래 내몰린 리낭은 생각이 많았다. 그는 자신의 순진함과 자신의 평소 행동이 낳은 괘란스러운 결과를 상쇄하고자 그랑샹 양을 미행하라는 지시를 흔쾌히 받아들였다. 후작부인이 거리낌 없이 떠들어 대는 말에도 불구하고 리낭은 자신이 여러 가지로 쓸모 있는 사람임을 입증하고 싶었다. 저 사랑스러운 적갈색 머리의 처자를 왜 성가시게 한단 말인가? 바로 어제도 그에게 새틴 안감을 댄 누빔 외투를 선물해 준 고마운 아가씨 아닌가?

찬바람에 발을 동동 구르며 고마운 그녀를 감시하는 지금, 그 누빔 외투는 참으로 유용했다. 리낭은 장갑 낀 손으로 볼테르의 지팡이를 꽉 쥐었다. 볼테르는 툴툴거리면서도 남작부인을 살해한 불한당이 아름다운 그랑샹을 공격할지도 모르는 만약의 경우를 대비해서 리낭에게 지팡이를 빌려주었다.

고급 저택들이 점점 시야에서 사라져 갔다. 이런 동네에서 그랑상 양 혼자 도대체 뭘 하려는 걸까? 도움의 손길이 필요한 집들을 방문하려는 걸까? 뚱보 사제는 이 착한 천사가 하얀 손으로 가난한 사람들에게 선행을 베푸는 모습을 상상하니 가슴이 벅찼다. 그는 눈물을 참을 수 없었다. 그랑상은 그의 추측을 사실로 증명하려는 듯 신통치 않아 보이는 좁아터진 집으로 들어갔다.

그러나 리낭은 그랑상이 그 집에서 나오는 모습을 볼 수 없었다. 그가 10분 이상 한 자리에서 버틸 수 없는 인내심의 소유자이기도 했고, 그 착한 아가씨가 안다면 자신을 밖에서 오들오들 떨게끔 내버려 두지 않을 거라고 생각했기 때문이기도 했다. 반쯤 얼음이 된 리낭은 현관에서라도 추위를 피하자는 생각으로 그랑상이 들어간 집으로 따라 들어갔다. 그녀가 자기가 보살피는 사람들에게 작별인사를 할 때쯤 눈에 안 띄게 얼른 먼저 나오면 된다고 생각했던 것이다. 그런데 리낭이 현관으로 들어선 바로 그때 위층으로 이어진 계단 위쪽에서 이상한 소리가 들려왔다. 누군가 앓는 소리였다. 리낭은 혹시 그랑상 양이 어딘가 아픈 것일까 불안해졌다. 그는 소리에 귀를 기울이며 한 계단, 한 계단 조심스럽게 위층으로 올라갔다. 소설 나부랭이에서 접한 기사도 정신이 약간은 남아 있었기 때문에 연약하고 사랑스러운 여주인공을 구하는 것이 자신의 몫이라고 생각했던 것이다. 그의 신중함, 보호 본능, 남다른 지성에도 불구하고 그러한 감정에 다리가 절로 움직였다. 맨 위층 방문은 열려 있었다. 방 안은 컴컴해서 아무것도 보이지 않았다.

"안에 계십니까?"

리낭이 불안한 목소리로 물었다. 희미한 빛줄기가 커튼에 가려져 있는 창문의 위치를 알려 주었다. 리낭은 그쪽으로 걸어가다가 중간에 아무렇게나 놓여 있던 간이의자에 부딪쳤다. 기사도를 글로만 배운 뚱뚱한 사제는 앞으로 몸이 쏠리면서 뭔가 부드럽고 따뜻한 것 위로 엎어졌다. 왠지 그것이 사람의 몸뚱이 같아서 리낭은 소름이 끼쳤다. 그는 비명을 지르며 재빨리 몸을 일으켰다. 그의 손이 길쭉한 물체에 닿았다. 리낭은 별 생각 없이 그 물체를 집어 들고 비틀대며 방에서 나왔다. 계단참으로 나와서 보니 그의 옷은 피투성이였고 손에는 칼이 들려 있었다. 리낭은 겁에 질려 난간을 잡고 계단을 몇 칸씩 건너뛰어 단숨에 현관까지 내려갔다. 그가 본 것은 문을 빠끔하니 열고 내다보던 왜소한 노파의 얼굴뿐이었다. 그의 눈과 그 노파의 푸른 눈이 분명히 마주쳤다.

리낭은 피 칠갑을 하고 얼빠진 모습으로 봉 장팡 거리의 퐁텐마르텔 저택으로 돌아왔다. 요리사는 사제의 옷깃과 소매의 핏자국을 보고 앞으로 토끼를 잡을 거면 앞치마를 두르라고 충고했다.

볼테르와 에밀리는 잡동사니 진열실에 나타난 리낭의 몰골을 보고 토끼 요리 따위를 떠올릴 수 없었다. 추위와 공포로 말 그대로 새파랗게 질린 리낭은 알아들을 수 있는 말을 두 마디 이상 하지 못했기 때문에 두 사람은 일단 남작부인의 술을 한 병 먹이기로 했다. 이 집에서 지내다 보니 남작부인이 거의 모든 방에 술병들을 보관하고 있었음을 알 수 있었다. 그들은 먼 나라에서 온 오래된 라타피아를 따서 리낭에게 먹였다. 리낭에게서 그 가엾은 여인의 시신에 엎어지면서 질러 댄 비명보다는 좀 더 알아들을 수 있는 소리를 끌어내야만 했다. 리낭은 자기가 그 방에 들어갔을 때 가엾고도 다정한 그랑샹 양은 이미 죽어 있었다고 말했다. 그는 그 서글픈 운명을 막지 못했을 뿐만 아니라 어떻게든 그녀를 구해 보려 하지 않고 그대로 도망친 자신의 죄를 통탄했다. 그랑샹 양의 피로 범벅이 된 리낭은 통곡했다. 불쌍한 그랑샹! 그 사랑스러운 아가씨가 그토록 비참한 최후를 맞다니! 세상은 엉망진창이었다.

그때 아래층에서 요리사가 누군가에게 인사하는 소리가 들렸다. 난간에서 고개를 내밀어 보니 이틀 전 그랑샹이 새로 구입한 초록색 외투와 모자가 보였다. 그랑샹의 유령은 외투와 모자를 벗고 불꽃같은 머리칼을 매만지더니 손에 든 꾸러미를 뒤져서는 방금 문을 열어 준 요리사에게 작은 선물을 건네는 것이 아닌가. 요리사는 겁에 질리기는커녕 걸어 다니는 유령에게 고맙다고 인사를 했다. 현관이 다시 무덤처럼 어둡고 적막해졌다. 볼테르와 에밀리는 리낭을 빤히 바라보았다. 리낭은 현실이 아닌 일을 목격한 듯 눈이 휘둥그레져 있었다.

그랑샹은 거실을 지나 주방으로 들어가며 요리사에게 지금 집에 누가 있는지 물었다. 요리사가 위층에 볼테르와 에밀리가 있다고 대답하자 그랑샹은 뚱보 사제도 보았느냐고 다시 물었다. 요리사는 리낭이 사냥을 했는지 시장을 다녀왔는지 아무튼 짐승을 잡아 온 것 같다고, 틀림없이 오늘은 고기 요리를 먹을 수 있을 거라고 대답했다.

"틀림없이……."

그랑샹이 꿈꾸는 듯한 목소리로 중얼거렸다.

볼테르와 에밀리도 함정에 빠진 토끼가 그들에게 왔음을, 리낭이 바로 함정에 빠진 토끼임을 깨달았다. 에밀리는 이제 알았다는 듯이 고개를 끄덕이며 리낭에게 말했다.

"당신이 그랑샹에게 한 방 먹은 거예요."

가장 골치 아픈 문제는 범죄 현장에 리낭이 손에 칼을 든 채 피투성이 몰골로 서 있었다는 데 있었다. 물론 목격자도 있었다.

"어떤 할망구가 봤을 뿐이에요. 어쩌면 지독한 근시일지도 모르고요."

리낭은 레이디 맥베스처럼 강박적으로 손을 행주에 문지르면서 중얼거렸다. 볼테르는 리낭을 머리부터 발끝까지 훑어보았다.

"내 지팡이는? 자네, 내 지팡이는 어디다 뒀나?"

뚱보 사제의 얼빠진 얼굴은 만족스러운 대답이 아니었다. 에밀리는 리낭의 목을 조를 기세로 달려드는 볼테르를 말리느라 진땀을 뺐다. 리낭도 지금 당장 볼테르에게 경을 칠 걱정에 시신을 발견한 공포를 잠시 잊었다. 리낭이 다시 입을 열고 겨우 한다는 말이, 고용주의 물건을 잃어버려서 정말 미안하고 지팡이 값은 자기 급료에서 제하겠다나. 볼테르는 더욱더 화가 치밀었다. 기분을 상하게 하는 형용사들이 마구 튀어나왔다. 볼테르의 창의성 넘치는 욕설들을 하나하나 나열해 본다면 그는 새로운 어휘로 사전을 풍부하게 했다는 공로만으로 아카데미 프랑세즈에 들어가고도 남을 터였다. 물론 그가 자신의 원한을 마음껏 표출하기 위해 거침없이 내뱉는 고유명사(그의 적들의 이름)는 사전에 실릴 수 없겠지만 말이다. 리낭은 피롱*, 루소•, 그 밖에도 볼테르 전공자가 아니면 알아들을 수 없는 희한한 단어와 이름들을 한참이나 들어야 했다.

에밀리가 볼테르의 철학에 호소했다. 철학자는 초인적인 노력

---

* 볼테르와 앙숙이었던 프랑스의 시인.
• 장 자크 루소가 아니라 극작가 장 바티스트 루소(Jean-Baptiste Rousseau, 1670-1741)를 가리킨다. 그는 볼테르를 '애송이 악당 아루에'라고 부르며 공공연히 경멸했다고 한다.

을 기울이고서야 이 일관성 없고 어리석은 짓거리를 용서하겠노라 말할 수 있었다. 어쨌든 사악한 성향과 못된 심보에 비교하면 어리석은 건 죄가 아니니까. 그는 멍청한 리낭이 감옥에서 생애를 마치는 일이 없도록 자기가 지팡이를 찾으러 직접 현장에 가겠노라 선언함으로써 관용의 극치를 보여 주었다. 어쨌든 그 지팡이는 볼테르의 것이었고, 볼테르가 그 지팡이를 들고 다니는 모습을 본 사람도 한둘이 아니니 자칫하면 두 사람이 감옥에서 한 방을 쓰게 될지도 몰랐다.

리낭이 볼테르를 현장까지 안내했다. 일단 그 집에 도착하자 피바다를 밟고 온 사람은 그 집 앞 보도에서 망을 보고 볼테르와 에밀리가 현장을 보기 위해 용감하게 집으로 들어섰다. 아래층에 사는 이웃 할망구는 뭔가 이상한 일이 일어났구나 생각은 했지만 경찰에는 알리지 않았다. 어쨌든 현장의 문이 활짝 열려 있었으니 언제고 알려질 일이었다. 그렇게 되면 이 선량한 할머니도 하얀 깃에 피를 묻히고 도망친 뚱뚱한 사내를 기억할 것이고 그때부터 리낭은 골치 아파질 것이었다.

볼테르는 괜찮았다. 그는 리낭의 말대로 바닥에 쓰러져 있던 시신에서 멀지 않은 곳에 있는 자신의 지팡이를 회수했다. 은색 손잡이가 문으로 새어 들어오는 빛을 받아 희미하게 반짝거렸다. 그들은 창가로 다가가 커튼을 걷었다. 과연, 낡은 방 안에는 시신이 쓰러져 있었고 다시 일어날 가망은 없어 보였다.

"정말 안타깝네요. 아무래도 피해자는 우리가 모르는 사람 같아요."

볼테르의 생각은 달랐다. 그는 이 허름한 방에 전혀 어울리지 않는 멋스러운 중국 화병을 보고 있었다. 남작부인 저택의 작은 푸른색 응접실에 놓여 있던 화병, 그랑상이 낯선 손님에게 안겨 보낸 화병이 틀림없었다. 볼테르는 역겨움을 느끼며 지팡이로 시신을 뒤집어 보았다. 전날 저녁 그랑상을 찾아왔던 그 불만 많은 사내의 얼굴이 드러났다. 남작부인의 식객 철학자는 얼른 화병을 회수했다. 이 물건은 지나치게 특별하고 다른 세간과 동떨어져 있어서 눈에 띄기 십상이었다. 조금이라도 통찰력이 있는 성찰이라면 이 화병에 주의를 기울이고 퐁텐 마르텔 저택으로 달려올 것이다. 그 아늑한 보금자리를 둘러싸고 시신들이 속출하고 있지 않은가.

백면서생은 칼에 찔려 숨졌다. 볼테르는 리낭이 재수 없게 들고 온 칼을 주머니에서 꺼내어 바닥에 놓았다. 이런 단서는 경찰 총감의 사람들이 찾고 싶어 하는 자리에 놓아 주는 것이 마땅할 성싶었다. 아무튼 자신에게 골치 아픈 일은 생기지 않도록 조처해야 했다.

볼테르가 경찰관들의 구미에 맞게 사건 현장을 정리하는 동안 에밀리는 나름대로 신속하게 사건을 조사했다. 몇 개의 소인消印과 서류를 살펴본 결과, 피해자는 공중인 사무소의 서기로 밝혀졌다. 그때부터 몇 가지 짚이는 바가 생겼다. 공증인과 유언장, 참으로 잘 어울리는 한 쌍이었다. 얼마 전 매력적인 그랑 샹이 하늘이 도왔다고 할 만한 유증遺贈에 의해 상속녀로 등극하지 않았던가. 이 모든 일을 어떻게 생각해야 할까? 하지만 해명을 하기 난처한 상황, 그것도 언제 공권력이 개입할지 모르는 상황에서 차분히 사색에 잠길 수는 없었다. 푹신한 쿠션, 성능 좋은 벽난로, 의식의 평화가 없다면 철학은 어떻게 됐을까? 고급 가구 세공인, 목재상, 금리 제공자 들은 우리가 생각하는 것 이상으로 인류의 진보에 공헌했다고 봐야 할 것이다.

에밀리는 기분이 언짢았다. 그녀의 마음속에서 '그 계집애가 너를 조종한 거야'라고 말하는 목소리가 들리는 듯했다. 그녀가 그놈의 유언장을 찾아냈기 때문에 그랑샹이 남작부인의 재산을 꿀꺽 삼킬 수 있지 않았는가. 에밀리에게는 당장 새로운 사명이 생겼다. 그랑샹을 포괄유증 수혜자로 지목한 그 유언장이 가짜라는 사실을 입증할 사명. 쉬운 일은 아닐 터였다. 그들은 지금도 온기가 가시지 않은 채 바닥에 쓰러져 있는 위조범만큼 글씨체 감정에 대해서 잘 알지 못했다.

그들은 살인 현장이 너무 일찍 공개되지 않도록 문을 닫고 그곳을 빠져나왔다. 그들 역시 아래층을 지나면서 문을 빠끔 열고 내다보는 할망구의 푸른 눈과 마주쳤다. 에밀리는 볼테르를 바라보며 천연덕스럽게 큰소리로 말했다.

"르네 에로 씨, 우리 얼른 가요!"

두 사람은 지체 없이 계단을 내려갔다. 계단을 조금 내려가서 에밀리가 볼테르에게 속삭였다.

"우리의 경찰총감님께 드리는 작은 선물이에요."

그들은 거리로 나오기 전에 주위를 한 번 살폈다. 죽을상을 하고 망을 보던 리낭이 나와도 괜찮다고 손짓을 하는데, 그 꼴 때문에 되레 동네 주민들의 의심을 살 것 같았다. 에밀리와 볼테르는 뒤도 돌아보지 않고 성큼성큼 걸었다. 자신들이 욕을 보지 않으려면 이 뚱보 멍청이를 경찰에 넘기는 편이 낫지 않을까 고민하면서.

제 20 장

단순한 문헌 해석으로
재산이 오가다

탐정 3인조는 봉 장팡 거리로 돌아왔다. 살인자 아가씨와의 괴로운 동거가 그들을 기다리고 있었다.

"내가 그 앙큼한 계집이 수상한 짓을 할 줄 알았다니까요."

에밀리가 말했다.

"노름을 하고 애인들을 만나는 걸 말씀하시는 건가요?"

리낭이 물었다.

"아, 네, 그런 이유도 있죠."

에밀리가 귀찮다는 듯 대꾸했다. 볼테르는 생각에 잠겨 있었다. 그는 남작부인이 시녀에게 그렇게 선심을 쓸 사람이 아니라고 단언할 수 있었다. 생전에 "내가 죽고 나면 한몫 챙겨 줄게"라는 식의 발언이 있긴 했지만 노부인의 성품을 감안하건대 그럴 리 없었다.

생각에 잠긴 볼테르가 피해자의 집에서 가져온 중국 화병을 잡동사니 진열실에 갖다 놓기 위해 들고 가던 중 웬 종이가 화병 안에 쑤셔 박혀 있는 것을 발견했다. 그 편지에는 날짜나 서명이 적혀 있지 않았지만 남작부인이 쓴 것이 확실했다. 아마도 이 편지는 초안이고 나중에 다시 정서하거나 내용을 고쳤으리라. 그게 아니면 — 잔인한 상상이지만 — 남작부인은 이 편지를 정식으로 부치기 전에 칼에 찔렸을 것이다. 혹은, 남작부인이 자기 시녀를 얼마나 구박했는가를 감안한다면 그랑샹이 이 편지를 몰래 꺼내어 읽고는 부인이 조치를 취할 수 없도록 미리 손을 썼는지도 모른다. 이쨌든 그랑샹을 향한 의심은 더욱 크게 불어났다. 이제 어쩌다 이 편지가 화병에 처박히게 됐는지를 알아내는 일이 남았다.

편지에는 이렇다 할 특이한 사항은 없었다. 남작부인은 평소 성격대로 불만을 늘어놓고 있었다. 반면 에밀리는 지난번 고양이 조각상에서 찾아내어 모메 씨에게 맡겨 둔 유언장과 표현이나 어법이 너무 유사한 것이 의심스러웠다. 그녀는 이 편지 또한 속임수는 아닐까 생각했다.

그들은 유언장을 발견하여 상속 문제를 해결한 장본인 자격으로 공증인 사무소의 부름을 받았다. 볼테르는 빅투아르 광장을 좋아했다. 파리에서 가장 아름다운 명소 중 하나인 이 광장은 들쭉날쭉 고르지 않은 부분까지도 좋게 보였다. 방돔 광장처럼 화려하지 않으면서도 루아얄 광장•보다 현대적이고, 언젠가 미관을 해치고 문인들을 절망케 하는 흉측한 요새를 왕창 밀어내고 광장을 조성할 그곳보다는 생동감이 넘치는 장소였다.

공증인 사무소에는 그랑샹, 데스탱 부인, 클레르 양과 그녀의 모친까지 상속 문제와 직접 관련된 이들만 자리하고 있었다. 모메 씨는 에밀리가 찾아낸 유언장을 공증한 참이었다. 그는 유언장을 낭독하고 이의를 제기할 사람이 있는지, 요컨대 이 일을 법정까지 끌고 갈 사람이 있는지 물었다. 희한하게도 데스탱 부인이 조용했다. 그녀는 유산이 날아가더라도 그냥 체념하기로 작정한 듯했다. 그랑샹은 환한 얼굴로 다른 이들에게 가벼운 미소와 듣기 좋은 말을 건넸다. 그러나 촌사람들의 집을 방문한 성주의 부인처럼 거만한 기색은 어쩔 수 없었다. 데스탱 부인은 역정이 난 것 같기는 해도 폭발하진 않았다. 볼테르는 이 의외의 반응을 보고 어쩌면 데스탱 부인이 더 두려워하는 다른 일이 있는 게 아닐까 생각했다. 하지만 유산을 송두리째 빼앗기는 것보다 더 두려운 일이란 대체 뭘까?

에밀리는 유언장을 다시 보고 싶다고 청했다. 그녀는 볼테르와 의미심장한 눈길을 주고받았다.

• 오늘날의 보주 광장.

"정말 그럴싸하게 보이네요."

에밀리가 말했다.

"뭐가 그럴싸해 보인다는 겁니까?"

공증인이 코안경을 내리고 물었다.

모두가 좀 더 자세히 얘기해 보라며 에밀리와 볼테르를 다그쳤다. 좀 더 나은 결말을 원하던 그들이 이 은근한 암시를 그냥 넘길 리 없었다. 볼테르는 서류철을 열어 중국 화병에서 찾은 편지를 꺼냈다. 그랑샹의 미소가 굳어졌다. 모메 씨는 이 편지는 또 어디서 났느냐고 물었다.

"아, 우리가 퐁텐 마르벨 남작부인 댁을 정리하는 일을 도와드렸지요. 아시다시피, 제가 그 집에 유숙하고 있지 않습니까."

볼테르를 쏘아보는 그랑샹의 눈이 '그리 오래 있진 못할걸'이라고 말하는 듯했다. 그녀의 눈에 단호한 결별의 의지가 엿보였다. 에밀리는 필기도구를 청하더니 편지글 여기저기서 단어들을 베껴 쓰기 시작했다. 남작부인의 편지에 들어 있는 단어들은 유언장에서도 그대로 발견되었다. 에밀리는 이 유언장은 날조된 것이라고 선언했다.

상속녀들이 탄성을 질렀다. 공증인이 반발했다. 그는 이제 막 유언장이 진짜라고 공증을 하지 않았는가! 에밀리가 설명에 들어갔다. 유언장은 가짜다, 위조범의 문제는 상상력이 부족하다는 것이었다.

"이것이 그랑샹 양에게 전 재산을 준다는 내용의 유언장이죠. 이걸 고양이 조각상에서 찾아낸 사람이 바로 나예요. 봅시다."

나의 늘그막에 유일한 기쁨이 되어 주고, 늙은 여인의 수많은 고충을 덜어 주었으며, 곁에 둔 것을 한 번도 후회하지 않게 해 준 아이의 거취를 마련하겠다는 약속을 지키고자, 나의 전 재산, 토지, 영지, 별장, 연금, 소작료, 파리에 소재한 저택과 세간 일체, 그 외에도 나의 사망일 당시에 내게 속한 모든 것을 빅토린 피콩 드 그랑샹 양에게 그녀의 선의와 충성에 감사하는 뜻에서 양도합니다.

따라서 나는 어떤 자식이나 친척에게도 유산을 넘기지 않을 것입니다. 위로든 아래로든 방계로든 그 어떤 혈연관계에 있는 사람도 내 마지막 뜻을 거스를 수 없습니다.

또한 마지막 순간까지 내 집에서 애정과 충성으로 일한 사람들에게 합당한 처우 또한 빅토린 피콩 드 그랑샹 양에게 맡깁니다. 내가 더 이상 세상에 없을 때에 나의 가장 가까운 벗들에게 내 재산의 일부를 나눠 주는 일 또한 그녀의 재량에 맡깁니다.

에밀리는 유언장을 공증인에게 돌려주고 중국 화병에서 발견한 편지를 집어 들었다.

"이제 여기에 비슷한 구절들이 전혀 다른 의미로 쓰였다는 것을 알 수 있을 거예요."

빅토린 드 그랑샹은 자신이 나의 늘그막에 유일한 기쁨이 되어주고 늙은 여인의 수많은 고충을 덜어 주었다고 **굳게 믿고 있습니다.** 그 때문에 그녀를 곁에 둔 것이 **후회될 지경입니다. 그녀는 내게서** 거취를 마련하겠다는 약속을 **받아 냈습니다.** 아무도 내 뜻을 거스를 수 없습니다. 마지막 순간까지 내 집에서 애정도 **없이** 충성도 **없이** 일한 사람들의 처우를 **나보고 책임지라고 강요할 수는 없습니다. 그보다는** 내가 더 이상 세상에 없을 때에 나의 가장 가까운 벗들에게 내 재산을 나눠 주는 **편이 낫습니다. 빅토린이** 피콩 가로 돌아가든지, **아니면 그녀에게** 합당한 처우를 **따라 하녀가 되든지 그 선택은** 그녀의 재량에 맡깁니다.

공증인 사무소가 발칵 뒤집히고 닭장처럼 시끄러워졌다. 에밀리가 설명했다.

"두 편지는 동일한 단어들을 전혀 다른 어순에 따라 쓰고 있죠. 편지에는 없고 유언장에만 있는 단어들의 뜻을 모아 본다면 고인의 진짜 유언장이 어떤 내용이었을지 짐작이 가네요. '나의 전 재산, 토지, 영지, 별장, 연금, 소작료, 파리에 소재한 저택과 세간 일체, 그 외에도 나의 사망일 당시에 내게 속한 모든 것을

……에게 양도합니다. 따라서 나는 어떤 자식이나 친척에게도 유산을 넘기지 않을 것입니다. 위로든 아래로든 방계로든 그 어떤 혈연관계에 있는 사람도 내 마지막 뜻을 거스를 수 없습니다. 이 유언장은 이전에 작성된 모든 유언장들을 폐기하고 대신합니다. 팔레 루아얄 인근 자택에서 1733년 1월 10일에 작성하고 친히 서명합니다. 앙투아네트 마들렌 데보르도, 퐁텐 마르텔 남작 미망인.'"

그랑샹이 갑자기 쓰러졌다. 그녀는 모욕적인 사건이 일어날 때면 늘 시의적절하게 혼절하곤 했다. 사무소 직원들이 물과 소금을 가져왔다. 원래 공증사무소란 좋은 소식만큼 나쁜 소식도 자주 통보되는 곳이므로 항상 물과 소금을 준비해 두어야 했다. 공증인은 눈을 부라리고 두 장의 편지를 읽고 또 읽으며 비교했다.

공증인이 편지를 다 읽고 자기 앞에 앉아 있는 여자들을 바라본 순간, 에밀리는 그랑샹의 상속은 물거품이 됐구나 확신했다. 모메 씨는 비록 자신이 위조된 유언장에 넘어갔다고 인정하기 싫었지만 상속 문제를 이 상태로 매듭지어서는 안 될 것 같았다. 모메 씨는 특히 그의 사무실에 보관 중이던 유언장이 없어지고 이 거짓 유언장이 나타나는 과정에서 그의 직원들이 개입했을 거라는 의혹이 마음에 걸렸다. 누군가가 배신을 했다. 누군가가 공증인의 맹세를 깨뜨렸다. 히포크라테스 선서도 이 맹세에 비하면 애들이 읊조리는 노래에 불과했다. 공증인은 마르탱이라는 서기가 어디 있는지 물었다. 그 서기는 오늘 출근하지 않았다. 모메 씨가 그의 집으로 사람을 보냈다. 그를 불러서 짚고 넘어가야 할 문제들이 있다고 했다. 볼테르는 시신이 마룻바닥에 쓰러져 있을 시간도 얼마 남지 않았구나 생각했다.

드디어 그랑샹이 정신을 차리고 몸을 일으켰다. 이만하면 자신의 순수함과 연약함을 충분히 과시했다고 판단한 모양이었다.

"여기가 어디죠? 무슨 일이 일어난 거죠?"

그녀의 시선이 흡족한 미소를 짓고 있던 볼테르와 에밀리에게 꽂혔다.

"아! 야박한 사람들!"

그랑샹은 냅다 소리를 질렀다. 음모의 희생자인 척해 봐야 소용없었다. 그녀가 쓰러져 있는 동안 그녀를 바라보는 사람들의 시선은 자못 달라져 있었다. 그러나 비록 그녀가 거짓 유언장의 수혜자이긴 해도 그녀의 소행으로 몰아붙일 만한 증거는 나오지 않은 상태였다. 모메 씨는 '유감스럽지만' 상속 절차를 유예해야겠다고 통보했다. 유산 횡령이라는 데스탱 부인의 비난은 이제 다분히 신빙성 있는 주장이 되었다.

"부디 파리에 계속 머물러 있기 바랍니다. 경찰총감님이 보낸 사람들이 물어볼 말이 있을 겁니다."

공증인이 그랑상을 향해 말했다. 이 말은 자신은 더 이상 아무것도 묻지 않겠다는 뜻으로 들렸다. 물론 데스탱 백작부인은 의자에 꼿꼿하게 앉아 말없이 기뻐하고 있었다. 하지만 볼테르가 보기에 그녀는 모친의 재산에 대한 권리를 되찾아서라기보다는 요망한 도둑년이 함정에 빠진 꼴을 보고 흡족해하는 것 같았다.

"친애하는 부인, 어쩌면 이제 철학에 흥미가 생기실지도 모르겠군요."

볼테르는 의기양양하면서도 사근사근한 말투로 이렇게 말했다. 데스탱 부인도 철학에 흥미가 있긴 했다. 왜곡된 정신과 종교 재판관의 시선으로 보내는 관심이긴 했지만.

"당신이 가명과 익명으로 쓰는 글에는 일가견이 있을 거라고 생각하긴 했지요."

고마운 일을 해줬다고 해서 성질머리를 죽일 여자가 아니었다. 제정신으로 돌아온 그랑상은 철학자 식객에게 당장 집에서 나가라고 명령했다. 그러나 데스탱 부인이 손을 번쩍 들었다.

"그렇게 당장 내보낼 순 없어요!"

백작부인은 사악한 쾌감을 느끼며 이제 그랑상에게는 더 이상 그런 명령을 할 권한이 없으며 자신은 모든 의혹이 해소될 때까지 식객들도 집에 그대로 두고 싶다고 선언했다. 클레르 양만이 아무 말 없이 혼자만의 생각에 빠져 있었다. 어쩌면 이곳에 설탕조림을 보내어 문제를 속히 해결해야겠다는 꿈을 꾸고 있었는지도 몰랐다.

유언장을 날조한 범인으로 지목되는 자가 남작부인을 더 좋은 세상으로 보내 버린 그 자와 동일인일 가능성도 있었다. 그날 공증인 사무소에 있던 모든 사람들은 커다란 도끼 그림자가 그 랑상 쪽으로 드리우는 환영을 보는 것 같았다.

공증인 사무소를 나서면서 볼테르는 비로소 30분 가까이 꾹 참고 있던 비난들을 쏟아 냈다.

"왜 편지를 그렇게 날림으로 해명한 거요? 난 당신이 자세하고도 완벽한 분석을 제시할 거라 믿었는데!"

"출산이 얼마 안 남았다는 게 어떤 건지 선생님은 아실 리 없죠."

에밀리가 퉁명스럽게 대꾸하고는 서기에게 화장실이 어디 있는지 묻더니 횡하니 자리를 떴다. 볼테르는 하릴없이 에밀리를 기다리면서 클레르 양과 그 모친이 인사도 하지 않고 계단으로 후다닥 내려가는 모습을 보았다. 그들은 상속인도 아니요, 그렇다고 체면을 잃은 것도 아니요, 참으로 어정쩡한 입장에 놓였기에 그 자리가 불편할 만도 했다.

공증인 사무소를 나와 빅투아르 광장을 잠시 거닐던 볼테르는 루이 14세의 동상 아래 멈춰 섰다. 천사가 군주에게 월계관을 씌워 주는 그 동상은 과한 장식이 영 흠이었다. 볼테르의 뒤를 따라 사무소를 나오던 그랑샹은 뒤늦게 도착한 이모와 마주쳤다. 당드르젤 자작부인은 아무것도 모른 채 조카를 치켜세우기에 바빴다. 그녀는 입술을 하트 모양으로 오므리며 그랑샹이 얼마나 큰 복을 받았는지 파리 전체에 소문이 쫙 퍼졌다고 했다. 이미 더 없이 달콤한 조건을 제시하는 청혼이 쇄도하고 있다나. 공작의 자제, 이름만 들으면 알 만한 인물, 미래가 창창한 궁정 관료 등이 4만 리브르라는 연금에 홀딱 넘어온 모양이었다.

"어떠니? 네 행복을 어떻게 꾸려 볼까? 우리는 뭘 하면 좋을까?"

그때 마침 사무소에서 나오던 데스탱 백작부인이 그랑샹 대신 자작부인에게 대답했다.

"골치 아픈 문젯거리, 감옥에서의 첫날밤, 사제를 동반한 교수대에서의 근사한 의식이 보장될 거예요. 뭐, 이 눈부신 앞날에 대해서는 조카에게 직접 들으시지요."

붉은 머리 아가씨가 눈빛으로 비수를 던질 수 있었다면 데스탱 백작부인은 바늘꽂이보다 더 처참한 몰골이 되었을 것이다.

제21장

우리의 주인공이
경관들의 지능에
철학이 미치는 효과를 실험하다

그랑샹이 화가 났으니 그녀의 측근들도 유쾌할 리 없었다. 그녀의 이모는 공증인 사무소에서의 자초지종을 상당히 순화된 표현으로 들었음에도 경악을 금치 못했다. 그랑샹과 이모가 다시 대화를 나눌 일이 있을까. 자작부인은 이미 가문의 이름에 똥물이 튀기 전에 추문을 잠재우려면 피콩 가의 범죄자를 어느 정체불명의 수도원에 처넣어야 할지 고민하고 있었을 것이다. 피콩 가는 발이 넓으니 왕실의 선처를 구할 만했다. 그런 일이 아니면 인장 찍힌 편지가 어디에 소용이 있을까.

무슨 고약한 일이 일어날지 알 수 없었던 그랑샹은 쾅 소리가 나게 문을 닫고 집으로 들어갔다. 그녀는 누구와 마주쳐도 말한 마디 걸지 않았다. 친절과 소소한 선물의 시간은 끝났다. 하인들은 사태가 어떻게 급변했는지 자세히는 알지 못했으나 그들이 밭을 몫이 위기에 빠진 것만은 확실하게 예감했다.

볼테르는 잠자리에 들기 전 아무도 방에 들어오지 못하도록 단속을 철저히 하리라 결심했다. 상대는 가짜 유언장을 주문한 여자, 어쩌면 공증인 서기를 칼로 찔러 죽였을지도 모르는 여자 였다. 그렇다면 그랑상이 남작부인도 죽였을 수 있다. 여하간 철학자가 강도 높은 지적 활동에 시달린 정신을 쉬게 하는 동안에 가슴에 칼을 맞고 죽는 일은 없어야 하지 않겠는가. 게다가 그는 경찰총감에게 공증인 서기의 살인범을 인도하라는 요구까지 받을 참이었다. 리낭은 자신이 유력한 용의자라는 것을 깨달았다. 리낭은 사색의 힘으로 기적을 일으키는 철학자의 바짓가랑이를 붙잡고 매달렸다.

"구해 주세요! 저를 좀 불쌍히 여겨 달라고요!"

어쨌거나 리낭은 볼테르의 명을 받고 운 나쁘게 그곳에 있었던 게 아닌가.

그러나 치렁치렁한 레이스 옷차림의 수사관들은 사태를 보는 시각이 리낭과 조금 달랐다. 그들이 리낭에게 그랑상을 미행하라고 한 것은 사실이지만 바보처럼 그토록 조악한 함정들에 다 걸려들라고 한 적은 없었다. 지금은 중대한 원칙을 일깨울 때였다.

"자네도 최소한 교훈을 하나 얻었겠지. 가식적인 인간들을 조심하게."

볼테르의 충고와는 달리 리낭이 얻은 교훈은 앞으로 철학자들을 조심해야 한다는 쪽에 더 가까웠다. 그래도 그들은 리낭을 기꺼이 위험에서 끌어내기로 했다. 리낭이 체포되면 그들 역시 위태로울 게 뻔했다. 리낭은 볼테르와 한 지붕 밑에 살며 볼테르의 글을 받아 적고 있었다. 정황이 이러하니 심술궂은 에로가 언성을 높이기만 하면 이 뚱보 사제는 볼테르를 탓하며 죄를 덮어씌우고도 남을 터였다. 볼테르는 땅이 꺼져라 한숨을 쉬었다. 도처에 만연한 어리석음이 문인들의 철천지원수라더니. 멍청이들과 악의 가득한 사람들 사이에 낀 철학자는 진리의 횃불을 휘두를 여유가 없었다.

리낭은 그랑상이 자유의 몸이 되면 자기가 곤란해진다는 말을 알아들었다. 한때 그가 칭송하던 '착하고 예쁜 아가씨'에 대한 마음은 크게 변해 있었다. 이제 리낭은 그랑상을 '붉은 살무사'라고 부르며 가급적 빨리 그 계집을 고발해야 한다고 날뛰었다. 그러나 볼테르는 고발이라는 말만 듣고도 흠칫 몸을 떨었다. 볼테르야말로 사시사철 고발의 대상이 아니던가. 물론 그것이 항상 유감스러운 오해에서 불거진 부당한 고발이긴 했지만. 볼테르로 말하자면, 그는 누구를 고발하는 일이 거의 없었다. 소송 절차를 취하다가 되레 그가 역풍을 맞을지도 몰랐다. 피콩가 거물들이 뒤를 봐주는 아름답고 고결한 그랑상이, 그 예쁜 눈에 눈물이 그렁그렁해서 연기를 펼친다면 법정에서 그가 조목조

목 반박을 해봤자 무슨 소용이 있을까? 얀센파가 대다수인 판사들에게는 말라빠진 반체제적 철학자의 매력보다 젊고 아름다운 여자의 매력이 잘 먹힐 터였다.

게다가 볼테르는 에로를 다시 이 집에 끌어들이고 싶지 않았다. 경찰총감은 아무도 그를 부르지 않건만 이미 이곳을 너무 자주 다녀갔다. 익명으로 고발하는 방법도 생각해 보았지만 그건 너무 가증스럽게 느껴졌다. 결국 그들은 어쩔 수 없는 상황까지 몰리지 않는 한 그랑상에게 상관하지 않기로 했다. 마침 주방에서 빵 굽는 냄새가 모락모락 올라왔고 리낭은 브리오슈로 상심한 마음을 달래기로 했다.

리낭이 방에서 막 나가려는 찰나, 어디선가 들려온 선율에 세 사람은 경직되었다. 그들은 잠시 멈칫했다가 이어서 황급히 등받이 뒤와 탁자 아래에 몸을 숨겼다. 그들은 단도를 손에 쥔 범인이 그들 중 한 명, 어쩌면 세 사람 전부의 목을 따러 나타나기를 기다렸다. 볼테르는 속으로 애통해했다. 저런 저질스런 노래를 들으며 죽다니, 이런 운명의 장난이 있나!

그러나 잠시 후 볼테르는 그 선율을 알아차렸다. 일관된 곡조의 그 선율은 거리에서 종종 들어 본 적이 있는 노래였다. 누군가가 지금 그 노래를 피리로 불고 있었다. 위험한 것은 앞과 뒤를 뚝 끊어 먹은 노랫가락이었다. 〈엉덩이를 소스에 처박아〉라는 노래 자체에는 아무런 메시지도 없었다. 창 아래서 피리를 부는 저 사람은 외설적인 노래를 대놓고 연주하기를 부끄러워하지 않는 사람일 뿐이었다. 세 사람은 다시 소파에 주저앉았다. 피리 소리를 듣고 이렇게 놀라 자빠지다니, 살아도 사는 게 아니었다. 하루 빨리 이 상황에 종지부를 찍어야 했다. 세 사람이 두뇌를 합쳤는데도 엉큼한 범인이 계속 빠져나가다니, 부당한 일이었다.

볼테르가 함께 생각하는 시간을 좀 갖자고 말하려는 찰나, 에밀리가 문 쪽으로 무겁게 발걸음을 옮겼다.

"에밀리, 어디 가는 거요?"

"모…… 몰라요…… 쉬어야…… 어쩌면 애가 나오려니 봐요……."

"다음번에도 우리가 함께 다닐 수 있을지, 아니면 내가 꽃을 보내야 할지 미리 알려 주시구려."

에밀리는 현관 앞 계단에서 경찰총감과 마주쳤다. 경찰총감은 여전히 아르키메데스의 정리를 이해 못하는 물리학과 학생 같았다. 그는 만삭인 귀부인에게 모자를 벗어 인사를 하고는 그녀가 지나가게 자리를 비켜 주었다. 에밀리도 가볍게 목례를 하고 미소를 지어 보였다. 지금부터 볼테르가 곤욕을 치를 생각을 하니 절로 나는 웃음이었다.

모메 씨네 직원들이 동료의 시신을 발견하기까지, 경찰총감이 한바탕 퍼부을 심사로 봉 장팡 거리에 출현하기까지, 시간은 오

237

래 걸리지 않았다. 애매하지만 유일한 목격자는 아래층 노파였다. 그 노파는 만삭의 부인네와 키 작은 신사가 범인이며 여자가 남자에게 "르네 에로 씨" 하고 부르니 남자가 대답을 하더라고 했다.

"아루에, 어떻게 생각합니까?"

경찰총감이 그레브 광장 참수대의 칼날처럼 서늘한 목소리로 볼테르를 몰아붙였다.

"총감님 자신을 체포할 수밖에 없을까요?"

경찰총감이 폭발하기에는 그 정도로 충분했다. 르네 에로는 얼굴이 시뻘게졌다.

"살인 사건을 규명하라고 했지, 살인 사건을 늘리라고 했습니까! 이번엔 그냥 못 넘어갑니다! 자, 형무소로 갑시다!"

"안 돼요! 그것만은! 그곳에는 절대 못 갑니다!"

콩시에르주리 지하에는 죄과가 밝혀질 때까지 파리에서 잡아들인 오만 가지 죄인들을 한데 가둬 놓는 형무소가 있었다. 그곳은 축축하고 더럽고 악취가 진동했으며 무엇보다 찾는 사람이 거의 없었다. 왕실 요새의 감옥에는 그나마 유명 인사들에 대한 배려가 있었다. 바스티유에서 볼테르는 제법 괜찮은 방을 차지했고 총책임관과 한 상에서 솜씨 좋은 요리사가 만든 요리를 먹었다. 돈만 내면 감옥에서라도 못 누릴 호사는 없었다. 그래서 바스티유 생활은 불편할지언정 그렇게까지 힘들지 않았다. 왕실

요새에 수용되는 것과 지금 경찰총감이 그를 처넣겠다고 협박하는 쥐구멍은 하늘과 땅 차이였다.

에로는 남작부인 살인 사건을 덮느라 갖은 노력을 기울였다. 공중인 서기 하나가 죽었다고 해서 그렇게 애쓸 마음은 없었다. 그러나 범인이 빠져나가게 둘 수는 없다. 게다가 이 범인은 남작부인 살인 사건과 동일범일지도 몰랐다. 볼테르가 드나드는 파리 저택들에서 칼로 장난치기 좋아하는 바로 그 인물일지도 몰랐다.

다행히도 볼테르는 수사가 진척됐다고 말할 수 있었다. 그에게는 경찰총감의 왕성한 의욕을 만족시킬 만한 단서가 있었다. 남작부인과 공중인 서기를 살해할 만한 동기를 가진 그—그녀라고 해야겠지만—의 신원을 알고 있지 않은가.

"잘 들으십시오. 그 마르탱이라는 서기는 모메 씨네 사무소에서 근무했습니다. 모메 씨가 남작부인의 유언장 사본을 공개하려 했을 때 그 사본은 온데간데없었죠. 이제 누가 그 문서를 슬쩍했는지 알 만하지 않습니까. 바로 그 사람이 자신의 공범에게 유리하게 가짜 유언장도 만들어 냈을 테지요."

볼테르는 반박할 수 없는 원인과 자연스러운 결과를 충분히 보여 주었으므로 경찰총감이 체포해야 할 사람은 자신이 아니라 가짜 유언장의 수혜자인 그랑상임을 확실히 알렸다고 생각했다. 그러나 그 따위 인과 관계는 경찰총감이 알 바가 아니었다.

그가 원하는 것은 위조범이 아니라 살인범이었다.

철학자는 한숨을 쉬었다. 인류를 구원하는 것도 모자라 경찰이 할 일까지 해야 하다니. 그는 형무소 소리에 놀라서 힘이 빠진 팔다리를 다시 따뜻하게 덥히면서 문득 생각난 계획을 공개하기로 했다. 범인을 함정에 빠뜨리자는 계획이었다. 이미 여러 차례 뛰어난 추리력을 보여 준 명석한 철학자가 마르탱과 굳이 거명할 필요 없는 '그 밖의 사람들'을 살해한 범인을 알아냈다고 소문을 퍼뜨리자는 것이었다.

"그러면 꿀단지에 파리가 꼬이듯 범인은 나한테 꼬어들겠지요. 내가 꿀단지 노릇을 하겠다 이겁니다."

볼테르를 암살 위험에 노출시키는 계획이라니, 르네 에로도 구미가 당겼다. 공식 언론에 명령만 하면 될 일이었다. 내일 자 〈가제트 드 프랑스〉 지가 마르탱 살인 사건을 보도할 것이다, 그러면서 희생자와 관계가 있는 문인이 사건 당일에 현장을 방문했었다는 암시를 슬쩍 흘릴 터였다.

"아주 거짓말은 아니잖소?"

경찰총감은 짙고 검은 눈썹 아래로 볼테르의 동정을 살피며 말했다. 볼테르는 경찰총감에게 의자를 권하고 자기를 괴롭히니 즐거운지 말해 보라고 했다. 50만 파리 시민의 운명이 경찰총감의 어깨에 걸려 있는 듯했다.

"파리에서 일어나는 살인 사건을 다 짚고 넘어갈 순 없습니다. 관료들의 범죄만 상대하기도 벅차단 말씀이오. 예를 들자면 오늘 아침에도 몇 푼만 들여 널빤지와 난간을 설치하면 수많은 인명을 구할 수 있는데 거절당했습니다. 센 강이 얼어붙어서 얼음 구멍을 내고 물을 길어 가는 인부들이 하루에도 몇 명씩 빠져 죽는 사고가 일어나죠. 대다수의 삶을 개선하느냐, 귀족 두세 명을 죽인 범인을 체포하느냐 사이에서 나는 선택을 해야 합니다. 해결이 안 되는 일이죠. 건물에 번지수 매기는 일조차 할 수 없단 말이오! 대저택 소유주들은 현관의 미관을 해친다고 싫어하고 귀족들은 평민들과 같은 규칙을 따를 수 없다고 거절하고. 이 문제가 왕에게까지 올라가 나를 괴롭히고 있어요. 나보고 어쩌라는 건지. 그러는 동안에 나는 얀센파, 예수회, 프리메이슨, 게다가 볼테르 당신하고도 싸워야 합니다!"

볼테르는 자신을 적으로 삼는 경찰총감이 불쌍하다는 생각이 들었다.

"가정의 따뜻함에서 위안을 얻는 건 어떻습니까?"

볼테르가 슬쩍 떠보자 르네 에로가 한숨을 쉬며 말했다.

"새파랗게 어린 아내는 어떤 후작과 놀아나느라 바쁜데? 내 씨도 아닌 아들이 무럭무럭 크는 모습을 보러 가란 말이오? 파리를 깨끗이 하는 일에 전념하는 편이 좋아요. 나의 개인적인 삶을 바로잡느니 그 편이 차라리 쉽죠. 아루에, 내가 당신에게 도움을 청했던 이유는 그만큼 당신을 높이 평가했기 때문이오."

이 칭찬은 볼테르에게 크게 와 닿지 않았다. 자기가 높이 평가하는 사람들을 이렇게 다룬다면 도대체 경찰총감이 멸시하는 사람들은 어떤 대우를 받을까? 볼테르의 경계심은 옳았다. 채찍은 칭찬이 채 가시기 전에 떨어지는 법.

"어쨌거나 내가 당신을 도운 겁니다. 당신이 다른 사람들에게도 관심을 갖게 했으니까요."

"인류가 얼마나 고통 받는지 내가 모른다고 생각하는 겁니까? 불행한 자들을 옹호하는 데 헌신하다가는 그나마 남은 잠도 달아나겠죠. 모든 것과 맞설 힘이 생길 때까지는 나 자신을 지켜야 하지 않겠습니까? 나는 아직 대의를 찾지 못했고, 그건 당신 때문입니다. 나는 과부와 고아를 보호하게 생겨 먹은 사람인데 당신이 나보고 살인 사건을 해결하라고 했잖아요!"

"누가 남작부인을 죽였는가부터 시작해 봅시다. 당신이 아직 대의를 못 찾았다니 잘됐네요. 죄악과 부정이 들끓는 이 도시는 언젠가 농익은 과실처럼 터지고 말 겁니다."

경찰총감은 나가기 전에 마지막으로 한 번 더 뒤를 돌아보았다.

"범인이냐 당신이냐의 문제죠. 둘 중 한 사람은 반드시 감옥행입니다. 불평하지 마시오. 이 사건을 해결하면 나보다 당신이 더 얻을 게 많으니까."

철학자는 아무리 얻을 것이 많아도 기꺼이 사양하고 싶었다.

제22장

철학자는 날 수 없다는 사실이
놀랍게 받아들여지다

새로운 사건을 기다리는 가운데 이틀이 지났다. 덕분에 볼테르는 긴급한 일에 매달릴 수 있었다. 바로 《철학서한》을 검열관들의 눈을 속일 수 있는 방향으로 고쳐 쓰는 작업이었다. 셋째날 아침, 누군가가 철학자의 침실 방문을 두드렸다. 요즘 볼테르는 방문을 열쇠로 잠그는 걸로도 모자라 촛대를 아슬아슬하게 올려놓은 서랍장을 문 앞에 밀어 놓고 혹시 누군가 밖에서 문을 열고 들어오더라도 촛대 떨어지는 소리에 금세 잠에서 깰 수 있도록 조치를 취해 두었다.

볼테르는 노크를 한 사람이 그에게 간식을 가져다 줄 요리사임을 확인하고서야 문을 열어 주기 위해 자리에서 일어섰다. 그는 촛대를 치우고 서랍장을 밀고 열쇠를 두 바퀴 돌려 문을 열자마자 잠깐 사이에 차가워진 발을 녹이려고 냅다 이불을 뒤집어

243

썼다. 요리사는 쟁반을 서랍장 위에 올려놓고 덧창을 하나 열어 방에 햇빛을 들였다. 해가 나면서 구름이 걷히고 눈이 녹아 있었다. 장례식을 치르기에 좋은 날씨였다.

"내가 기다리는 물건은 왔나?"

"네, 나리, 신문 여기 있습니다."

요리사가 볼테르를 위한 브리오슈와 부이용을 차려 주며 말했다. 볼테르는 일주일에 두 번 프랑스에 금지된 네덜란드 신문을 받아 보고 있었다. 르네 에로가 아주 못마땅하게 여기는 그 신문을 기회가 닿는 대로 자기 마차에 두고 싶어 하는 이들이 있었다. 신문은 식료품 틈바구니에 숨겨져 있었다.

"아, 드디어 세상 소식을 좀 알게 되겠군!"

볼테르는 식료품 사이에 처박혀 있느라 흙과 기름이 잔뜩 묻은 신문을 펼치며 좋아했다. 물론 공증인 서기 살인 사건에 대한 코멘트를 찾기엔 너무 일렀다. 그러나 이 신문의 소소하지만 신랄한 기사들을 읽고 있노라면 볼테르는 항상 기운이 났다.

먹을 것이 있는 곳에는 항상 리낭이 있었다. 리낭은 갓 구운 과자 냄새에 이끌려 계단 위까지 올라와 있었다. 파리 의과대학 박사들이 인증한 조리법대로 비스킷을 구워 오라고 주문한 사람은 볼테르였지만 리낭이 먹겠다는데 막을 수는 없었다.

"이런 거 읽으시면 안 돼요. 위험하다고요."

리낭은 네덜란드 신문을 가리키며 음식물이 가득한 입을 우물거렸다.

"이걸 읽는 건 위험하지 않아. 이걸 받아 보는 사람이 위험하지. 그래서 자네 이름으로 받아 보고 있다네."

볼테르는 고개도 들지 않고 대꾸했다. 리낭이 펄쩍 뛰었다. 베수비오 화산이 분출하며 경석이 튀듯 과자 부스러기가 사방으로 튀었다.

"걱정 말게. 이런 신문 때문에 정말로 위험에 처할 일이 있다면 그건 내가 신문에 글을 기고하는 일이겠지."

볼테르는 이런 매체에 기사를 보낸 적이 없었다. 우화라면 모를까. 우화에 대해서는 누구도 신경 쓰시 않았다. 물론 그 우화의 저자가 볼테르라면 사정이 좀 다르지만. 그래서 볼테르는 가급적 이미 죽은 사람이나 외국에 출타 중인 사람의 이름을 빌려 글을 썼다.

"머잖아 내가 홀란드에서 살게 생겼군요."

리낭이 탄식했다.

"그것 참 좋은 생각일세! 언제 떠날 건지 미리 알려 주게."

볼테르가 경쾌하게 말했다.

가십 기사 읽기도 시들해졌으니 장례식에나 갈 밖에. 볼테르는 마르탱의 시신을 마지막 안식처로 인도할 준비를 했다. 그리고 교회로 향하는 길에 샤틀레 후작 저택으로 일부러 돌아가서 에밀리의 안부를 물었다. 틸 특산 레이스 주머니에 사탕과자를 가득 채워서 가져가는 것도 잊지 않았다.

현관에 나타난 에밀리가 사탕 주머니를 냅다 잡아챘다. 그녀의 배는 별로 꺼진 것처럼 보이지 않았다.

"임신한 모습도 잘 어울렸는데! 벌써 처녀 때 허리로 돌아왔군요."

볼테르가 예의바르게 말했다.

"아직 애는 낳지도 않았어요."

에밀리는 산모라기보다 걸신들린 아귀 같았다.

"매사를 있는 그대로 보세요. 약간의 휴식, 탕약, 독서 덕분에 임신 기간을 한 달 더 연장하게 됐어요!"

그녀는 볼테르가 아기를 보러 올 사람이 아닌 줄 잘 알고 있었기에 무슨 일로 찾아왔는지 물었다. 에밀리의 권태는 그녀의 불룩한 배만큼 부풀어 있었고 자기도 마르탱의 장례식에 가봐야겠다고 따라 나섰다. 볼테르는 에밀리가 장례식 따위로 좋은 몸 상태를 해칠까봐 걱정스러웠다.

"그런 몸을 하고서 울적한 장례 미사는 좀……."

에밀리는 이미 모피 저고리를 걸치고 있었다. 저고리 자락이 툭 튀어 나온 배 위로 튤립처럼 벌어졌다.

"울적하긴요. 이보세요, 난 그런 거 몰라요! 잘 아는 사람도 아니잖아요! 아무것도 안 하고 있는 게 괴롭지, 울적하고 말고는 문제가 아니에요!"

그들을 태운 마차는 마레의 생 폴 생 루이 교회 앞에서 멈춰 섰다. 교회 앞 계단에 웬 거지가 서 있는 게 보였다. 거지는 체격이 꽤 좋은데도 지팡이를 짚고 있었다. 주먹다짐이라도 할라치면 그 지팡이가 요긴하게 쓰일 성싶었다. 볼테르는 거지가 내민 모자에 동전 한 닢을 넣었다. 그는 자선의 특권이 종교인, 편협한 자, 계시를 받은 자, 광신도에게만 있지 않다는 것을 보여 주기 좋아했다.

"고맙습니다, 아루에 씨."

거지가 허리를 굽히며 말했다.

"굉장하네요. 저런 거지들조차 선생님 이름을 알잖아요. 선생님께서 이 교회에 자주 드나드시는 줄은 몰랐어요."

볼테르는 이 교회가 처음이었다. 〈가제트 드 프랑스〉에 기사가 나간 이후로 볼테르의 신변 보호를 위해 사복 경관 두 사람이 조용히 그를 따라다녔다. 왕족처럼 화려하게 차려 입는 것보다는 부랑자로 변장하는 편이 의심을 피하기 좋았다. 볼테르의 자존심에는 이왕이면 파리의 불한당보다 자수 저고리 차림의 귀하신 분이 따라다니는 편이 걸맞았을 테지만.

신도석 맨 앞줄에 공증인이 앉아 있었다. 그가 저 세상 사람이 된 자기 직원을 얼마나 수상쩍게 여기는지가 음산한 얼굴 표정에 그대로 드러났다. 볼테르는 세 명의 상속인 후보들도 장례식에 참석한 것을 보고 적잖이 놀랐다. 그는 세 여자에게 인사를 하기 위해 자리를 옮겼다. 예의상 그런 것도 있고, 그 여자들이 여기서 뭘 하고 있는 건지 궁금하기도 했다.

한 여자는 고명한 신부님의 설교를 들으러 왔다고 했고, 또 한 여자는 가까운 사람의 안녕을 비는 자리에 빠질 수 없었다고 했으며, 세 번째 여자는 모메 씨를 만나러 왔다고 했다. 그러나 모메 씨는 자기 사무실에서와 마찬가지로 이 세 번째 여자를 교묘하게 피해 다니고 있었다.

서기 마르탱은 가족이 없었기 때문에 장례는 파리 경찰총경과 공증인이 분담하여 치러졌다. 친구들, 동료들, 호기심 많은 구경꾼과 그 밖의 사람들이 나름대로 소박한 맛이 있는 이 싸구려 의식에 참석했다. 오르간 연주자가 그의 악기가 낼 수 있는 가장 큰 소리로 연주를 시작했다. 사람들이 누대樓臺를 쳐다보았다. 이 곡이 뭐더라? 라모 씨의 신곡인가? 이례적인 미학을 추구하는 건가? 연주자가 술을 먹고 정신이 나갔나?

미사가 시작됐지만 에밀리와 볼테르에게는 대화를 중단할 이유가 되지 않았다. 주위 사람들이 모두 고개를 빳빳이 들고 그들을 책망하듯 노려보고 있었다. 그제야 두 사람도 대화를 멈추고 사제의 횡설수설에 귀를 기울였다. 그리고 그들의 귀에도 누대에서 연주되는 음악이 들려왔다. 누군가가 그들이 센 강에 처박히던 날 밤 들었던 그 코드를 연주하고 있었다. 그 이상한 선율이 생 폴 교회 기둥 사이로 울려 퍼졌다. 에밀리와 볼테르는 그들이 테러의 희생양이 될 것임을 직감했다.

신경발작을 일으킬 만도 했으나 볼테르는 꿋꿋하게도 니스를 칠한 좁은 나무 계단을 통해 누대로 올라갔다. 그는 밉살스러운 문학평론가를 덮치듯 단숨에 오르간 주자를 덮쳤다. 장례식에 참석한 손님들은 혼란에 빠졌다. 상냥하다고는 할 수 없는 음성, 고함, 욕설, 치고받고 싸우는 소리, 팔이나 다리가 오르간 건반에 닿아 일으키는 좀 전보다 더 괴상한 불협화음이 이어졌다. 한쪽에서 "살인자!"라고 고함을 지르니 상대도 그에 지지 않는 고함으로 답했다. 볼테르의 안전을 위해 떠밀려 올라간 거지가 오르간 주자의 안전을 확인했다. 미친 듯 날뛰는 철학자에게서 가엾은 오르간 주자를 끌어내는 일이 가장 힘들었다. 오히려 그의 결백을 입증하기는 쉬웠다. 오르간 주자는 확실히 사색이 되어 있었다. 누군가가 〈진노의 날Dies Irae〉 악보를 방금 연주한 곡의 악보로 바꿔치기했다. 오르간 주자는 자기에게 소크라테스와 플라톤의 벼락이 떨어지게 될 줄 모르고 아무 생각 없이 악보대로 연주를 했던 것이다.

불편한 계단을 오를 처지가 아니었던 에밀리는 드디어 자신의 손까지 전해진 악보를 보며 라모에게 배운 대로 종이에 적어 가며 분석하기 시작했다.

"그래, 뭐라는 거요?"

볼테르가 파이프 오르간 옆에서 난간으로 고개를 내밀고 물었다.

"메시지를 해독하면 이래요. '볼테르를 죽이시오.'"

난간에서 고개가 사라지는가 싶더니 볼테르의 몸뚱이가 그 자리에서 뒤로 넘어갔다. 사복 경관들이 다행히 그를 잘 받아 주었다. 그들은 철학자를 대리석 바닥까지 안고 내려 와야 했다. 잠깐 사이에 이렇게 힘든 일을 당하고 참을 수 있는 철학 따윈 없었다. 마르탱을 묻으러 온 장정 두 사람이 철학자의 축 늘어진 몸뚱이를 좁은 계단으로 내렸다. 신도들은 이 모습을 보고 전염병이 또 희생자를 냈구나 생각했다. 벌써 십여 명은 병이 옮을까 봐 황급히 교회를 나서고 있었다.

장정들은 독실한 교구 신자들이 기꺼이 비워 주고 간 밀짚 의자 네 개에 볼테르를 눕혔다. 제정신이 든 볼테르의 눈에 맨 처음 들어온 것은 에밀리의 얼굴이었다. 그녀는 그 빌어먹을 악보로 부채질을 해주고 있었다. 볼테르는 배가 욱신거리고 아팠다. 그는 부축을 받고 일어나 앉으며 말했다.

"이 나라에는 내가 소화시킬 수 없는 뭔가가 있다니까."

그 문제에 대해서는 에밀리가 나름대로 생각한 바가 있었다.

"선생님이 왜 허구한 날 아픈지 아세요? 인생의 거대한 목표를 찾지 못해서 그래요!"

볼테르는 자신이 아프지 않으려면 어떤 목표를 세우는 게 좋겠느냐고 물었다.

"제가 어떻게 알겠어요? 음, 예를 들어 인류의 행복과 우리 사회의 개선은 어떨까요!"

볼테르는 하늘을 쳐다보았다. 그에게 필요한 것은 명예가 아니라 기댈 만한 버팀목이었다. 남작부인이 당한 일을 생각한다면 그의 명도 얼마나 더 붙어 있을지 알 수 없었다. 그는 위대한 선진이 그러했듯이 자신도 철학과 더불어 죽기로 결심했다.

"이 불충한 인간이 나의 독배가 될 것이니!"

다 숙어 가는 볼테르가 퐁텐 마르텔 사 저택으로 옮겨졌다. 장정들은 환자를 방으로 올리고, 침대에 눕히고, 침실용 모자를 씌우고, 너무 어둡지 않도록 침대 닫집을 살짝 열어 둔 후에야 물러났다. 에밀리는 자신의 특기인 향신료 넣은 초콜릿을 만들겠다고 했다. 경관들은 집 주변을 순찰하러 내려갔다.

퐁텐 마르텔 저택은 잘 보호받고 있었고 집 안에 사람들도 많았다. 볼테르는 눈을 감고 아무것도 걱정할 필요 없다고 되뇌었다. 자신은 안전하고, 아무 문제도 없으며, 지금 이 상태가 최선이라고.

'쨍!'

그때 볼테르의 방 창문이 무섭게 소리를 내며 깨졌다. 장갑 낀 손이 창살을 넘어와 십자형 유리창의 문고리를 잡았다. 강하게 밀어붙이는 힘에 결국 창이 열리고 장화를 신은 괴한이 방 안으로 들어왔다. 그는 머리부터 발끝까지 검은 옷으로 무장하고 얼굴은 눈만 내놓은 채 스카프로 감싸고 있었다. 남작부인이 죽던 날 밤에 볼테르는 범인이 지붕에서 내려왔을 거라고 생각했었다. 어쩌면 그 자신의 죽음도 다르지 않을 것이었다.

볼테르는 냅다 이불을 치웠다. 신발을 신지 않았을 뿐, 옷은 다 갖춰 입고 있었다. 그는 지팡이를 움켜잡고 상대가 몇 미터 이내로는 접근하지 못하게 마구 휘둘렀다.

"그 따위 지팡이로 목숨을 보전할 수 있을 거라 생각하시오?"

상대가 야유했다.

"아니! 내가 믿는 구석은 따로 있지! 생 바르텔레미! 생 바르텔레미!"

'생 바르텔레미'는 아래층에서 보초를 서는 경관들을 부르는 신호였다. 과연, 계단 쪽에서 우르르 사람 올라오는 소리가 들렸다.

괴한은 의외의 반응을 보였다. 재빨리 문으로 달려가 주머니에서 열쇠를 꺼내어 문을 잠가 버린 것이다. 철학자는 겁에 질렸다. 이제 경찰도 소용없었다. 어차피 경찰에 기댈 수 있었던 적은 한 번도 없었지만. 괴한은 르네 에로의 수족들이 문짝을 쾅쾅 두드리는 동안 유유히 볼테르를 죽이고 빠져나갈 수 있었다. 게다가 볼테르는 그 문짝이 얼마나 튼튼한지 잘 알고 있었다. 자기가 자는 동안 누군가 문을 부수고 들어올까 봐 걱정된 철학자가 리낭에게 몸을 던져 문짝을 힘껏 밀어 보라고 시킨 적이 있었으니 말이다.

깊이 생각할 시간이 없었다. 괴한이 창으로 들어왔으니 창으로 나가는 것도 가능할 것이다. 볼테르는 재빨리 창 쪽으로 달려가 난간에서 훌쩍 뛰어 지붕으로 올라갔다. 비단 양말만 신은 채로 2월말의 칼바람을 맞아야 했지만 가죽 밑창 달린 신발을 신었을 때처럼 미끄러질 염려는 없었다. 하지만 발가락이 청석 지붕에 닿기 무섭게 얼어붙었다. 게다가 평소 운동을 즐기지 않는 볼테르는 지붕 위에서 균형을 잡기가 힘들었다. 네 발 짐승처럼 기어가니 무릎이 다 까졌다. 그는 예기치 못한 위험에 빠진 철학을 생각하며 아무거나 닥치는 대로 잡고 매달렸다.

괴한은 볼테르보다 장비를 잘 갖추었을 뿐 아니라 몸놀림도 민첩했다. 그는 몇 발짝 거리까지 따라와 칼을 뽑아들었다. 볼테르는 저 칼이 남작부인의 가슴에 박혔었겠구나 생각하며 공포에 떨었다. 그는 괴한을 저지하려고 고함을 질렀다.

"당신, 중대한 실수를 하는 거요!"

괴한은 그 반대라고 믿어 의심치 않는지 볼테르에게 달려들었다. 바로 그때, 어디선가 날아온 돌이 괴한의 관자놀이에 명중했다. 괴한이 비명을 지르며 거리 쪽으로 고개를 돌렸다. 마부들이 주로 입는 무거운 가죽 외투 차림의 남자가 마차 지붕 위에서 투석기에 다시 돌을 걸고 있었다. 괴한의 머리에서 피가 흘렀다. 또한 발이 간발의 차로 빗나갔다. 괴한은 더 이상 경사진 지붕에서 있을 여력이 없었다. 볼테르는 이 틈을 타서 얼른 마부 쪽으로 기어갔다. 그는 지붕에 튀어 나온 굴뚝에 매달려 누가 그를 구하러 와서 굴뚝을 톱으로 잘라 내기 전에는 꼼짝도 하지 않겠노라 다짐했다. 높은 곳이 질색인 데다가 자기 목숨을 걸고 볼테르를 구할 마음은 없었던 경관들도 마침내 지붕 위로 올라왔다. 괴한은 이쪽으로는 경관들에게, 저쪽으로는 투석기를 든 마부에게, 아래쪽으로는 굴뚝에 매달려 신음하는 개구리에게 포위된 신세였다.

괴한은 지붕 끝으로 다가갔다. 볼테르는 저 괴한이 여기서 잡히느니 자실을 택하겠구나 싶었다. 그가 빠져나갈 구멍은 인접한 다른 지붕으로 건너가는 것뿐인데 그 지붕은 너무 낮아서 감히 뛰어 내릴 엄두를 내기 어려워 보였다. 볼테르는 허튼 짓은 그만 두라고, 이성적으로 고함을 질렀다. 과연 그는 뼛속까지 철학자였다. 자신을 죽이려 한 상대에게조차 순수한 논리의 산물을 전하고 있지 않은가. 괴한이 잠시 그를 바라보더니 몸을 날렸다. 괴한은 어디 하나 부러진 데 없이 옆집 지붕에 도달했다. 그러나 균형을 잃은 괴한의 무게를 견디지 못한 지붕이 부서졌다. 괴한은 지붕 사면을 데굴데굴 굴러 바닥으로 떨어지고 말았다.

경관들은 볼테르가 살려 달라고 할 때는 그렇게 능장을 부리더니 이제 더없이 신속하게 지붕 아래로 내려갔다. 살아 있는 철학자보다는 죽은 죄인이 관심을 끄는 법이니, 절망스럽게도 이는 어느 시대나 마찬가지이다.

굴뚝을 놓고 겨우겨우 창까지 이동한 볼테르는 정신을 수습하고 다시 한 번 선의 승리를 확신한 뒤 자신도 악의 상태를 살피기 위해 아래층으로 내려갔다. 경찰들, 인근 저택에서 일하는 하인들, 심지어 그랑샹까지 나와서 몸이 뒤틀리고 꺾인 시신을 내려다보고 있었다. 그랑샹의 표정에서는 죽은 자에 대한 희미한 호기심밖에 볼 수 없었다. 아니, 어쩌면 바퀴벌레 같은 식객 칠학자가 죽지 않고 비젓이 살아 있음을 확인한 실망의 표정이었을까.

시신이 포석 위에 쓰러진 자세로 봐서 이미 숨이 끊어졌음은 명백했다. 경직된 얼굴에서 스카프가 벗겨져 나갔다. 그때 에로가 경관들에게 합류했다.

"이 자가 누구요?"

"로베르 뒤부아입니다. 이 동네에서 술장사를 하지요. 내가 매일 술 단지를 채우러 가서 얘기를 나누던 사람인데…… 아이고, 가엾어라!"

"정말이오?"

"당연히 아니죠! 내가 이 사람이 누군지 어떻게 압니까! 왜 그런 걸 나한테 물어 보는 거요? 당신이 알고 있어야 하잖아요!"

볼테르가 분통을 터뜨렸다.

서류를 조사하고 시신을 시체 공시소에 넘겨 사망자의 신원을 아는 사람이 나올 때까지 기다리는 수밖에 없었다. 남작부인을 살해하는 데 쓰였을 것으로 추정되는 얇고 끝이 뾰족한 검은 발견되지 않았다.

제23장

볼테르가
공증인 서기의 뇌를
후작부인의 몸에 이식하려 애쓰다

괴한이 죽었으니 마음이 놓일 만했다. 지붕에서 떨어진 그 자가 남작부인을 죽인 범인이라고 입증할 수 있었다면 더욱더 마음이 놓였을 것이다. 아예 가택 조사를 했더라면 정말로 좋았을 것이다. 하지만 그러자면 그 자의 신원을 파악해야 했다. 볼테르는 사건 수사가 철학과 비슷하다고 생각했다. 확실한 하나를 발견하면 새로운 의문 백 개가 고개를 든다. 일생 혹은 목숨이 오가는 일, 경찰에게 맡기기엔 너무 섬세한 일이라는 점도 그렇다.

"경찰은 예수회 신자보다 더 나빠. 속만 좁은 게 아니라 라틴어도 모르거든."

볼테르는 괴한이 절망적으로 뛰어내린 것은 일종의 자살 행위였다고 생각했다. 또한 신과 타협하는 이 방법으로 미루어 보건대, 괴한은 위선적인 신자일 거라고 추리했다.

"딱 예수회 신자다운 짓이지!"

"예수회…… 다른 쪽일 수도 있겠죠."

에밀리는 골똘히 생각에 잠겼다.

볼테르는 예수회를 물고 늘어졌다. 개인적으로 그는 예수회와 원수지간이었다.

"확실한 것은 파리에 자유의 목소리를 탄압하려는 음모가 있다는 거요. 일단 남작부인은 스스로 생각하는 용기가 있는 사람이었소. 그다음 표적은 무지와 몽매에 대한 저항의 기수, 나 볼테르요! 광신자들이 내가 죽기를 바라고 있소!"

볼테르는 괴한에게서 자신을 악착같이 없애려는 광신도들의 교두보를 보았다. 그는 펜으로 하는 싸움에 능했지만 이제 미끄러운 지붕에서 육탄전까지 벌여야 했으니 진리를 위한 투쟁은 참으로 더욱 힘겨워졌다. 에밀리는 시련에서 살아남은 철학자를 칭찬했다.

"나는 모든 것에 저항할 거요. 버틸 수 있는 그 날까지는."

생각하는 인류 전체가 부러워할 만한 사고 능력에 그들의 문제를 회부하는 것이 마땅할 듯했다.

"그랑샹을 부자로 만들려던 서기 마르탱이 진짜 유언장을 파기하지 않았다고 칩시다."

볼테르가 운을 뗐다. 마르탱은 나중에 그랑샹에게 뒤통수를 맞지 않기 위해서라도 진짜 유언장을 어딘가에 보관해 두었을 확률이 높았다. 여차하면 익명으로 진짜 유언장을 공중인에게 보내든가, 진짜 상속인에게 팔아넘길 수도 있었다. 그렇게 하면 큰 위험을 무릅쓰지 않고도 그랑샹에게서 모든 것을 빼앗을 수 있다. 그랑샹이 가짜 유언장으로 대박을 터뜨렸다면 진짜 유언장은 마르탱 본인이 한몫 챙길 열쇠였다.

에밀리는 그랑샹이 마르탱을 죽이고 진짜 유언장을 이미 챙겼을 거라고 반박했다. 따라서 진짜 유언장은 지금쯤 화로 밑바닥의 잿더미로 변해 있을 터였다. 볼테르도 그럴 가능성은 인정했으나 확신할 수 없었다. 그는 이 집에 들끓는 염탐꾼들이 듣지 못하도록 목소리를 낮추어 속삭였다.

"우리가 유력한 범인으로 생각하는 그 아가씨가 그날 마르탱의 집에서 진짜 유언장을 찾아내지 못했다 칩시다. 이를테면 유언장을 그 집에 두지 않았다든가 해서요. 생각해 봐요, 당신이 용서받지 못할 죄를 저지른 공중인 서기라면, 당신이 감옥에서 인생 종치기에 딱 좋은 중죄를 저질렀다면, 그 범죄의 증거를 자기 집에 보관하겠소? 그 유언장이 남의 손에 들어가면 끝장이에요. 자, 당신이라면 어떡하겠소?"

에밀리는 전혀 모르겠다고 대답했다. 관대하고 이타적인 그녀는 일당 20수를 받는 가난한 공중인 서기의 입장에 서기가 힘들었다. 베르사유에 초대 받고 왕비의 거처에 드나드는 지체 높은 후작부인과 돈이라면 비열한 짓거리도 서슴지 않는 평민 사이에는 어마어마한 간극이 있었다. 볼테르는 자기 신분도 그리 높지 않은 처지였으므로 에밀리의 편견에 슬슬 부아가 났다. 그의 집안은 나름대로 야심찬 부르주아였으나 궁정 귀족들에게 하찮은 대우를 받기는 마찬가지였다. 자칭 엘리트 볼테르는 1, 2세기 동안 명성을 이어 온 귀족 가문 정도가 아니면 쳐주지도 않았다. 물론 그런 가문들도 족보를 살펴보면 대개 돈 많은 평민과의 혼인이라는 작전을 거듭 써먹고 있었지만 말이다. 요컨대 조상님들이 가문의 문장에 금칠을 새로 해야 할 때마다 써먹은 수법 덕분에 그만큼 특권도 유지할 수 있었다.

에밀리는 볼테르에 대한 애정을 생각해서 공증인 서기의 속셈이 무엇이었을지 잠시 생각해 보기로 했다. 볼테르는 에밀리의 부친 브르퇴유 남작도 루이 14세에게 책을 읽어 주는 일을 하다가 처음으로 귀족 작위를 받지 않았느냐고 쏘아붙이기 일보 직전이었다. '르 토늘리에Le Tonnelier(통 만드는 사람)'라는 이름 자체가 귀족의 소임과는 거리가 먼 직업을 암시하지 않는가. 하지만 에밀리가 냅다 소리를 지르는 바람에 볼테르가 그런 말을 할 겨를은 없었다.

"내가 마르탱 그 사람이라면 유언장을 귀한 보석함에 넣어서 고리대금업자에게 맡길 거예요!"

볼테르는 에밀리의 초인적인 노력을 가상히 여겼지만 그 대답에는 만족하지 못했다. 고리대금업자는 공증인 서기를 알아볼 확률이 높았다. 게다가 그런 일을 하는 사람들은 경찰의 정보통 노릇도 겸하곤 했다. 트라베르시에르 거리의 후작부인 집에는 귀한 보석함이 널렸을지 몰라도, 한 달 한 달 힘들게 사는 서기 가 그런 물건을 갖고 있을 리 만무했다. 솔직히 볼테르는 나름 대로 짚이는 바가 있었다. 그 자신도 시대를 너무 앞서는 원고와 가택 수사를 하겠다는 적들의 협박 사이에서 난처했던 적이 얼마 나 많았던가?

"선생님은 케케묵은 그림 뒤에 원고를 감추셨군요!"

에밀리가 굵은 매듭으로 장식된 붉은 줄에 걸린 플랑드르 풍 성화들을 삼상하나가 외쳤다. 에밀리는 이제 볼테르가 왜 그렇 게 지난 세기의 졸작들을 열심히 수집하는지 이해할 수 있었다. 요즘 같은 시절에 〈쥐드쿠트의 석양〉 같은 그림을 집에 걸고 싶 어 할 사람이 어디 있겠는가? 그림이 잔뜩 걸린 사방의 벽에 원고 가 감추어져 있다니, 흥분되기도 해라! 에밀리는 자신의 초상화 를 《철학서한》을 숨기기에 딱 좋은 크기로 제작해서 보내겠노라 약속했다.

"무슨 소리요! 르네 에로는 침대 매트리스와 내 팬티 속, 요강 까지 들춰 보고 이 걸작들도 다 뒤집어 볼 거요. 에밀리, 생각해 봐요. 모두가 큰 비용을 들이지 않고도 접근할 수 있는 기관, 당 신의 원고나 서류를 완벽하게 비공개에 부쳐 줄 기관이 하나 있 지 않소?"

"음, 아카데미 콩쿠르요?"

볼테르가 하늘을 올려다보았다. 그가 생각한 곳은 왕립 우체국이었다. 마르탱도 같은 생각을 했다면 진짜 유언장을 안전하게 지키기 위해 어디로 부쳤을지 알아야 했다.

"그의 집이죠! 마르탱은 자기 집으로 유언장을 부쳤을 거예요!"

볼테르는 머리가 지끈거리기 시작했다.

"파리에서 파리로 부치는 우편은 하루밖에 안 걸려요. 어쩌면 당일에도 도착할 테고. 그럴 거면 뭣 때문에 우체국에서 부친단 말이오."

유언장을 되찾기까지 최소한 여드레는 걸리는 곳이라야 했다. 이번에는 에밀리의 생각이 정확했다. 수학자의 두뇌에는 별 주위를 도는 위성의 궤도보다 우편 체계가 딱히 더 복잡할 이유가 없었다.

"보세요, 왕립 우편을 어떻게 이용하죠? 편지를 쓴 사람이 밀봉한 편지를 자기 지역 우체국에서 부치면 우편 마차가 편지를 가져가서 수취인에게 요금을 받고 건네주죠."

"그렇소. 우편물을 부치는 사람이 요금을 내야 한다면 정말 가관일 거요. 우리가 사는 세상은 그래도 순리를 따르지요. 받는 사람이 돈을 내는 것이 순리겠지요."

"그렇다면요, 아주 먼 곳에서 알지도 못하는 사람이 편지를 보냈다면 수취인이 요금 지불을 거부할 확률도 높잖아요. 누가 보낸 건지도 모르는데 멀리서 왔으니 요금은 엄청 비쌀 거고. 그러면 편지는 발송인에게로 돌아가고 그 사람은 왕복 요금을 지불하게 되죠. 하지만 그동안 편지를 안전하게 맡긴 셈이라고 치면 비싼 대가는 아니에요. 마르탱이 이 나라 반대편으로 유언장을 부쳤다면 그 유언장이 그의 손에 돌아올 때까지 일주일 이상 걸려요."

그들은 각종 우편 서비스의 빠르기와 거리를 고려하여 유언장이 돌아올 시기를 예측해 보았다. 그들의 계산대로라면 오늘 쯤 진짜 유언장이 반송되어 돌아올 확률이 높았다. 마르탱의 집에 죽치고 앉아 우편물이 도착하기를 기다려야 했다.

이웃집 여자나 경찰의 눈에 띄어서는 안 되었다. 그래서 두 사람은 적당히 변장을 하기로 했다. 에밀리는 짠순이 남작부인이 애용하던 빛바랜 머리쓰개를 썼다. 볼테르는 저고리를 뒤집어 입는 수를 썼다. 저고리 겉감은 번쩍번쩍하니 자수가 가득했지만 안감은 얀센파의 사상만큼 칙칙하고 단순했다. 그는 희고 좁은 칼라와 성직자 모자를 갖추었고, 아부하는 표정을 급조하는 것도 잊지 않았다. 그러자 볼테르는 완벽하게 시골 사제로 보였다. 누가 봐도 웬 부인이 교구 사제와 심방을 다니나 보다 생각하고 말 터였다. 어쨌든 에밀리는 더 이상 지체 높은 후작부인으

263

로 보이지 않았고 볼테르도 무신론자처럼 보이지 않았다. 그것만으로도 두 사람에겐―최소한 그들 자신에겐―엄청난 변화였다. 두 사람은 마르탱의 집 앞에서 마주친 경찰의 끄나풀이 그들을 알아보지 못하자 변장이 잘 됐구나 생각했다.

마르탱의 집에 들어가기는 어렵지 않았다. 열쇠 장인이 잠금 장치를 뜯어 내고 생긴 동그란 구멍이 빛나는 눈동자를 연상시켰다. 에밀리는 재빨리 집 안을 돌아 보았고 볼테르는 불을 피우고 그나마 괜찮은 의자들을 골라 먼지를 털었다. 그들은 자리를 잡고 앉아 과학, 문학, 가벼운 험담 등 고차원적인 대화를 나누었다. 혹시나 공범이 있으면 체포하려고 집 앞에서 버티던 사내는 아무 의심 없이 우편배달부를 들여보냈다. 추위에 떨다 보니 판단력이 흐려졌던 모양이었다. 하지만 볼테르와 에밀리는 따뜻한 불 옆에 있었다. 그들은 의자 두 개를 박살내서 땔감으로 썼다. 건물 아래서 발을 구르는 경찰의 사냥개에게 들키지 않도록 창가에서 멀찍이 떨어져 있기만 하면 되었다.

그들이 조그만 원탁 하나를 더 박살낼까 고민하고 있는데 바람을 막으려고 닫아 놓은 문을 누군가가 두드렸다.

"들어오시오!"

볼테르가 외쳤다.

파리 구석구석을 누비고 다니는 우체부 청년이 그들 앞에 등장했다. 이 애송이는 수취인이 거부한 편지를 들고 왔으니 푸대

접을 받겠구나 생각하고 있었다. 마르탱은 영리하게도 수취인을 '툴롱 시학 아카데미 비서관' 앞으로 해놓았다. 과연, 모르는 사람의 하찮은 편지를 제 돈 내가며 읽을 리 없는 수취인이었다.

에밀리는 자기 예상이 맞아떨어진 것에 기뻐하며 우체부에게 불을 좀 쬐고 가라고 권했다. 볼테르는 요금을 지불하려고 지갑을 뒤졌다. 우체부는 수금만 성공한 게 아니라 넉넉한 팁까지 받고 기분이 째졌다. 눈을 맞으며 추위에 떠는 사복 경관 앞으로 흡족한 얼굴의 우체부가 다시 한 번 지나갔다. 다시 둘만 남게 된 우리의 주인공들이 드디어 우편물을 뜯었다.

"어때요? 뭐래요?"

에밀리는 갑자기 마르탱의 별 볼일 없는 편지에 헛돈을 쓴 게 아닌가 두려워졌다. 어차피 볼테르의 돈이었지만. 볼테르는 편지를 펼쳐 보여 주었다. 거액이 오가는 유언장을 푼돈으로 구해 낸 참이었다. 에밀리가 모메 씨 사무소에서 재구성했던 유언의 완성본이 거기에 있었다. 그녀는 얼른 유언장을 빼앗아 읽어 보았다.

"나의 전 재산을, 어쩌고저쩌고, 다시 말해 나의 사망일에 내게 귀속되는 모든 소유를 친애하는……."

갑자기 에밀리가 입을 다물었다.

"누구? 누구에게 준다는 거요?"

"……친애하는 마리 프랑수아즈 드 클레르, 내 남편의 사촌인 클레르 백작 프랑수아 마르텔의 딸이자 1721년에 고아가 된 그녀에게 물려주는 바입니다. 나는 상속받을 자격이 있는 마르텔 가문의 사람에게 유산을 넘기고자 합니다."

진짜 상속인의 신원이 밝혀지자 놀랍기도 하고 힘이 빠지기도 했다.

"따라서 나는 어떤 자식이나 친척에게도 유산을 넘기지 않을 것입니다. 이 유언장은 이전에 작성된 모든 유언장들을 폐기하고 대신합니다. 앙투아네트 마들렌 데보르도, 퐁텐 마르텔 남작 미망인."

편지를 다 읽은 에밀리가 볼테르를 바라보며 결론조로 말했다.

"내 추리에는 만족해요. 모든 면에서 검증이 됐으니까. 하지만 남작부인은 해도 해도 너무한 사람 같네요."

남작부인은 친딸과 시녀를 철저하게 무시하고 그 둘만큼 자신의 유산을 간절히 필요로 하지 않는 사람에게 전 재산을 넘겨준 것이다.

제24장

우리의 주인공이
돼지치기 여인과 어울리다

'상속받을 자격이 있는 마르텔 가문의 사람'이라니, 무슨 뜻일까? 자기가 낳은 친딸은 그런 자격이 없단 말인가? 도대체 왜? 그 친척 아가씨뿐만 아니라 자기 딸도 마르텔 가의 피를 물려받지 않았는가? 물론 클레르 양은 남작부인이 불쾌하게 여기는 얀센파의 금욕주의 따위에 물들지 않았다. 그녀는 과일 조림과 독약에 조예가 깊은 아가씨 아닌가. 엄격한 종교적 계율을 질색하는 퐁텐 마르텔 남작부인이라면 클레르 양을 예뻐했을 확률이 높았다.

그때 누군가가 문을 두드렸다. 볼테르와 에밀리가 불안한 시선을 주고받았다. 받아 볼 편지가 남아 있나? 제3의 유언장이 도착하려나? 아니면 경찰총감이 두 사람에게 수갑을 채우러 왔나? 볼테르가 조심스럽게 문으로 다가갔다. 아래층 노파였다.

노파는 오늘 아침 장례를 치른 마르탱 씨네 집에서 무슨 일로 인기척이 들리는지 궁금해서 찾아온 것이었다.

노파는 호기심이 남달랐다. 르네 에로가 멍청한 부하들 대신에 이 노파를 수사관으로 고용했으면 좋았을 것이다. 게다가 원래 이렇게 남의 일 구경하기 좋아하는 사람에게서 가장 유용한 정보가 나오는 법이었다.

변장을 한 덕분에 노파는 그들을 알아보지 못했다. 물론, 변장에는 한계가 있었다. 노파는 에밀리의 불룩한 배를 보고 한마디 했다.

"올 겨울에는 만삭의 부인네들이 왜 이리 돌아다닌담."

불과 며칠 사이에 이 건물에서만 두 번째 보는 임신부였다. 작년 여름쯤 사투르누스*의 바람이 온 나라를 변덕스럽게 휩쓸고 가기라도 했을까. 볼테르는 마르탱의 사망 신고와 유품 수습을 도와주러 왔다고 둘러댔다. 그는 자신이 앙굴렘에서 사제로 일하는 아벨이고 마르탱과는 사촌지간이라고 했다.

"이 부인도 마르탱과 사촌지간이고 이름은 젤다라고 해요. 푸아투에서 돼지 사육자와 결혼했죠."

푸아투에 산다는 부인이 인상을 찡그렸다.

"최고로 잘나가는 돼지 사육자랍니다."

---

* 사투르누스는 '씨를 뿌리는 자'라는 의미가 있다.

볼테르가 덧붙였다.

"아, 나도 그러려니 했다우."

노파가 다 안다는 듯이 고개를 끄덕였다.

그들은 서둘러 노파를 내보내고 귀하디귀한 진짜 유언장을 이 집에서 빼내 가고 싶은 마음뿐이었다. 하지만 노파는 장단을 맞춰 주지 않았다. 노파는 묻지도 않고 안락의자에 떡 앉더니 죽은 사람 칭찬을 늘어놓기 시작했다. 대화에 굶주렸다가 오랜만에 말할 상대를 만나 흡족한 기색이 역력했다. 저놈의 엉덩이를 일으키려면 권양기를 동원해야 할 판이었다. 두 사람은 예의상 숙은 사촌과 가까운 사이였는지 물었으나 노파는 상습 도박꾼 청년보다는 식민지에서 들여온 사탕수수 술에 더 애착을 가진 듯 했다. 제 시간에 들어오는 법이 없었다, 수상한 사람들이 자주 드나들었다, 술 냄새를 풍기고 다녔다 등등, 노파는 마르탱의 방종한 생활을 고하는 한편, 슬픔을 달랠 라타피아 한 잔을 권한다면 기꺼이 받아들이겠다고 나왔다.

"어쩌죠, 안타깝지만 술이 없군요."

볼테르는 벽난로 위의 시계를 쳐다보며 말했다.

"술이 없긴. 저 장 아래에 고인이 남긴 몫이 있지."

노파가 술을 보관하는 자리를 가리키며 말했다. 노파는 잔이 어디 있는지도 알고 있었다. 이리하여 그들은 붉은 시럽 같은 술을 지체 없이 대접할 수 있었다.

노파는 마르탱의 약혼녀가 유품을 챙기러 오지 않다니 놀랍다고 말했다. 그러면서 마르탱의 집으로 올라가는 붉은 머리 아가씨를 한두 번 본 게 아니라고도 했다. 두 사람은 약혼녀가 너무 상심이 커서 아무것도 할 수 없는 지경이라고 둘러댔다. 그녀는 이미 고인에게 할 만큼 하지 않았던가. 마르탱이 마지막 숨을 거둘 때까지 그녀는 몸과 마음을 다 주었을 것이다.

"아, 그럼! 그렇고말고!"

노파는 두 번째 잔을 비우며 말했다.

에밀리는 이웃에게 일상의 소소한 부분을 노출시킬 일 없는 자기 집이 새삼 좋아졌다. 이 공동 주택에는 사생활이라는 것이 없었다. 물론 에밀리는 감출 것이 없었다. 그녀의 삶은 투명했고 양심은 수정처럼 밝았지만 그래도 이런 건 싫었다. 의식 있는 여성들에게 부도덕한 유혹은 하루에도 열 번씩 떨어지는데 그때마다 수많은 이웃들의 구경거리가 될 수는 없었다.

"댁들은 왜 안 마시우?"

노파가 물었다.

"부인!"

볼테르가 자신의 사제복을 가리켰다. 볼테르가 성직자의 신분을 핑계 삼아 술을 거절한 건 지난번 지붕 위에서 법석을 떤 이후로 위장이 아직 회복되지 않았기 때문이었다.

"아, 그렇구먼. 교회에 속한 사람들이라고 남들처럼 술도 못

마시나."

노파가 구시렁댔다.

에밀리는 입술만 적시는 정도로 그쳤다. 왕립의학학회는 15세기 전 갈레노스의 주장대로 맥주가 산모에게 좋다고 권했지만 음주가 태아에게 해롭다고 말하는 까다로운 사람들도 있었다.

인근 교회의 종소리가 울렸다. 그들은 이미 행운을 과용했고 이제는 가야만 했다. 그들은 노파에게 어서 잔을 비우고 남은 술은 병째로 들고 가라고 선심을 썼다. 가짜 사제는 방해꾼의 수다가 짜증스러웠다. 까딱하면 이 초라한 집구석에서 두 번째 살인이 일어날 판이있다.

"환기를 좀 시켜야겠구먼. 초상이 난 후로 창문을 한 번도 안 열었을 거유. 시체에 오염된 공기를 숨 쉬다니, 좋지 않아."

얼근하니 취한 노파는 바람을 쐬고 싶었다. 노파가 십자창을 열겠다는데 말릴 수는 없었다. 그 모습이 희생자의 집을 감시하던 사복경관의 눈에 띄었다. 잠금장치 없는 문이 벌컥 열리며 순식간에 경관이 들이닥쳤다. 경관은 수상한 모습의 세 사람을 보고 어안이 벙벙했다.

"왜 여기에 모여 있는 거요?"

그들은 분명 죽은 사람 집에서 술판을 벌이고 있었다. 노파는 가엾은 마르탱의 유품을 정리하러 온 사촌 아벨과 젤다를 소개했다. "푸아투에서 돼지를 치는" 젤다는 억지로 미소를 지었다.

경관은 노파에게 원래 아는 사람들이냐고 물었다. 라타피아 반병을 비우고 나니 노파는 국왕, 투르크의 황제, 성 니콜라우스도 아는 사람 같았다. 만약 경관이 자기를 아느냐고 물어봤어도 노파는 그렇다고 했을 것이다.

"알다마다! 내가 아무하고나 술을 마시는 할망구로 보이슈?"

노파는 이런 모욕이 어디 있냐는 듯이 잔을 들어 보이며 대꾸했다. 볼테르가 서둘러 경관에게 잔을 내밀며 고인을 추억하는 뜻에서 함께 마시자고 제안했다. 근무 중에 술을 마시면 안 된다는 규정은 반가운 제안을 받아들이는 데 별 장애가 되지 않았다.

"안주가 없어서 미안하군요. 젤다가 자기네 집에서 만드는 소시지를 가져왔으면 좋았을 텐데. 워낙 청천벽력 같은 소식이라 뭘 챙겨 올 정신이 없었지요……."

노파와 경관은 푸아투에서 돼지를 친다는 부인에게 위로의 말을 건넸다. 그들은 부인의 슬픔에 동감한다는 표시로 마르탱을 위하여, 돼지 사육자 남편을 위하여, 그녀가 기르는 돼지들을 위하여, 나아가 푸아티에 지방의 소시지 가공업을 위하여 건배했다. 고인의 술을 실컷 마신 경관은 상관들을 욕하기 시작했다. 건질 것도 없고 아무도 오지 않는 집 앞에 이 추운 날 사람을 세워 두다니.

볼테르는 운명을 뒤바꾸고 큰돈을 움직일 수 있는 주머니 속의 유언장이 새삼 무겁게 느껴졌다. 이미 이 유언장 때문에 두 사람이 죽었다. 그는 르네 에로가 이끄는 열혈 경찰을 위해 건배를 제안했다.

"아, 르네 에로가 살인자유!"

여섯 번째 잔까지 비운 아랫집 노파가 혀 꼬부라진 소리로 말했다. 경관은 경찰총감에 대해 '살인자'라는 표현까지는 쓰지 않았으나 훌륭한 부하들의 장점을 제대로 인정 못하는 상관이라며 맞장구쳤다. 에밀리와 볼테르도 이 의견에는 동의했다.

시골에서 올라온 사촌들은 라타피아의 도움으로 머저리 경관과 주정뱅이 할망구를 겨우 떼어 냈다. 더 이상 망을 볼 수 없을 만큼 고주망태가 된 경관과 마르탱의 사촌들은 푸아투에서 함께 뒹구는 돼지들처럼 허물없이 작별인사를 했다.

두 사람은 자기들 것이 아닌 아주 중요한 서류를 갖고 있었다. 유언장을 보관할 자격이 있는 유일한 인물 모메 씨는 이 서류를 도둑맞았다. 정직과 명예를 중요시하는 사람이라면 최대한 빨리 모메 씨에게 유언장을 돌려주어야 할 것이다. 하지만 유언장을 넘기기 전 볼테르에게는 해결할 일이 있었다. 먼저 클레르 양을 만나야 했다. 일단 상속 절차가 마무리되면 그는 퐁텐마르텔 가에서 쫓겨날 확률이 높았다. 볼테르는 좁고 썰렁한 집에서 고독하게 지내고 싶지 않았다. 지금까지 볼테르가 클레르 양을 위해 힘 쓴 부분은 전혀 없었으니 그녀가 집 주인이 되면 바로 거리에 나앉게 될지도 몰랐다. 따라서 이 아가씨가 자신이 벼락부자가 됐다는 사실을 아직 모를 때 찾아가 잘 보여야 했다.

볼테르는 우선 사제 변장부터 집어치웠다. 하얀 칼라와 모자를 벗어던지고, 저고리를 다시 뒤집어 입고, 순박한 시골 사제 같은 표정을 지우고, 빼어난 작가이자 자유의 예찬자다운 표정, 요컨대 그가 보이고 싶어 하는 표정으로 돌아왔다. 눈 깜짝할 사이에 변신을 마친 볼테르는 클레르 백작부인의 집으로 향했다. 12년째 과부인 백작부인은 자식들을 잘 가르치려고 무척이나 애써 왔고 지금은 딸의 혼처를 알아보느라 바빴다.

백작부인은 볼테르를 위해 차를 준비하며 대접이 보잘것없어 미안하다고 말했다. 브리오슈는 없었지만 타르틴은 있었다.

"과일 조림을 드릴까요?"

클레르 양이 깜찍하게 물었다.

"아뇨, 괜찮습니다."

볼테르는 독배를 마시겠냐는 말을 들은 것처럼 화들짝 놀라며 거절했다.

그는 속으로 탄식했다. 진짜 유언장을 찾으려고 그렇게나 고생했는데 불 하나는 껐지만 다른 불에는 기름을 부은 꼴이었다.

대화는 문학으로 흘러갔다. 볼테르는 〈자이르〉를 발표한 이후로 가장 주목받는 문인이 되어 있었다. 어쩌겠는가, 모두가 그처럼 운이 좋을 수는 없으니! 절망에 맞서는 지성의 투지, 이것이야말로 작가의 조건이었다. 볼테르는 부당한 추문에 휩쓸려 추위, 배고픔, 고독과 싸우다 죽어가는 한 작가를 화제에 올렸다.

"가엾어라! 그 작가가 누구예요?"

클레르 백작부인이 물었다.

"바로 접니다."

볼테르는 매 맞은 개처럼 불쌍한 표정을 지어 보였다. 길거리, 가난, 질병을 들먹이며 '그랑샹 양'은 그를 협박했다. 클레르 양에게 올 수도 있었던 유산을 가로채서 펑펑 쓰고 다니며 말썽을 일으키는 그 계집이. 클레르 부인과 클레르 양은 고맙게도 함께 분개해 주었다.

"선생님을 한겨울에 내쫓다니요! 부끄러운 일입니다! 그 저택을 물려받을 사람으로서 남작부인의 뜻을 존중해야지요. 최소한 그런 도리는 지킬 수 있잖아요!"

볼테르는 그들의 위로가 큰 힘이 된다고 답했다. 그러고는 방금 그들이 한 말을 인사치레 삼아 글로 남겨 주었으면 좋겠다는 부탁도 빼놓지 않았다.

제25장

볼테르가
그리스도교 도덕의 승리를 위해
힘쓰다

그랑샹과 지내는 생활은 참을 수 있는 한계를 넘어섰다. 사상가가 사회를 개혁하려면 마음이 평온해야 하는데 살인자와의 동거가 성질에 이로울 리 있겠는가. 볼테르는 프랑스 문학에 심각한 악영향을 끼치기 전에 얼른 이 불편한 생활을 청산해야만 했다. 정직한 사람은 신의 도움을 기다리지 않고 스스로 삶을 개척하는 법, 볼테르도 스스로 나서서 조치를 취하기로 마음먹었다.

볼테르는 그랑샹의 악의를 제대로 꿰뚫어 보았다. 볼테르에게 독기를 품고 있던 그랑샹은 볼테르가 집을 비우고 리낭은 소파에서 드르렁드르렁 코를 골며 자는 때를 놓치지 않았다. 그녀는 남작부인의 물건을 뒤졌던 것처럼 철학자의 개인 물품도 뒤지기 시작했다. 정원 쪽으로 난 작은 방에는 책과 그림이 가득했다. 방 한가운데에는 아주 낡고 오래됐지만 편안한 의자가 하나 놓여 있었다.

원래 남의 비밀을 엿볼 때에는 시간을 얼마나 쓸 수 있는지 모르는 법, 그녀는 서둘러야만 했다. 그녀는 볼테르의 지팡이가 가공할 무기라는 말을 들은 적이 있었다. 그런데 오늘 볼테르는 지팡이를 문 옆에 두고 나간 참이었다. 그랑상은 지팡이 안에 어떤 검이 숨겨져 있을까 궁금했다. 호기심에 은제 손잡이를 돌려 검을 꺼내 보려던 순간 검이 있어야 할 자리에 나타난 것은 검이 아닌 깨알 같은 글씨로 뒤덮인 두루마리 종이 뭉치였다. 《철학서한》의 원본이었다. 그랑상은 원고를 팽개치고 다른 유용한 것을 찾기 시작했다. 서한문 뭉치를 좀 살펴보다가 페이퍼 나이프로 책상 서랍을 억지로 열려는 순간, 매우 흡족한 방문을 마치고 볼테르가 돌아왔다. 그랑상이 뭔가를 자르는 데 쓰는 도구를 꽉 쥐고 있으니 아무래도 좋은 상황은 아니었다. 볼테르가 지팡이를 들자 그랑상이 경계 태세를 취했다.

"조심하시오. 이건 여러 사람 모가지를 날릴 만한 무기요!"

"쓸데없이 힘 빼지 말아요. 낡고 쓸모없는 종잇장밖에 없다는 거 다 알아요."

그랑상이 입을 삐죽거렸다.

"뭐가 어째? 쓸모없다니!"

어쨌거나 볼테르의 서명을 겁낼 사람들은 조무래기 범죄자 아가씨가 아니라 사회 고위층이었다. 그의 지팡이는 아주 멀리까지 닿는 무기였다. 이제 이 불손한 아가씨와 확실히 대화를 해야할 때였다. 볼테르는 자기가 좋아하는 섭정 시대의 안락의자에 앉았다. 푹신한 의자는 그의 빈약한 엉덩이를 잘 받쳐 주었다. 마침 그는 옆집에서 이 상황에 딱 맞는 사탕과자류를 조금 받아 온 참이었다.

"로쿰 좀 들겠소? 이스탄불의 특산물이라오."

"고맙지만 허리에 살이 붙으면 안 돼서요. 퐁텐 마르텔 남작부인처럼 되고 싶진 않군요!"

"사실 나도 이 이국의 사탕과자가 당신 목에 넘어가지 않을거라 생각했소."

볼테르는 이스탄불 암호를 위장에 품고 있었다. 그는 일단 남작부인이 그랑샹에게 잘못을 했다는 말로 운을 뗐다. 부인은 처음부터 친척들에게서 그랑샹을 데려오지 말았어야 했다. 정말로 유산을 줄 마음이 없다면 공연히 김칫국만 마시게 하지 말았어야 했다.

"나이 든 사람들을 믿으면 안 된다는 생각이 드니 참으로 서글프구려. 그러니 당신이 생각하시오, 젊은 사람들이 바꾸시오!"

볼테르는 그렇게 말하고 그랑샹을 곁눈질했다. 그랑샹에게는 운명을 자기 손으로 만들어 나간다는 점에서 철학적인 면모가 있었다. 유감스럽게도 그 손은 이제 피로 물들었지만.

그랑샹은 반발했다. 자신은 남작부인을 죽이지 않았다고, 맹세라도 할 수 있다고. 볼테르는 판사들 앞에 출두할 날을 대비해서 계속 그런 마음가짐을 품고 있으라고 말했다. 그는 남작부인으로부터 한시라도 빨리 벗어나고 싶었던 그랑샹이 남작부인의 죽음을 앞당겼으리라 확신하고 있었다. 까다로운 부인을 상대하느라 그렇잖아도 괴롭던 차에 사후의 유산 얘기를 듣고 인내심이 바닥났으리라.

그랑샹은 수단과 상상력이 있었고 양심은 전혀 없었다. 남작부인이 그녀의 마수에서 벗어날 가망은 없었다. 볼테르는 한숨을 쉬었다. 시녀에게 너그럽게 대할 수도 있었을 텐데, 깐깐하게 유난을 떨었던 남작부인이 화를 사초했다고 힐 밖에. 볼테르는 이 비극에 어느 정도 책임을 느꼈다. 언젠가 시녀에게도 한몫을 챙겨 주라고 조언한 사람이 볼테르 아니던가. 그는 그랑샹이 남작부인을 칼로 찌르거나 독살하지 않았을 수도 있다고 생각했다. 하지만 부인을 베개로 질식시킨 사람은 분명 그랑샹이었다. 남작부인이 죽자 그랑샹은 방금 볼테르의 방에서 한 것처럼 이 방 저 방을 뒤지다가 유언장을 발견했을 것이다. 자기에겐 한 푼도 없다는 내용의 슬픈 유언장을 발견한 즉시 벽난로에 던져 넣었지만 바로 그 종이 쪼가리를 에밀리 뒤 샤틀레가 발견했던 것이다. 그랑샹의 유일한 희망은 공증인 사무소에 보관된 유언장 사본을 빼돌리는 것이었다. 그녀는 주인마님을 따라 사무소에 몇 번 들르면서 마르탱과 안면을 텄으리라. 상속 후보들이 득달

같이 달려왔기에 시간이 별로 없었던 그랑샹은 마르탱의 품에 뛰어들었을 뿐 아니라 빚까지 갚아 주겠다고 했을 것이다. 돈은 감정보다 신속하게 상대를 매수한다. 4만 리브르를 나눠 가질 수 있다는 꿈은 카드놀이와 예쁜 아가씨를 좋아하는 청년의 마음을 뒤흔들기에 충분했다.

마르탱은 상속인들이 들이닥치기 직전에 금고에 있는 유언장을 빼돌렸다. 그러고는 집에 돌아가 유언장과 남작부인의 편지를 짜깁기해서 그랑샹에게 유리한 가짜 유언장을 만들었다. 그다음은 볼테르가 이 양심 없는 아가씨를 가장 크게 비난하고픈 부분이었다.

"당신의 문제는 장례식 직후 이미 사람들에 의해 온 집 안이 샅샅이 털렸는데 가짜 유언장을 어디에 숨겼다 발견되게 하느냐 이거였죠. 어떻게 하면 우리를 당신의 꼼수에 걸려들게 할까. 바로 그때 이스탄불 암호가 생각난 겁니다."

그랑샹은 '이스탄불 암호'가 무슨 말인지 모르겠다고 잡아뗐다.

"이봐요, 아가씨…… 난 당신이 삼촌인 피콩 당드르젤 대사의 집을 뒤지다가 그런 암호가 있다는 것을 알았으리라 확신합니다. 당신은 원래 남들이 쓴 글로 콩고물을 얻는 데 일가견이 있잖소? 혹시 출판업을 해볼 생각은 없소?"

그랑샹이 미소를 짓고 눈을 굴렸다. 문은 닫혀 있었고 목격자는 없었다. 그랑샹은 스스로 뽐내고 싶은 유혹에 빠졌다.

"선생님이 한 가지는 잘못 아셨네요."

그 한 가지를 제외한 나머지는 모두 맞는 말이라는 뜻이었다. 그랑샹은 남작부인이 죽던 그날 부인의 방에서 나는 거친 숨소리를 듣고 달려가 봤더니 부인이 몸을 뒤틀며 괴로워하더라고 했다. 볼테르는 가뢰와 독말풀이 든 과일 조림 때문이었으리라 추측했다. 부인을 구하기 위해 주방으로 달려가 멜리사수*를 가지고 올라와 보니 부인이 칼에 찔려 있었다, 그런데 측은하게도 부인은 아직 숨이 붙어 있는 채 죽기 일보 직전이었다, 얼마나 더 버틸 수 있을까? 그랑샹은 자신은 난연코 부인의 고통을 단축시키기 위해 베개로 얼굴을 눌렀을 뿐이라고 맹세했다. 볼테르는 부검에서 목을 조른 흔적도 발견됐다고 대꾸했다.

"어쩌면 제가 흥분했었는지도 모르겠네요."

그랑샹이 한 발짝 물러났다. 철학자의 얼굴에는 일말의 동정심도 보이지 않았다. 그랑샹은 불쾌한 일을 생각하는 고양이처럼 눈살을 찌푸렸다.

"이렇게 해서 선생님은 결코 가볍게 볼 수 없는 적과 정면으로 마주치게 되셨군요."

그녀의 목소리가 불안하게 떨렸다. 볼테르는 소름이 쫙 끼쳤다. 그 자신도 빈정거리는 재주로는 누구에게 빠지지 않았지만 그랑샹의 파렴치함에는 충격을 받지 않을 수 없었다. 그는 남작부인 살인 사건에 대해서는 재고의 여지가 있을지 몰라도 마르탱을 죽인 범인은 그랑샹이 틀림없다고 생각했다.

그랑샹은 어쩌다 보니 일이 그런 식으로 흘렀다고 순순히 털어놓았다. 돈에 쪼들린 마르탱이 이성을 잃고 위험하게 행동했으나 마르탱 따위에게 매달리기 위해 남작부인을 죽이지는 않았으며 마르탱이 추문을 일으키러 집까지 찾아왔을 때에도 그의 입을 막아야겠다고만 생각했다는 것이다. 다음날 통제 불능이 된 욕심쟁이 청년의 집으로 가던 중 리낭이 자신을 미행한다는 것을 알았고 그때 기막힌 계략이 떠올랐다. 불신자로 악명 높은 볼테르의 비서 노릇을 하는 순진해 빠진 사제는 이상적인 범인이었다. 그랑샹은 마르탱의 집으로 올라가 그를 칼로 찌르고 어둠속에서 얼간이가 따라 올라오기를 기다렸다. 과연 그녀의 예측대로 리낭은 어둠 속에서 헤매다가 간이의자에 걸려 시체 위로 넘어졌고 피 칠갑을 한 채 뛰쳐나갔다.

"당신은 말끔하게 성공할 수도 있었을 거요."

볼테르가 우울한 목소리로 말했다.

"자신과 상관없는 일에 끼어들기 좋아하는 선생님 때문에 일을 그르쳤다는 뜻인가요?"

"나의 사유하는 자세, 악의 존재를 파악하고 못된 본능과 싸우는 태도 때문이라고 해야겠지! 그게 바로 철학이오!"

그때 누군가 다락방 문을 두드렸다. 하인 보주네가 그랑샹을 찾아온 사람들이 아래에서 기다리고 있다고 알렸다. 그랑샹은 문이 다시 닫히기를 기다려 커다란 눈에 원한을 가득 담고 철학자를 노려보았다. 철학자의 눈빛은 이미 온화한 표정을 되찾았다.

"나를 경찰에 고발하다니, 크게 실수한 거예요! 어차피 증거도 없잖아요? 난 선생님의 사주를 받았다고 떠들 거예요!"

볼테르의 입가에 살짝 미소가 떠올랐다.

"친애하는 아가씨, '고발'이나 '경찰'은 내 사전에 없는 단어들이오. 바람직한 행동으로도 동일한 결과를 얻을 수 있는데 내키지 않는 임시방편을 굳이 동원하겠소?"

그랑샹은 무슨 말인지 몰라 볼테르를 멍하니 쳐다보았다. 그녀는 최악의 상황을 예감했다. 과연, 그 예감은 옳았다.

보주네는 방문객들에게 부디 일층 살롱에서 기다려 달라고 청했다. 볼테르와 그랑샹은 선을 행하겠다는 굳은 의지와 신앙심으로 무장한 소수의 의인들을 만났다. 고명하신 신부님 몇 명과 오를레앙 공작부인의 전속 사제, 모 수녀회의 베일을 쓴 수녀 두 명이 기다리고 있었다. 볼테르가 경찰보다 더 무섭게 생각하는 사람들이었다. 공작부인의 전속 사제가 하늘을 향해 두 팔을 벌리고 그랑샹을 맞이했다.

"아가씨! 기뻐하십시오! 당신은 구원받았습니다!"

당사자는 당황했다. 남작부인은 아무런 선처 없이 불확실하고 위험 가득한 세상에 그녀를 내던졌다. 그랑샹의 절망을 가엾게 여긴 볼테르는 선행을 베풀기로 마음먹었다. 바로 옆집에 사는 오를레앙 공작부인에게 그랑샹의 딱한 처지를 상의했던 것이다. 좋은 혼처를 구하려는 귀족 처녀의 마지막 희망이 꺾였다. 과부로 지낸 세월이 길어지다 보니 교회에 목을 맨 공작부인은 입회 조건이 까다롭지 않은 시골 수녀원에 보조금을 주고 이 딱한 처녀를 거두게 했다.

청천벽력 같은 소식에 그랑샹은 경악했다. 그녀는 착한 요정님께 달려가 감사를 드리고 하늘의 은혜와 자기를 맞으러 온 사람들을 찬양하기는커녕 볼테르를 죽일 듯 날뛰었다. 그녀는 볼테르가 음모를 꾸몄다고 욕하며 자기 이모가 가만히 있지 않을 거라고 소리쳤다. 사제는 그 점에 있어서는 그랑샹 양이 잘못 알고 있다고 지적했다. 그는 그랑샹 양의 이모인 당드르젤 부인의 편지를 들고 온 참이었다. 당드르젤 부인은 오를레앙 공작부인이 "가엾은 그 아이와 가문의 체면을 생각한 최선의 해결책"을 마련해 준 데 대해 깊이 감사한다고 편지에 썼다. 이 표현에 숨겨진 뜻을 그랑샹이 모를 리 없었다. 이모도 그녀가 유언장 위조를 청탁했고, 어쩌면 그 일에 가담한 서기 청년을 살해했을 것이라고 믿고 있었다. 이제 이모는 그녀를 무서운 괴물 보듯 했다. 그녀를 수녀원에 맡기기로 한 것도 순전히 피콩 가의 명예를 지키기 위해서였다.

그랑샹의 몸이 돌처럼 굳어졌다. 사제들은 볼테르에게 참으로 좋은 일을 했다며 칭찬을 아끼지 않았다. 공작부인의 전속 사제가 볼테르를 가리키며 말했다.

"아가씨의 행복은 다 이 분 덕입니다. 고맙다고 인사라도 하시지요."

관대하고 겸손한 수호천사는 그런 말을 듣자고 한 일이 아니라며 사양했다.

"그런 말씀 마십시오. 아가씨를 위해 뭔가를 할 수 있다는 것만으로도 나는 기쁘답니다."

시제와 수녀들이 없었다면 수녀 지망생 아가씨는 볼테르의 눈알이라도 뽑았을 것이다.

짐은 신속하게 꾸려졌다. 그랑샹은 참수대로 향하는 사형수처럼 처연하게 마차에 올랐다. 그녀를 다시 볼 가망은 거의 없었다. 외딴 시골의 싸구려 수녀원은 평생 탈출할 수 없는 감옥이나 마찬가지였다. 머지않아 그녀는 종신 서원을 바칠 수밖에 없을 것이다. 교회는 이 서원을 결코 물리지 않을 것이었다. 볼테르는 그저 원장 수녀가 조심성이 투철한 사람이기만을 바랐다. 언제고 젊은 신입 수녀가 원장 수녀의 개인 서류를 위조하고 베개로 질식시켜 살인하는 일이 일어나지 말란 법은 없으니까.

그 화려한 붉은 머리를 잘라야 하다니, 참으로 유감스러운 일이었다. 어쨌거나 그랑샹은 아리따운 클라라회 수녀가 될 것이다. 볼테르는 종교도 상식과 떳떳한 의도로 뭉친 사람들의 손에서는 가끔 쓸모가 있다는 것을 인정해야만 했다. 문제는 종교 자체가 아니라 그것이 어떻게 쓰이느냐이다, 인간이 만들어 낸 모든 것이 그렇듯 종교는 최선으로 쓰일 수도 있고 최악으로 쓰일 수도 있다. 볼테르는 그리스도교의 심오한 의미에 대한 성찰을 그쯤에서 마무리했다. 그러고는 주방으로 가서 집 안에 뒹구는 과일 조림을 전부 다 버리고 베갯잇을 삶으라고 명령했다.

제26장

볼테르가
인류애를 널리 떨친 대가가
귀싸대기로 돌아오다

마침내 모든 것이 최선의 세계에서의 최선의 상태로 돌아왔다. 남작부인을 살해한 자는 묘지에 잠들었고, 위조범 아가씨는 예수 그리스도의 감독 하에 들어갔다. 다만 그 지붕 위의 괴한이 왜 퐁텐 마르텔 부인을 죽였으며, 그 노랫가락을 통해서 명령을 내린 사람은 누구인지에 대한 의문이 남아 있었다. 악의 실세는 막았지만 아직 그 근원은 막지 못했다고 할까. 어쨌거나 성 미카엘과 천사들의 군대도 이보다 더 사건을 잘 해결하진 못했을 것이다.

마침내 오랜 시간 팽팽하던 긴장감이 조금은 풀린 듯 했다. 리낭은 볼테르와 라이벌 관계이자 요즘 한창 잘 나가는 알렉시스 피롱의 비극 〈구스타브 바사〉를 보러 가자고 제안했다. 에밀리도 대찬성이었다.

"연극을 보러 가고 싶다고? 내 작품이 상연되는 게 없을 텐데? 가봤자 따분하기만 할 거요."

볼테르가 단호하게 말했다. 그러나 에밀리는 임신 자체가 워낙 따분한 일이기 때문에 뭐라도 하고 싶다고, 볼테르의 작품이 아닌 연극을 보러 가는 것도 나쁘지 않을 거라고 대답했다.

그날은 1733년 3월 7일이었다. 사실 피롱이 쓴 비극의 주제는 볼테르가 스웨덴 왕의 애석한 운명을 그려 낸 역사서《샤를 12세의 역사》에 이미 나타나 있었다. 따라서 그 비극 자체가 모욕이었다. 게다가 피롱의 비극이 각광 받으면서 볼테르가〈자이르〉로 거둔 성공이 퇴색되고 있었다. 물론〈구스타브 바사〉가 당대의 걸작은 아니었다. 그러나 코메디 프랑세즈는 당시에 최고 전성기를 달리고 있었다. 에밀리와 나란히 앉아 있던 볼테르가 기나긴 독백이 끝날 때마다 한숨 쉬며 투덜대지만 않았더라면 더욱 기분 좋은 공연이 되었을 것이다. 제4막에서 볼테르는 에밀리에게 귓속말을 했다.

"피롱의 작품을 봤으니 내 작품도 보러 갑시다."

군주로서의 운명이 뒤바뀌는 순간 구스타브 왕이 독백을 쏟아 내고 있는데 갑자기 볼테르가 벌떡 일어나 난간을 가로막고 꼼짝하지 않았다. 객석에서 웅성거리기 시작했다. 잠시 후 객석 한가운데 벌떡 일어선 유명 작가를 쳐다보느라 누구도 스웨덴 왕의 불행에 주목하지 않게 되었다. 관객 모두 볼테르가 귀부인과 사제를 데리고 극 중간에 나가는 모습을 지켜보았다. 피롱은 용서받을 수 없는 죄를 저질렀다. 그는 볼테르가 이미 다루었던 주제를 써먹었다. 심하게 말하자면, 소재를 훔친 것이다. 그런데도 박수갈채를 받았기 때문에 볼테르의 앙심은 더욱 깊어졌다. 그러한 오만불손은 공개적으로 망신을 줘야 했다. 에밀리는 처음부터 볼테르가 이럴 목적으로 온 게 아니었을까 생각했다.

"선생님은 인간 혐오론자예요."

에밀리가 극장을 나서며 말했다. 볼테르가 방금 한 행동에 비하면 이 말은 아주 가벼운 질책이었다.

"아니, 그 반대요! 난 인류를 사랑한다오! '참으로 사랑하기에 벌하는 것뿐Qui bene amat bene castigat!' 알겠소?"

"그래요, 주로 벌을 내리는 걸로 사랑을 표현하는군요!"

"나는 사랑할수록 아프게 때리는 사람이오."

에밀리는 볼테르의 큰 사랑에 혀를 내둘렀다. 그들은 볼테르를 진정시키기 위해 찬바람을 쐬며 포세 생 제르맹 데 프레 거리를 잠시 거닐기로 했다. 그를 가장 빨리 진정시킬 수 있는 방법은 경찰총감과 맞닥뜨리는 것이었다. 경찰총감은 생각지도 않은 곳에, 그것도 최악의 순간에 불쑥 나타나는 재주가 비상한 사람이었다. 정의로 무장한 팔이 소매치기처럼 볼테르의 이두박근을 홱 잡아챘다.

"자, 아루에! 바스티유로 갑시다!"

"뭐라고요? 내가 살인범을 잡아 주지 않았습니까? 심지어 그 살인범을 재판에 넘기고 사형에 처하는 수고까지 덜어 줬는데! 난 조국을 위해 할 만큼 했다고 봅니다!"

경찰총감은 볼테르가 살인범이 아닌 시체, 즉 심증은 가지만 물증은 없는 시체를 잡았을 뿐이라고 쏘아붙였다.

"난 감옥에 갈 수 없습니다. 내게는 〈에리필레〉가 있어요!"

"총책임자의 약제사가 치료해 줄 거요. 그 사람의 연고라면 어떤 피부병이라도 나을 테니까."

"〈에리필레〉는 피부병이 아닙니다! 비극이라고요!"

〈에리필레〉를 본 사람이라면 그 점에 모두 동의할 수 있었다. 지나가던 사람들이 볼테르에게 박수를 보냈다. 아마도 〈자이르〉를 본 사람들이었을 것이다.

"이보시오, 아루에, 나는 당신이 뭔가 다른 것을 숨기기 위해 당신 주위에 이런 소란을 일으킨 게 아닌가 의심스럽소. 이를테면 왕권을 무너뜨리려는 음흉한 음모를 숨기고 있다든가."

이것은 어디까지나 수사적 표현이었다. 일단 볼테르의 음모는 전혀 음흉하지 않았다. 물론 그를 비난하는 사람이 많을수록, 그를 찬양하는 사람이 많을수록, 그를 몰래 제거하기는 쉽지 않았다. 에밀리가 중간에 끼어들었다. 빨간 술이 주렁주렁 달린 드레스 차림의 그녀는 흡사 장미덤불 속에서 불만스러운 얼굴을 쑥 내민 족제비 같았다.

"에로 씨, 볼테르 씨를 그만 놓아 주셨으면 좋겠네요."

"샤틀레 부인, 놓아 주고 말고는 내가 결정합니다."

"볼테르 씨는 고차원적인 성찰을 계속 하셔야 하기 때문에 휴식이 필요해요."

"바로 그게 내가 이 사람을 주시하는 이유죠."

쓰러지기 일보 직전의 철학자는 경계석에 걸터앉았다. 샤틀레 후작부인은 경찰총감에게 으름장을 놓았다. 협박처럼 천박한 짓거리는 그녀가 할 일이 아니었지만 대의를 위해서라면 —더욱이 그 대의의 이름이 볼테르라면— 자신의 원칙을 양보할 수도 있었다. 누군가가 비밀이라면서 해준 이야기인데, 지금으로부터 3년 전 어느 유부녀가 체포를 당해 중형을 받았다더라, 믿을 만한 소식통에게 들었는데 그 유부녀가 어느 경찰총감의 정부(情婦)였다더라, 그 경찰총감은 범죄자와 내연의 관계였고 그 내연녀를 눈 하나 깜짝 않고 감옥에 넣었다더라…… 사람들이 이 사실을 알면 뭐라고들 할까? 보수주의자들은 간음이라고 욕할 것이요, 보수적이지 않은 이들도 그가 여자를 버렸다고 욕할 것이다.

르네 에로는 가느다란 막대기로 장딴지라도 찔린 것처럼 흠칫 떨었다. 샤틀레 부인에게 제대로 한 방 먹었다. 생쥐가 사자를 물었다. 경찰총감의 보좌관은 이제 상관이 고래고래 소리를 지르겠구나 생각했다.

"내일 저녁까지 시간을 주겠소."

경찰총감이 감정 없는 목소리로 말했다. 그렇다면 볼테르의 결백을 입증하고 시체가 범인임을 밝힐 때까지 24시간이 남은 셈이었다. 경찰총감은 그렇게만 해준다면 더 이상 볼테르를 괴롭히지 않고 보호해 주겠다고—볼테르의 죄질로 보건대 보호라고 해봤자 별 건 없지만—약속했다. 볼테르와 후작부인이 떠나자 보좌관이 놀랍다는 듯 말했다.

"총감님, 이해가 안 갑니다. 그 문제는 이미 오래 전에 해결됐잖아요? 총감님이 걱정하실 필요가 없다는 것을 저는 누구보다 잘 압니다만."

에로는 빨간 술과 주름 장식들을 살랑살랑 흔들며 멀어져 가는 후작부인을 주시했다. 그녀가 시야에서 사라지자 그는 비로소 보좌관을 무서운 눈으로 노려보았다. 총감의 성격을 잘 아는 보좌관은 즉시 무슨 뜻인지 깨달았다. 경찰총감이 당해 낼 수 없는 사람이 존재한다는 것을 세상 그 누구도 알아서는 안 되었다. 경찰총감이 박식하고 권위적인 부인네들에게 약하다는 소문을 퍼뜨리는 자는 아메리카 해외 상관으로 쫓겨날 터였다. 경찰총감의 비밀은 누설되지 않을 것이다.

삼인조는 좀체 멀리 갈 수 없었다. 볼테르는 몸이 편치 않았다. 리낭이 그를 업고 어느 문 옆으로 데려가 〈구스타브 바사〉의 팸플릿으로 부채질을 하면서 등을 두드려 주었다. 에밀리는 친애하는 철학자에게 몇 마디 잔소리를 던졌다.

"선생님은 호감 가는 분이에요. 우린 선생님을 참 좋아해요. 그런데, 책을 쓰시는 바람에 모든 걸 망쳤네요!"

"왜 나를 괴롭히는 거요."

볼테르가 우는 소리를 했다. 그는 기분이 언짢았다. 억울해서 속이 뒤틀릴 지경이었다. 그가 비틀대는 바람에 리낭이 부축을 해야 했다.

"내가 죽는구나, 드디어 죽는구나! 내 묏자리로 데려다 주게!"

에밀리는 볼테르의 비어 있는 팔을 잡고 우악스럽게 흔들었나. 볼테르가 바라던 배려와는 전혀 걸맞지 않은 행동이었다.

"지금은 죽을 때가 아니에요! 바스티유의 초라한 병상에 누워 계실 마음은 없잖아요!"

볼테르가 헐떡거렸다.

"자! 빨리 일을 해야죠!"

"난 명령을 받기 싫소. 나 자신의 명령이라 해도 마찬가지요."

병자가 간신히 이 말을 뱉었다. 그는 이제 반항하거나 분개할 기력도 없었다. 에밀리와 리낭은 그를 퐁텐 마르텔 저택으로 끌고 가 그의 방에 짐짝 부리듯 팽개쳤다. 에밀리가 볼테르를 침대에 눕히지 말라고 했기 때문에 리낭은 그를 안락의자에 앉혔다. 볼테르는 거기서 임종을 맞을 작정을 한 듯했다. 에밀리는 노발대발했다.

"당장 일어나지 못해요! 이 의자에 선생님 이름을 남기고 싶어요?"

"그래도 '부르달루'보다는 낫지 않겠소.[*] 누군가가 나의 불행을 바라고 있구려."

"맞아요, 글쓰기를 중단하세요."

"내가 죽기를 바라는 거요?"

"선생님의 독자들에게만 죽은 사람이나 다름없이 되셨으면 해요."

또 한바탕 탕약과 관장을 준비하기가 죽도록 싫었던 리낭은 에밀리를 칭송하며 볼테르에게 그녀의 충고를 따라야 한다고 주장했다. 후작부인은 성품도 강인하고, 여러 과학과 기술 분야에서 대가로 통하며, 라틴어도 잘하고, 중대한 비밀을 지킬 줄 아는 사람이었으니까…… 말하자면 리낭은 에밀리를 정복자 바이킹과 프리메이슨 지부장과 호호백발 아카데미 회원을 합쳐 놓은 여자로 보고 있었다. 볼테르도 이 말을 듣고 마음을 조금 가라앉혔다.

"당신 같은 여장부를 만났다는 것이 기쁘오."

볼테르는 그렇게 말하며 에밀리의 손가락에 입을 맞추었다. 그들은 볼테르가 기운을 차릴 때까지 이런저런 한담을 나누었

---

[*] 침실용 요강을 뜻하는 단어 'bourdalou'는 지루한 장광설로 유명했던 예수회 설교자 루이 브루달루Louis Bourdaloue의 이름에서 유래했다.

다. 잠시 후에 볼테르가 선언했다.

"이제 중요한 주제들에 대해 충분히 추론을 펼쳤으니 죄인들을 잡으러 갑시다!"

그는 계속해서 종교인들의 음모에 집착했다. 그의 불행을 바라는 자들 중에서도 얀센파는 가장 악질이었다. 이 의심을 규명하려면 적진에 당당히 들어갈 수 있는 밀사가 필요했다. 종교에 대해서 잘 알지만 그래 보이지 않는 사람. 살인도 불사하는 광신도들 틈에도 순진해 보이는 외모로 의심을 사지 않고 잠입할 수 있는 사람. 잠시 침묵이 흘렀다.

"그런 사람을 어디서 찾을 수 있겠어요?"

리낭이 물었다.

제27장

사제들이 볼기를 맞는 동안
볼테르가 소크라테스의 이름으로
사람들을 행복하게 하다

미셸 리낭은 자신의 형제자매를 염탐하라고 명령한 철학자의 이름을 축복하며—어쨌든 누군가를 저주하는 것은 대죄라고 배웠기 때문에—생트 마르그리트 교회로 향했다. 철학자의 이름은 그의 머릿속을 맴돌며 좀체 떠나지 않았다. 무슨 짓이든 저지를 수 있는 이단들의 소굴에서 손발이 꽁꽁 묶일지 모른다는 상상을 하는 것보다는 볼테르의 이름을 되뇌는 편이 나았다.

그는 묘지 앞에 위치한 작은 집에서 스무 발짝 거리에 멈춰 섰다. 옷깃을 세우고 얼굴을 가린 사람들이 그 집을 드나들고 있었다. 얀센파는 주의 이름을 부르며 묘지에서 데굴데굴 구르기 좋아하는 습속이 있었기에 경찰총감은 그 신도들을 해산시킨 바 있었다.* 에로가 명성을 얻은 것도 이 얀센파 진압 덕분이었다. 따라서 파리 사람들이 버젓이 보는 곳에 그들이 다시 집회를 열게 내버려 둘 수는 없었다.

볼테르가 적에 대한 정보를 얻지 못한다면 그 적을 물리칠 방법도 없었다. 얀센파의 비밀 집회가 열리는 집 주소와 그 집에 들어가는 데 필요한 암호를 알아내는 데에는 한 시간이 채 걸리지 않았다. 리낭은 다시 한 번 볼테르를 축복하며 그의 영혼을 주께 의탁하고 무거운 문 앞으로 다가갔다. 노크를 하자 덧문이 열렸다.

"예언자 엘리야가 돌아오도록."

암호를 중얼거리면서 리낭은 마치 욕설을 내뱉듯 창피함을 느꼈다.

"들어오시오, 형제여."

그는 얀센파가 가장 최근에 배출한 성인 파리스 부사제의 성화 외에는 거의 아무것도 없는 넓은 공간으로 들어섰다. 생 메다르 묘지에 있는 파리스의 무덤은 경찰총감이 풍기문란을 핑계 삼아 폐쇄령을 내리기 전까지 얀센파의 집결지 노릇을 했다. 리낭은 맨 첫줄에 서 있는 데스탱 부인을 금세 알아보았다. 시작 종이 울리자 몇몇 신도들이 꿈에서 보았다는 거룩한 환상을 증언하기 시작했다. 첫 번째 신도는 에덴 동산을 거닐다가 가톨릭교회의 교황을 위시하여 지옥 불이 약속된 불신자들의 명단을 하

---

* 얀센파 신도들이 생 메다르 묘지에서 집단 경련을 일으키며 예언을 하고 기적을 일으켰다고 하는 사건을 가리킨다.

느님으로부터 받았다고 했다. 이후에 이어진 간증들도 은총을 받지 못한 이에게는, 어쩌면 다른 이들에게도 알아들을 수 없는 헛소리에 지나지 않았다.

집회의 마지막은 끝없는 집단 경련과 몽둥이질이 장식했다. 경련을 일으키는 사람들이 바닥을 데굴데굴 구르며 살려 달라고 외치면, 다른 이들은 있는 힘을 다해 그들의 사지를 잡아당기거나 나무 몽둥이로 매질을 하거나 뾰족한 것으로 피가 날 때까지 찔렀다. 어떤 이들은 사도 베드로가 그랬던 것처럼 십자가에 거꾸로 매달림으로써 진정한 그리스도 교도들의 고통을 기념했다.

데스탱 백작부인, 일명 '우리의 앙리에트 자매님'도 놀라운 신심을 보여 주었다. 평소 하인이 자기 손끝만 스쳐도 가만두지 않을 성질머리의 그녀가 얀세니우스가 정의한 이상적 교회의 이름으로 앞장서서 엉덩이를 매질당하고 있었다. 겁에 질린 리낭은 좀 더 조용한 분위기의 다른 방으로 조심스럽게 자리를 옮겼다. 그곳엔 간이 의자들이 준비되어 있었는데 일단 앉으면 다리, 목, 팔, 얼굴을 축축한 수건으로 닦아 주었다. 한쪽 구석에서는 몇몇 신도들이 얀센파의 환상에 자주 등장하는 기하학적 도안, 점, 수수께끼의 문양을 문신으로 남기고 있었다.

경찰이 여기서 일어나는 일을 모를 리 없었다. 그저 이러한 집회들이 말썽을 일으키지 않는 한 눈감아 주고 있을 터였다. 젊은 사제는 또 한 번 헌병대가 들이닥쳐 그도 샤틀레에 끌려가는 일이 없기만을 바랐다.

엉덩이 매질을 당하러 온 신사 한 사람이 리낭을 뚫어져라 바라보고 있었다. 리낭은 들켰다는 생각에 가슴이 철렁했다. 그들이 자신을 죽도록 매질하고 생트 마르그리트 묘지의 개들에게 던져 주는 모습이 머릿속에 그려졌다.

"새로 오셨지요? 맞습니까?"

리낭은 자기도 시골에서는 엉덩이 매질에 익숙하다고 대답했다. 상대가 '앙리에트 자매님'의 이야기를 꺼냈다. 리낭은 그 자매님이 얼마나 주님을 열심히 섬기는지 알고 있다고 했다.

"그뿐인가요! 평소에는 자매님과 그 집사가 우리 집회를 빛내주지요. 오늘은 앙리에트 자매님 혼자 오셨네요."

엉덩이가 시뻘게진 신사가 말했다.

왜 오늘은 백작부인 혼자일까? 백작부인의 아랫사람은 얀센파를 떠난 걸까?

"하느님께서는 우리 중 그 누구도 빛에서 멀어지기를 원치 않으십니다! 차라리 이 더러운 세상을 떠나는 편이 낫죠!"

리낭은 침을 꿀꺽 삼켰다. 새 친구는 앙리에트 자매의 하인이 유독 헌신적이고 신심이 두터웠다고 떠들어 댔다. 이곳 사람들은 누구나 그 하인의 특별한 운명에 대해서 알고 있었다. 백작부인은 그 가엾은 자가 심신의 절망에 빠져 있을 때에 자기 집으로 거두어 들였다. 백작부인은 그를 악마의 손아귀에서 구해 냈다.

그때부터 그는 백작부인의 모든 일을 두루 맡아 보는 비서 겸 집사 겸 마부가 되었다. 그는 백작부인을 위해서라면 목숨도 내놓을 사람이었다. 리낭은 그 자가 이미 백작부인을 위해 목숨을 바치지 않았을까 의심이 들었다. 상대가 그 집사의 괴상한 짓거리들에 대해 설명하는 것을 듣고 있자니 더욱더 불안했다.

"그 사람, 탈이 났군요."

리낭의 입에서 자기도 모르게 튀어나온 말이었다.

다행히도 상대는 리낭의 말에 크게 신경 쓰지 않는 듯 보였다. 그에 따르면 시련에 상한 정신을 깊이 통찰하는 것도 무한한 은총의 표시였다. 리낭은 속으로 그렇게 치자면 여기 있는 사람들만으로도 성인들의 공의회를 차리겠다고 생각했다. 이제 신의 선택을 받은 이 자들이 볼테르를 죽일 속셈이 있는지를 알아야 했다. 리낭은 화제를 철학자들에게로 돌리면서 신의 왕국에서 무력으로 철학자들을 쫓아낼 가능성을 타진했다. 그 문제에 대해 얀센파 신자들은 물러터진 듯 보였다. 참다운 신앙과 몽둥이질로 무장한 그들이었지만 그런 쪽으로는 실망스러울 정도였다. 뚜렷이 규명할 만한 음모 따위는 없었다. 그들이 볼테르를 사탄이나 루시퍼와 동일시하는 것은 사실이었지만 로마 가톨릭의 존경받는 사제들도 점점 더 볼테르와 비슷한 취급을 당하고 있었다.

뚱보 사제에게 두 번째 괴로움이 찾아왔다. 이제 화제는 부도

덕한 경찰에게 이유 없이 박해당하는 얀센파 신도들에게로 옮아 갔다. 왕실의 재상들이 불신자들이나 로마 교황청과 붙어먹기 바쁜데 경찰은 애꿎은 그들에게 신성모독이라는 딱지를 붙인다고 했다. 신에 대한 그들의 사랑은 무서울 정도였다. 리낭은 얀센파의 교리가 승리한다면 거룩한 미사가 어떻게 될지 상상해 보았다. 그때에는 어린 아이들을 미사에 데려가지도 못할 것이다.

리낭은 벌건 얼굴로 매질을 하는 자들 사이에서 데굴데굴 구르지 않고 버티다가 의심을 사기 전에 살금살금 빠져나가기로 마음먹었다. 그의 몸에 아무리 지방이 잔뜩 끼어 있다고 해도 그 지방이 몽둥이세례의 완충제가 될지는 불분명했으며 굳이 확인해 보고 싶은 마음도 없었다.

이튿날 우리의 수사관들은 함께 차를 마시며 착한 리낭이 어마어마한 위험을 무릅쓰고 구해 온 정보에 대해 논의했다. 오늘 안에 르네 에로에게 제시할 증거를 찾아야만 했다. 퐁텐 마르텔 저택에 바스티유의 그림자가 점점 더 짙게 드리워지고 있었다.

간밤에 잠을 설친 볼테르는 시 한 수 쓸 기운도 없을 만큼 녹초가 되어 있었다. 그의 두 동료도 가없는 괴로움을 감추기 위해 동시에 찻잔을 들었다. 에밀리는 이제 배가 너무 불러서 잠깐 등을 돌린 사이에 애가 나올까 걱정될 정도였다. 그녀는 채찍으로 맞으면 아기가 빨리 나올 것 같다며 자신이 얀센파 집회에 가지 못한 것을 아쉬워했다. 이 말을 듣고 리낭은 에밀리가 뿌리 깊은 모성애의 소유자는 아닌 것 같다고 생각했다.

그들은 수중에 있는 정보들을 정리했다. 데스탱 백작부인이 불쌍한 사람을 거둬들여 잡다한 일을 책임지는 하인으로 삼았는데 그 하인이 최근에 사라졌다. 그 하인에 대한 정보는 어디에서 얻을 수 있을까? 그때 갑자기 볼테르가 외쳤다.

"레 프티트 메종!* 백작부인이 매주 그곳에 자선을 베풀러 가지 않소!"

살인자를 추적하다 보니 파리에서 가장 유쾌한 장소에까지 발을 들이게 된 것이다. 볼테르는 리낭이 차라리 사표를 던지고 수도원의 보좌 신부로 가고 싶은 심정이리라 짐작했다. 에밀리도 봄 상태를 감안하건대 별의별 병자들이 다 드나드는 병원에 드나들게 할 수는 없었다. 따라서 볼테르는 친히 정신병동을 방문하기로 마음먹었다. 어쨌거나 그는 이성의 전문가이니 이성을 잃어버린 사람들의 소굴에 조사를 하러 가기에는 적격이었다. 에밀리는 성공 가능성을 높이기 위해 잡동사니 진열실에서 찾아낸 다른 단서들을 추적하기로 했다. 그녀는 리낭 혼자 간식을 먹게 내버려 두고 숫자와 미라 소굴로 기분 전환을 하러 갔다.

정신병동의 수위는 저명한 인물이 찾아왔다고 전하라는 명을

---

* Les Petites Maisons, 1557년에 파리 6구에 설치된 정신병자 수용 시설이다.

받았다. 왕족이나 주교가 친히 방문한 줄 알고 열심히 굽실 댈 준비를 하고 나온 병동의 총책임자인 부원장은 갈색 가발을 쓰고 환하게 미소 짓는 키 작은 사내와 맞닥뜨렸다. 다행히도 지난 시즌에 연극이 큰 성공을 거두었기 때문에 볼테르의 이름은 모든 공연 애호가들의 기억에 남아 있었다. 그러한 공연 애호가들은 그보다 훨씬 명예롭지 않은 이유로 그의 이름을 기억하는 신앙인들만큼이나 많았다. 위대한 극작가가 고맙게도 이 자선 기관에 관심을 보여 주었다. 부원장은 볼테르가 고대나 중세의 미친 여자들을 새로운 작품의 소재로 삼아 프랑스의 레이디 맥베스나 오필리아 같은 캐릭터를 만들려나 보다 생각했다.

"천만의 말씀! 하느님은 내가 그 딱한 셰익스피어처럼 잔인하고 황폐한 이야기를 쓰지 않도록 막아 주신다오!"

볼테르가 비교를 당하자 발끈했다.

"《리어 왕》이 어떤 얘기요? 노망 난 늙은이가 무대에서 제 눈을 후벼 파는 얘기 아니오! 나의 여주인공들은 모두 젊고, 예쁘고, 우아한 말만을 쓴다오. 설령…… 노예 신분일지라도."

볼테르는 노예 말고 다른 직업이 생각나지 않았다. 그 여주인공들은 모두 노예였다. 그들은 씩씩한 기사가 사라센인들에게서, 아폴론의 사제들에게서, 혹은 훈족에게서 자기를 구해 주기 바라지만 비극적인 최후를 맞는다. 오직 비참한 재앙만이 우아한 문체에 걸맞은 법. 작가가 관심을 두는 미친 여자는 데스탱 백작부인이었다. 물론 '미친 여자'라는 표현을 입 밖에 내지는 않았다. 잘한 일이었다. 이 정신병동에서 데스탱 부인은 정신병자들의 수호성인 생 테르메스에 비견할 만한 칭송을 받고 있었기 때문이었다.

부원장은 데스탱 부인이 4년 전에 그녀를 숭배하는 환자 한 명을 하인으로 채용했다고 확인해 주었다. 그 환자는 무릎으로 기어서 부인을 졸졸 따라다니며 그녀의 치맛단에 입을 맞추고 기도문을 외웠다고 했다. 확실히 그 정도라면 데스탱 부인이 거둬들일 만도 했다. 데스탱 부인 집에 들어간 후 상태가 크게 좋아진 그는 한시도 부인의 곁을 떠나지 않았기 때문에 이곳에도 매주 함께 왔다. 그는 다재다능했다. 부원장은 교회 악사였던 사람이 어쩌다 하인 노릇을 하게 됐는지 모르겠다고 중얼거렸다.

"교회의 악사였다고요!"

볼테르가 외쳤다.

그는 광신적인 성향 때문에 파리 푀양회에서 쫓겨난 사람이었다. 그 후 일 년간 거리를 전전하다가 전직 수도사를 가엾게 여긴 주교관의 손에 이끌려 이 정신병동에 들어온 것이었다.

볼테르는 이 사연에 마음을 빼앗겼다. 이제 살인범을 잡았구나 싶었다. 부원장은 부원장대로 볼테르처럼 세속적이고 경박한 유행에 젖어 사는 작가가 불행한 이들을 돌아보는 모습에 감동했다.

"딱한 사람이었죠. 그 사람이 자신의 과오를 되풀이하지 않았으면 좋겠습니다."

"걱정 마십시오. 다 잘될 겁니다. 그는 죽었어요."

자신을 죽이려던 얀센파 미치광이가 사라졌다고 생각하니 마음이 가벼워졌다. 볼테르는 자신이 가난하고, 형편이 어렵고, 머물 곳도 마땅치 않다는 것을 깜박 잊고 빈민 지원금을 내야겠다고 다짐했다.

그는 병원 안뜰을 다시 지나가다 자신의 이타주의에 스스로 감동해 불쌍한 병자들에게 동전을 뿌리며 외쳤다.

"소크라테스 만세! 플라톤 만세!"

철학자들도 종교에 미친 부인네들 못지않게 관대할 수 있다는 것을 보여 줘야 했다. 볼테르는 병동 경비소를 떠나기 전 경찰총감에게 보내는 편지를 썼다. 그는 자신이 살인범의 이름과 소재를 안다고 편지에 밝혔다. 범인은 미친년 집에 사는 미친놈이었다.

제28장

샤틀레 후작부인이
수수께끼를 풀고
그 어느 때보다 당황하다

그동안 에밀리는 환등기 유리판에 기재된 050996의 의미를 푸는 데 골몰했다. 이 일련의 숫자들이 수학에 끌릴 수밖에 없는 성향을 타고난 그녀의 신경을 긁어 놓았다. 알파벳 암호도 멋지게 풀어 낸 마당에 이 숫자의 의미는 모르다니 약이 올랐다. 그녀는 한 시간 가량 요렇게 조렇게 숫자들을 돌려보고는 아무래도 모르겠다고 두 손을 들었다.

그녀는 소요학파* 철학자들과 뜻을 같이했다. 앉아서 좋은 생각이 나지 않으면 일어서야 했다. 외투와 모자, 장갑을 갖추고 퐁텐 마르텔 가를 나온 에밀리는 자신을 도와줄 수 있는 전문가들을 찾기로 했다.

---

* 아리스토텔레스의 리케이온을 중심으로 하는 학파. 산책을 하면서 강의와 토론을 했다고 해서 이런 이름이 붙었다.

한 시간 후, 에밀리는 아카데미가 소재한 루브르의 복도를 누비며 그 숫자의 수수께끼를 풀고자 했으나 아무 성과도 거두지 못했다. 이미 한 달 전에 볼테르도 암호문을 들고 이곳을 찾은 바 있었다. 에밀리는 과학 아카데미 회원들은 사교계 놀이를 거들라고 있는 사람들이 아니라는 말까지 들어야 했다.

그녀는 수학자 모페르튀*를 만났다. 34세의 모페르튀는 명석한 학자였으나 루이 14세에게 겨우 귀족 작위를 얻은 협잡꾼의 아들처럼 천박한 분위기를 풍겼다. 에밀리는 금세 그가 마음에 들었다. 그래서 곤란하기도 했다. 마치 볼테르를 두고 다른 학자와 바람이라도 피우는 기분이었다. 위대한 정신의 소유지리면 환장하는 그녀의 삶도 순탄치는 않았다.

에밀리가 찾아갔을 때 모페르튀는 지구가 양극이 납작한 구형이라는 것을 보여 주는 뉴턴의 계산을 재구성하던 중이었다. 그녀는 모페르튀에게 자신의 수수께끼를 내밀었다. 상대는 희한하게도 에밀리의 이러한 태도를 무례하게 생각하는 것 같았다. 그래도 그는 일단 숫자를 들여다보긴 했다. 모페르튀가 제안한 첫 번째 해결책은 "나랑 밥이나 먹읍시다"였다.

"이 숫자가 밥을 같이 먹자는 뜻이라고요?"

"아니요. 이건 내가 하고 싶은 말입니다. 나랑 밥이나 먹읍시다."

---

* 프랑스의 수학자이자 물리학자로 뉴턴의 중력이론을 옹호했다.

에밀리는 모페르튀가 마음에 쏙 들었지만 이 제안이 너무 성급하다고 생각했다. 임신한 여자에게도 매력을 느끼는 데 아무 문제가 없는 사내들은 분명히 있었다. 물론 그녀의 남편은 아내의 임신 소식을 들은 후로 코빼기도 보이지 않았지만. 후작은 프랑스 왕의 폴란드 전투에 그 어느 때보다 열의를 바치고 있었다. 에밀리는 모페르튀를 다시 수수께끼에 몰두하도록 이끌었다. 요즘 그녀는 연애 놀음보다 수수께끼에 더 마음이 갔다. 한편 모페르튀는 요즘 정반대의 입장이었으므로 수수께끼에 집중하지 못했다. 에밀리는 근대 수학의 효력에 크게 실망하며 그곳을 나와야 했다.

에밀리는 처음에는 과학 아카데미를 나와 바로 마차에 오를 작정이었다. 그녀는 눈으로 자기네 마차의 초록색 꽃줄과 적갈색 말들을 찾았다. 그러다가 마차를 세울 자리가 없어서 그냥 집으로 보냈던 게 기억났다. 다행히도 바로 옆에 대기하고 있던 삯마차에 손짓을 하던 에밀리의 눈길이 문득 삯마차 번호판에 머물렀다. 번호판의 숫자를 본 에밀리의 얼굴이 굳어졌다.

그녀는 세월과 비바람에 닳고 닳은 삼각모 아래 마부의 얼굴을 처다보았다. 낯이 익었다. 마부도 그녀를 불편할 정도로 뚫어져라 바라보고 있었다. 에밀리는 일단 마차에 올랐다. 그리고 마부가 채찍을 휘두르는 순간, 에밀리는 기억해 냈다. 맙소사, 너무 늦었다.

리낭은 범죄의 자취를 추적하기보다는 사탕과자의 자취를 훨씬 편안한 마음으로 추적하고 있었다. 매우 만족스러운 시간이었다. 젊은 사제는 다시 한 번 사서 고생할 필요는 없다는 일생의 금과옥조를 확인했다.

　　그는 걸신들린 사람이 아니고서야 건드릴 엄두가 안 날 만큼 오래되고 딱딱한 비스킷이 그득한 상자를 발견했다. 그래도 바닥 쪽에는 먹을 수 있는 비스킷이 조금 있지 않을까 싶어서 뒤져보니 더욱더 딱딱하고 먹을 수 없는 무엇인가가 손에 잡혔다. 그것은 남의 눈에 함부로 보여서는 안 될 남작부인의 편지였다. 리낭은 비스킷 조각을 우유에 적셔 먹으면서 그 편지를 손에 넣은 것을 자축했다. 편지가 들어 있는 과자 상자라니, 위장과 문학의 완벽한 만남 아닌가. 그는 이 주제를 좀 더 전개해 볼 만하다고 생각했다. 배를 잔뜩 채우면서 머리도 약간 채우다니, 더 바랄 나위가 없었다. 다만, 편지의 소재가 적절하지 않았다. 편지를 읽다 보니 식욕이 뚝 가셨다.

　　"세상에!"

　　리낭은 내용을 제대로 이해했다는 것을 스스로 확인하려는 듯 연신 이 말을 되풀이했다.

　　썩은 고기를 먹는 짐승들은 다 안다. 등장은 조용히, 그렇지 않으면 자기보다 덩치가 큰 육식 동물들이 달려온다. 리낭의 호들갑은 하인 보주네의 주의를 끌었다. 복도에서 어슬렁대며 염탐질하는 것이야말로 보주네의 취미였으니까. 보주네는 문틈으로 리낭을 엿보았다. 뚱보 사제가 사색이 되어 비스킷 부스러기로 뒤덮인 종이를 들여다보고 있었다.

"그 편지 이리 내요! 당신이 볼 편지가 아닙니다!"

보주네가 소리를 질렀다. 리낭이 화들짝 놀라며 일어나 한 손으로는 편지를 등 뒤로 감추고 다른 손으로는 비스킷 상자를 붙잡았다.

"당신이 볼 편지도 아니지요! 난 이걸 볼테르 씨에게 갖다 드려야겠습니다!"

보주네는 볼테르도 상관할 일이 아니라고 대꾸할 수도 있었을 것이다. 하지만 그는 대답 대신 둔기를 집어 들었다.

볼테르는 봉 장팡 거리를 거닐며 이 음울한 사건을 해결할 대책을 생각하고 있었다. 정신병동을 방문하고 난 볼테르는 데스탱 백작부인이 자신을 죽이라고 사주했을 것이라고—또한 그녀가 남작부인의 죽음과도 무관하지 않을 거라고—결론 내렸다. 문제는 어머니를 살해할 정도의 동기가 무엇인가였다. 솔직히 데스탱 부인이 남작부인을 죽이고 싶어 하는 것도 이해는 갔지만 그래도 자기를 낳아 준 친모인데? 볼테르는 망설여졌다. 유산이 탐나서? 복수심 때문에? 종교적 갈등? 그런 이유에서 살인을 저질렀다고 보기에는 데스탱 부인은 그러한 상황에 이미 초연한 듯 보였다.

볼테르는 퐁텐 마르텔 가로 돌아와 외투와 누빔 장갑을 벗고 지팡이를 내려놓았다. 그가 주위의 소란에 조금만 신경을 썼더라면 지팡이만큼은 손에서 놓지 않았을 것이다.

"리낭? 레 프티트 메종에 다녀왔네! 정신병동을 한 번 다녀오면 자기 집에서 누리는 행복에 감사하게 되는 법이지!"

볼테르가 큰소리로 떠들며 응접실 쪽을 바라보자 문틈으로 두 사내가 각자의 손에 묵직한 금속성 물체를 들고 마귀에 들린 듯 펄쩍펄쩍 뛰어다니는 모습이 보였다. 볼테르는 당황해서 얼른 은제 손잡이가 날린 지팡이로 손을 뻗었다. 서둘러 응접실로 달려가니 리낭이 도와달라고 소리를 지르며 그의 뒤로 숨었다. 볼테르는 리낭이 그러지 않기를 바랐을 것이다. 볼테르는 1187년에 예루살렘을 점령한 살라딘처럼 사근사근하게 지팡이를 휘두르며* 보주네와 맞섰다. 그는 되레 리낭을 꾸짖었다.

"자네, 이 사람에게 무슨 짓을 한 건가? 나도 이 친구가 별로 마음에 안 들지만 그렇다고 이렇게 도발을 해서야 쓰나!"

금속 봉을 쥐고 있는 보주네는 평소보다 더 마음에 안 들었다. 볼테르가 그를 달랬다.

"이보게, 우리 천박한 아리스토텔레스주의자처럼 싸우지 마세."

---

* 당시에 살라딘은 무력을 가급적 동원하지 않고 그리스도 교도와의 협상을 통해 예루살렘을 탈환했다고 한다.

"저 자가 선생님께 보여 드려야 하는 남작부인의 편지를 빼앗으려고 해요!"

리낭은 떨리는 손가락으로 얼굴이 시뻘건 하인을 가리켰다. 볼테르도 얼굴이 시뻘게졌다. 그는 이 집의 검열관에게 말했다.

"이보시오, 내가 내 우편물을 보겠다는데, 그건 국왕을 섬기는 경찰도 막을 수 없소!"

보주네는 그 편지는 볼테르와 상관없으며 수신인이 따로 있다고, 그 문제의 수신인이 편지를 맡아 달라면서 수고비를 지불했다고 대꾸했다. 볼테르는 주머니를 뒤져 지갑을 꺼냈다. 정신병동에서 선심을 쓴 탓에 지갑은 상당히 홀쭉해져 있었다.

"그 사람이 선심을 썼다면 나도 그럴 수 있소. 얼마를 약속합디까? 100수? 에퀴금화?"

"1만 리브르 주십시오."

보주네가 살인자 같은 표정으로 그를 노려보았다. 볼테르는 잠시 멈칫 하더니 지갑을 도로 닫고 리낭에게 저 날강도를 때려잡으라고 소리쳤다. 1만 리브르는 일개 하인이 볼테르라는 사상가에게 잘 보이려고 포기할 만한 액수가 아니었다. 볼테르와 리낭도 물러서지 않았다. 보주네는 길게 말해봐야 소용없음을 깨닫고 손에 든 둔기를 서랍장 위에 내려놓았다. 그러고는 서랍을 열어 길쭉한 케이스를 꺼냈다. 그걸 본 볼테르가 말했다.

"예쁘게 생긴 케이스로군. 내가 그걸 갖고 싶다고 하면 클레르 양이 남작부인을 생각해서 허락해 주지 않을까?"

보주네는 케이스에서 남작부인의 권총들을 꺼냈다. 강도가 들 때를 대비해서 마련한 이 무기들은 훼방꾼을 제거하는 데에도 얼마든지 쓰일 수 있었다. 장전된 권총 두 자루에 맞서서 철학이 얼마만큼 무게를 지니는지 알아볼 기회였다. 두 자루의 권총, 두 발의 실탄. 보주네는 시체 두 구를 만들어 내고 편지를 회수하면 될 터였다. 그는 큰소리로 자기 속셈을 드러내며 불신자와 타락한 사제를 죽이면 보너스를 받게 될 것 같다고 떠들었다. 그러자 리낭이 반발했다. 자기는 타락한 사제가 아니며 밥을 먹여 주니 붙어 있을 뿐이라나. 볼테르는 한숨을 쉬었다.

보주네가 방아쇠를 당기려는 찰나, 품이 넉넉한 우비를 걸친 건장한 사내가 문을 홱 열고 들어왔다. 그는 보주네가 손 쓸 겨를도 없이 달려들었다. 에밀리가 헐떡거리며 뒤따라 들어왔다. 그녀가 현관에 발을 들인 순간, 보주네가 앞뒤 모르고 검정색과 흰색 타일 바닥 위로 쓰러졌다. 볼테르의 목숨을 구한 사람은 삯마차 마부였다. 마부의 덥수룩한 콧수염이 볼테르에게도 낯설지 않았다.

야단법석이 일어나는 동안 부속 건물에 숨어 있던 요리사와 하녀는 누가 살아남았는지 보기 위해 밖으로 나왔다. 그중 한 사람이 바닥에 쓰러진 보주네를 보고 물었다.

"도대체 무슨 일이 있었던 거요?"

"머리통을 두 방 내리치니까 반격을 못하더군요."

볼테르가 설명했다.

일하는 사람이 리낭을 도와 보주네를 소파에 눕혔다. 그동안 볼테르와 에밀리는 영웅을 응접실로 데리고 갔다. 작가와 그의 뮤즈는 안락의자에 앉았고 고마운 구원자인 마부는 아랫사람답게 모자를 들고 서 있었다.

예순 살이 좀 안 되어 보이는 마부는 몸 쓰는 일을 하는 사람답게 체격이 좋았다. 그는 몇 달 전부터 데스탱 백작부인을 감시하고 있었다고 말했다. 에밀리가 생각해 보니 최근 몇 주간 삯마차를 이용할 때마다 이 마부와 마주쳤었다. 그들을 센 강에서 문명 세계로 돌려보내 준 것도 이 마부였다. 그들을 익사의 위기에서 구해 주고 보상도 요구하지 않은 채 훌쩍 사라졌던 바로 그 사람이었다. 그 철학적인 태도에 볼테르는 아직도 찬탄의 눈물이 날 지경이었다. 당시 에밀리는 너무 큰 충격을 받았던 터라 마부를 자세히 살펴볼 겨를이 없었고 지금의 이 사람과 그때의 은인을 연결 짓기까지 꽤 오랜 시간이 필요했다. 그녀는 사태를 규명할 겨를도 없이 퐁텐 마르텔 가로 왔고, 아마도 이 마부가 경찰 소속이거나 어리석은 이들로부터 그들을 구원할 사명을 띠는 일종의 자선 운동가, 이를테면 철학의 의병 단체에 속한 사람일 거라고 추측했다.

볼테르는 리낭이 넘겨 준 편지를 훑어보며 편지에서 얼굴도 들지 않은 채 에밀리에게 잘못 짚었다고 대꾸했다.

"샤피 씨 맞지요?"

볼테르가 묻자 마부는 가만히 고개를 끄덕였다. 에밀리는 도무지 뭐가 뭔지 알 수 없었다. 이 샤피라는 사람이 경찰도 아니고 철학자도 아니라면 도대체 왜 그들을 구해 주었을까.

"당신도 이 편지를 읽으면 이해가 갈 거요."

편지를 읽고 난 에밀리는 눈을 동그랗게 뜨며 전혀 새로운 시선으로 마부를 바라보았다. 마부는 굵은 손가락으로 삼각모를 찌그러뜨리며 불편해서 어쩔 줄 모르는 기색이었다. 그때 갑자기 에밀리가 미안하지만 급히 집에 가봐야 할 것 같다며 자리에서 일어섰다. 이번에는 아이가 진짜로 나오기만을 바라는 마음이었다.

리낭은 감정을 추스르기 위해 술에 의지했다. 그는 우악스러운 하인들과 위선적인 백작부인들을 위하여 마부와 건배했다. 한편 볼테르는 사건을 정리하느라 바빴다. 모든 것이 밝혀질 것이다. 이 근사한 하루를 마무리 지을 시간이 아직은 조금 남아 있었다. 그는 이 편지의 수신인에게 간략한 전갈을 보내고 귀부인을 맞이하기에 모자람이 없도록 몸단장에 들어갔다.

제29장

귀족이냐
아니냐의 문제

종이 울리고 데스탱 부인이 죽은 황제의 재산을 상속받은 황후처럼 검은 드레스, 검은 모자, 검은 베일 차림으로 나타났다. 하녀가 부인의 옷가지를 받아 주는 동안 볼테르가 그녀를 맞으러 나왔다. 데스탱 부인은 깊은 산골에 흐르는 물처럼 뼛속까지 시리게 냉랭했다.

"무슨 종이를 찾았다고 전갈을 보내셨더군요."

부인은 인사 대신 이렇게 말했다. 모친의 후견을 받던 철학자는 상속 건이 곧 마무리될 거라고, 이제 상속인이 누구인지 확실하게 밝혀졌다고 짐짓 유쾌하게 말했다. 자식 된 자의 슬픔을 보여야 할 백작부인은 무심하니 침묵을 지켰다. 볼테르는 백작부인의 먼 친척인 클레르 양이 남작부인의 전 재산을 물려받게 됐다고 말했다. 반응은 냉랭했다.

"알려주셔서 고맙군요."

백작부인은 마침내 이 한마디를 건넨 뒤 하녀에게 모자를 가져오라는 신호를 보냈다.

"물론 편지 문제도 있고요."

데스탱 부인이 멈칫했다. 그녀는 뒤돌아서서 파리를 귀찮아하는 표범 같은 눈으로 볼테르를 노려보았다.

"진짜 유언장이나 가짜 유언장보다 부인께서 더 연연하시던 편지 말입니다."

"무슨 말씀을 하시는지 모르겠군요."

하지만 이제 부인은 이 집에서 나갈 생각이 없어진 듯 보였다. 그녀는 보이지 않는 작은 바퀴 위를 미끄러지듯 스르르 그의 앞으로 지나갔다. 볼테르는 〈돈 후안〉에 나오는 엄숙하고 압도적인 기사장의 석상을 따라가는 기분이 들었다. 그는 남작부인의 푹신한 안락의자에 자리를 잡고 앉아서 이러한 결론을 얻게 된 단서들을 열거했다. 그중 일부 단서들은 잡동사니 진열실에서 발견한 환등기의 그림판에 나타나 있었다.

"돌아가신 우리 어머니의 물건을 챙기다가 발견한 단서로군요."

백작부인이 한마디 했다.

"네, 돌아가신 남작부인의 추억에 보탬이 되고자 애쓰다 보니 발견한 단서입니다."

볼테르가 부인의 말을 정정했다.

볼테르는 환등기의 이미지들—퐁텐 마르텔 가의 문장, 팔레 루아얄의 전경—을 꼼꼼하게 뜯어보고 그 그림들이 남작부인이 루이 14세의 동생 오를레앙 공의 궁에서 놀던 시절을 나타낸다고 생각했다. 마음에 걸리는 것은 050996이라는 숫자였다. 볼테르는 이제 그 숫자가 1696년 9월 5일을 뜻한다는 것을 알았다. 당시에 앙리 드 퐁텐 마르텔은 이미 통풍에 시달리는 노인네였기에 노르망디 영지에만 처박혀 지냈다. 따라서 남작부인은 남편과 별거 상태에서 좋은 시절을 보내고 있었던 것이다.

"참으로 불손하시군요."

"부인께서 태어난 해와 날짜를 물어 볼 정도로 불손해지지는 않으렵니다."

1969년 9월, 남작부인은 외동딸을 출산했다. 남작부인이 집안을 잘 건사했기 때문에 퐁텐 마르텔 남작도 너그러이 그 딸의 아버지 역할을 맡아 주었다. 남작은 10년 후 사망했는데 아마 그때까지 아이의 얼굴은 한 번도 본 적이 없었을 것이다.

백작부인은 입을 꾹 다물고 이 재앙의 크기를 가늠해 보려 애썼다. 그녀는 어떤 감정도 내비치지 않은 채 마음속으로 자신만의 골고다를 오르고 있었다.

"그리고 편지가 있었지요."

볼테르는 자기 주머니에서 삐져나온 편지 귀퉁이를 가리키며 말했다.

"남작부인은 그 편지에서 자기보다 한참 어렸던 한 남자와의 관계를 언급하는데요. 그런 남자가 팔레 루아얄에 있다는 것이 알려지면 엄청난 추문이 될 뿐 아니라 손가락질을 당하고도 남을 일이었지요."

"그자에 대한 얘기를 입 밖에 낸다면 당신을 내 손으로 찢어 죽이겠어요!"

지기 어머니를 살해하라고 명령한 여자의 말이니 이 경고를 간과할 수는 없었다. 볼테르는 갓 스무 살 된 청년이 대공의 궁정에서 남작부인과 무엇을 했을까는 제쳐 놓고 그의 신원에만 집중했다. 수수께끼의 숫자는 그들을 한 마부에게로 인도했다. 그리고 그 마부는 데스탱 부인에게 아주 관심이 많은 것 같았다. 마부의 삯마차 번호판에 적힌 일련의 숫자는 환등기에서 발견한 숫자와 일치했다. 그것은 판을 뒤집을 수 있는 마법의 숫자였다.

"그게 바로 모친이 회한을 떨치지 못했던 이유지요."

남작부인은 미천한 사내와의 관계에서 하나뿐인 자식을 낳았다. 집에서 부리는 하인만도 못한 사내의 아이. 그 이름 없는 사내가 할 수 있는 최선의 행동은 누구의 입에도 오르내리지 않도록 사라져 주는 것뿐이었다. 아버지로서 생명을 준 것을 제외하면 그보다 더 딸을 위하는 행동은 없을 터였다.

그 숱한 범죄들만 없었다면 이 모든 것이 그저 안타까운 사연으로 머물렀을 것이다. 볼테르는 백작부인이 초연한 기색을 유지하고 있지만 속으로는 큰 타격을 입었음을 간파했다. 왠지 가여운 생각이 든 볼테르가 화제를 바꿨다.

"당신의 수족이었던 하인은 피에 굶주린 정신병자였어요."

"정말 그럴까요? 보는 사람에 따라 다르겠지요. 나한테는 유일하게 믿을 수 있는 사람이었어요."

볼테르는 믿을 만한 하인을 구하기가 점점 더 어려워지는 것은 사실이라고 맞장구쳤다. 이 집에만 해도 도덕성이 의심스럽고 참아 주기 힘든 하인이 한 명 있지 않은가. 아주 중요한 편지를 가로채고는 그 편지를 팔아넘길 속셈으로 오래된 비스킷 상자에 숨겨 놓고 있던 하인이.

백작부인의 눈에 알 수 없는 그늘이 스쳤다.

"당신이 악마인 줄은 알고 있었어요."

"적어도 나는 내 어머니를 죽이진 않았습니다."

백작부인이 안락의자에서 벌떡 일어났다. 볼테르는 그녀가 드디어 협박을 실행에 옮기려나 보다 생각했다.

"난 어머니를 죽이지 않았어요! 살인은 죄악이에요!"

"그래서 부인은 직접 손에 피를 묻히지 않고 다른 사람을 보냈지요. 부인은 미묘한 차이를 파악하는 재능이 있어요. 그 재능을 생트 마르그리트에서 볼기짝이나 맞는 데 쏟지 말고 철학에 쏟았더라면 좋았을 텐데요."

백작부인은 결코 자기 입으로 그 명령을 내린 적이 없노라 맹세했다. 치명적인 명령은 허공에 떠돌다가 그 하인이 예수 그리스도만큼 숭배하는 천상의 음악과 함께 하늘에서 떨어졌다. 하늘의 명령만 아니었다면 그 사람도 그렇게 무서운 일을 저지르진 않았을 것이다.

"미친놈이 사람들을 찌르고 다니게 사주한 사람은 당신이오! 사악한 목적을 이루기 위해 무고한 사람들을 죽음으로 몰아넣었잖소! 하지만 당신의 가장 큰 죄는……."

백작부인이 안락의자에 털썩 주저앉았다.

"어머니를 그렇게 만든 건 천벌을 받아 마땅하겠죠. 비록 어머니가 내게 몹시 가혹하게 구셨다고 해도."

볼테르가 한숨을 쉬었다.

"부인, 나도 안타깝게 생각합니다. 친아버지 손에서 자라지 못한 아픔이 어떤 것인지는 나도 알아요. 나 역시 어머니가 로크브륀이라는 기사와의 불륜에서 낳은 사생아니까요."

백작부인은 볼테르의 말을 정확히 정정해 주었다. 퐁텐 마르텔 가문과 '남의 마누라랑 재미 봐서 자식을 낳은' 기사 따위를 비교할 수 있겠는가.

볼테르는 마지막으로 의심하고 있던 바가 마음에 걸렸다. 다른 의심들보다 결코 가볍지 않고 마음이 편치 않은 의심이었다.

"부인, 솔직히 말해 보시지요. 3년 전에 부군에게 무슨 일이 일어났던 겁니까? 작년에 시아버지가 돌아가신 일은 또 어떻게 된 거죠?"

"불미스러운 사고들이 잇달아 일어났어요. 그래서 한없이 슬
펐죠."

백작부인이 단숨에 대꾸했다.

분노와 경멸이 온통 지배하는 듯한 그녀의 얼굴에서 슬픔의
흔적을 발견하려면 엄청난 상상력이 필요했다. 볼테르는 잠시
간단한 계산에 골몰했다. 백작부인의 남편은 1729년에 사망했
다. 그녀가 미치광이 악사를 거둬들인 바로 그 해였다. 그 후 작
년에는 시아버지가 사망했다. 볼테르는 그 두 사람이 살해당했
을 것이라고 내심 확신했다. 경찰총감은 윗사람들의 추궁을 피
하기 위해 퐁텐 마르텔 부인 사건을 은폐했듯이 그들의 죽음도
은폐했을 것이다. 피살자들의 명단이 너무 길지 않기를 바라는
수밖에 없었다. 데스탱 부인이 자신의 비밀을 아는 자들을 제거
하기로 마음먹은 때부터 얼마나 많은 사람들이 죽어 나갔을까?
그 해결사 하인은 이미 이 세상 사람이 아닐 확률이 높았다. 데
스탱 부인은 그 문제의 선율을 서툴게나마 연주하고픈 충동을
가누지 못했다. 볼테르의 눈에도 데스탱 부인이 불쌍해 보이기
시작했다.

"부인, 친애하는 백작부인, 얼마나 죽도록 괴로웠으면 나를
죽이려고 했겠습니까."

데스탱 부인은 즉시 이 말을 부정했다.

"이보세요, 평민 볼테르 씨. 재산보다 더 근본적인 문제가 있어요. 명예가 그렇고, 평판이 그렇죠. 끔찍한 소리를 듣느냐 마느냐의 문제였다고요. 마부의 딸이다, 마부의……."

데스탱 부인이 말을 멈췄다. 그토록 숱한 죽음을 불러온 그 단어를 입에 올릴 수 없었던 것이다. 볼테르는 동정심이 싹 가시고 노여움이 앞섰다. '평민' 소리나 듣자고 유명한 작가가 된 것은 아니었다. 이 귀족 나부랭이들의 거만함에는 오만 정이 다 떨어졌고 귀족이라는 계급 전체가 싫어질 정도였다. 그래서 볼테르처럼 유유자적한 사상가조차 가끔은 사회질서를 완전히 뒤집어엎는 혁명이 터져야 한다고 상상하곤 했다.

그는 예의고 뭐고 팽개치고 자신이 아는 바를—데스탱 부인도 따지자면 귀족은 아니며 볼테르보다도 못한 처지라고—쏘아붙이고 싶었다. 최소한 볼테르의 모친은 바람을 피울지언정 신사를 상대로 골랐다는 점에서 남작부인보다 나았다.

백작부인의 통찰력 덕분에 볼테르는 품위를 망가뜨리는 발언을 삼갈 수 있었다. 그녀는 더없이 냉랭하게 말했다.

"귀족이냐 아니냐는 정신 상태에 달린 거예요. 귀족이 아닌 사람들은 절대로 이해 못하는 정신이죠."

그녀의 출신을 생각한다면 그러한 정신 상태는 적어도 요람에서부터 얻을 수 있는 모양이었다. 볼테르는 하마터면 엘리트주의의 심오한 의미에 대해 성찰할 뻔했지만 갑작스러운 야단법석에 정신이 돌아왔다. 퐁텐 마르텔 저택이 다시 공포에 빠졌다. 보주네가 정신을 차리고 편지를 되찾겠다고 나선 것이었다. 볼테르가 시끄러운 소리가 나는 쪽으로 고개를 돌린 순간 그의 주머니에 불쑥 들어온 손이 그 귀중한 편지를 낚아챘다. 편지를 가로챈 보주네가 리낭과 마부에게 쫓겨 서랍장 뒤로 몸을 숨겼다.

"마님! 편지를 구했어요! 마님! 제 손에 편지가 있어요!"

백작부인의 머리 위로 하늘이 열리고 천사들의 아름다운 노랫소리가 들려오는 듯했다.

"편지를 삼켜!"

이 예기치 않은 명령에 보주네는 얼떨떨했다. 그는 이 귀한 편지를 삼켜서 없앨 엄두가 나지 않았다. 게다가 편지는 소중한 문서답게 보존성이 좋은 두툼한 종이에 쓰어 있었다.

리낭과 마부가 서랍장을 엎어뜨리자 보주네는 균형을 잃고 넘어지면서 그렇게나 탐내던 편지를 떨어뜨렸다. 그 순간 남작부인의 유령이 자기가 나서야겠다고 생각했던 걸까. 키 큰 창 두 개가 저절로 열렸다. 아랄 해의 폭풍처럼 거센 바람이 불어와 편지를 날렸다. 남작부인의 보이지 않는 손이 임자를 찾아 주기라도 하듯 편지는 원래 그 편지를 받아야 할 사람에게로 날아갔다. 그러나 애석하게도 평소 습관을 버리지 못한 데스탱 백작부인은 하인에게 편지를 잡으라고 손짓했다. 지체 높은 귀부인이 친히 팔을 들어 편지를 가로채서는 안 된다고 생각했던 걸까.

그 편지가 보주네에게 갈 것이 아님은 확실했다. 편지는 썩어 빠진 하인에게 얌전하게 날아가지 않고 두 바퀴쯤 재주를 넘더니 창밖으로 떨어졌다. 편지는 파리의 전망을 감상하기로 결심한 것처럼 창에서 1, 2미터 거리에 있는 처마 끝에 내려앉았다.

백작부인이 보주네에게 무슨 수를 써서라도 편지를 찾아오라고 외쳤다. 포상금이 2만 리브르까지 뛰었다. 그야말로 한 재산이었다. 보주네는 잠시 망설였지만 한몫 챙길 욕심에 조심성이고 뭐고 창턱 위로 올라가 벽에 등을 붙이고 편지를 향해 손을 뻗었다. 하지만 발을 디딜 만한 지지대가 없었다. 그 사실을 깨달은 순간, 그의 몸은 이미 앞으로 쏠려 있었다. 보주네는 편지를 회수하려는 것인지 쇠시리를 잡고 매달리려는 것인지 모를 자세로 한참을 버둥대다가 비명을 지르며 거리로 떨어졌다. 응접실에 있던 사람들도 모두 비명을 질렀다. 몇몇은 손으로 입을 막았다. 백작부인의 두 손은 절망적으로 축 늘어졌다.

일단 공포가 가시자 모두들 벽 타는 재주도 없이 포상금만 탐내던 어리석은 보주네가 어떻게 됐는지 보려고 창가로 달려갔다. 보주네는 보도에 쓰러져 있었고 그 옆에 경찰총감과 부하들이 서 있었다. 경찰총감은 볼테르의 최후 보고를 듣든가 그를 바스티유로 끌고 가든가 결판을 내려고 온 참이었다. 르네 에로가 고개를 들었다가 창에서 내려다보던 볼테르와 눈이 딱 마주쳤다.

"아루에, 이 동네에서는 희한한 비둘기들이 많이도 떨어져 죽는군요!"

그때 민사대리관 다르구주 씨가 경찰총감 쪽으로 황급히 달려왔다. 민사대리관은 경찰총감의 사소한 거짓말들을 규명하려고 이곳까지 따라온 참이었다.

"당신, 이상한 일들을 숨기고 있지요? 내가 다 알았습니다! 시신들이 비 오듯 쏟아지는군요!"

"추락사 말입니까?"

보주네와 부딪힐 뻔했던 경찰총감이 온화한 목소리로 반문했다.

"아니면 코끼리에 밟혀 죽었든가요! 다른 가설들은 당신 상상력에 맞기죠!"

저 마 끝에 작 달라붙어 있던 편지가 다시 날아가기 시작했다. 편지는 퐁텐 마르텔 가에서 조금 멀찍이 떨어진 곳에 무사히 착지했다. 지나가던 소년이 그 편지를 주웠다.

"거기 너! 그 편지를 주면 10수를 주마!"

경찰총감이 외쳤다.

소년이 편지를 들고 경찰총감에게 가려는 순간 민사대리관이 외쳤다.

"나는 5수를 주겠다!"

경찰총감이 기가 막힌 표정으로 민사대리관을 쳐다보았다.

"너에게 10수를 주겠다고 한 사람은 파리 경찰총감 에로 씨다."

다르구주가 주머니에서 돈을 꺼내며 덧붙이자 소년은 즉시 방향을 돌려 다르구주에게 편지를 건네주고 돈을 챙겨 사라졌다. 다르구주는 경찰총감에게 의기양양하게 미소를 지어 보이고는 눈썹을 치켜뜨고 5수짜리 편지를 읽었다. 그는 큰소리로 편지 내용을 공개했다.

"내 딸아, 이 마지막 유언을 쓰는 순간 네가 비난했던 나의 모든 잘못에 대해 용서를 구해야 할 것 같구나. 나는 너에게 냉정했고, 네가 수녀원에서 지내는 동안 단 한 번도 너를 찾지 않았으며, 어머니로서의 의무를 다하지 못했다. 너를 볼 때마다 내 젊은 날의 과오가 생각나서 그럴 수밖에 없었다. 네가 내 남편의 아이이기만 했다면, 네가 오를레앙 공작 전하 일가 분들과 함께 지내던 시절에 내가 푹 빠져 있었던 샤피 씨의 아이가 아니었더라면 얼마나 좋았을까. 내가 분에 못 이겨 너에게 이 사실을 털어놓은 그날부터, 난 항상 너에게 용서를 받고 싶었다. 나의 유일한 소망은 내가 죽은 후에 네가 그토록 열심인 신앙의 힘으로 나를 용서해 주는 것뿐이다. 나는 너를 잘 교육시켰고 명망 높은 가문에 시집보냈다. 그러니 이제 우리 가문의 이름에 합당한 혼인을 하려고 하는 클레르를 위해 재산을 물려주려 하니 부디 이해하고 나를 너무 미워하지 않기를 바란다."

다르구주가 편지를 다 읽자마자 창가에 서 있던 데스탱 부인이 모욕을 견디지 못하고 고함을 질렀다.

"당신은 그 편지를 읽을 권리가 없어! 당신이 뭔데 사적인 편지를 읽어! 가만두지 않을 거야!"

다르구주 씨는 콧방귀도 뀌지 않았다. 그는 저택 위층에서 자신을 내려다보는 불길한 실루엣의 여인에게 이렇게 말했다.

"부인, 나는 프랑스 안에서 작성된 모든 문서를 읽을 권리와 의무가 있습니다."

민사대리관은 편지를 주머니에 쑤셔 넣었다.

"아, 모든 게 끝났어!"

백작부인이 통곡하며 쓰러졌다.

제30장

후작이 자식을 얻고
아내를 잃다

경찰총감 르네 에로는 데스탱 부인과 관련되어 드러난 사연, 요컨대 모친, 남편, 시아버지의 살해 동기라고 해도 좋을 내막을 두고 곧 다시 이야기를 해봐야겠다고 다짐했다. 군주 국가에서 미리 운을 띄워 놓지 않고 지체 높은 혈통의 귀부인을 오라 가라 할 수는 없었다. 에로는 일단 데스탱 부인이 파리를 떠나지 못하게 손만 써놓은 뒤 귀가시켰다. 이제 재상께 보고를 올리고, 재상이 다시 귀족들의 수장인 국왕께 보고를 올리면, 귀족들의 운명을 좌우할 수 있는 유일한 존재인 국왕이 알아서 할 터였다. 경찰총감은 법정에 대동하듯 백작부인을 데리고 거리로 나섰다.

"부인의 마차가 보이지 않는군요. 삯마차를 불러 드릴까요?"

"아뇨! 삯마차는 됐어요! 나는 삯마차는 타지 않습니다!"

백작부인이 완강히 거절했다.

백작부인은 삯마차는 못 타도 샐러드 바구니*에는 몸을 실을 수 있는 여자였다. 경찰 마차가 그녀를 집까지 데려다 주었다. 마부석에 앉아 있는 친부와 마주치는 것보다는 그 편이 그녀에게 나았다.

"저 귀부인을 조만간 바스티유에서 볼 수 있겠군."

경찰 마차가 봉 장팡 거리를 떠나자 에로가 중얼거렸다. 볼테르는 과연 그렇게 될까 생각했다. 그는 조금 전 혹시나 해서 남겨 두었던 과일 조림 한 병을 백작부인에게 건네주면서 그 내용물에 대해 넌지시 귀띔한 참이었다. 왠지 백작부인이 안된 마음이 들었기 때문이었다. 몇 숟갈을 퍼먹은 남작부인에게 나타난 결과를 감안하건대 한 병을 다 삼킨 사람이 어떻게 될지는 능히 짐작할 수 있었다.

에로는 새로운 시신을 치우는 작업에 힘썼다. 민사대리관은 자기가 모르는 비밀이 또 뭐가 있을까 싶어 경찰총감을 주시하고 있었다.

"이 구역에선 파리 떨어지듯 사람이 떨어지네요."

다르구주 씨가 말했다.

"그렇소. 떨어졌으면 하는 사람은 절대 안 떨어지지만."

경찰총감이 창 너머로 어렴풋이 보이는 볼테르를 가리키며 말

• 당시에 경찰차를 가리키던 은어.

했다. 그때 클레르 양과 공증인이 도착했다. 모메 씨가 볼테르를 가리키며 말했다.

"여기 아가씨의 행복을 찾아 준 분이 계시군요."

볼테르는 확실히 아가씨들의 구세주였다. 공증인은 지금 막 클레르 양에게 진짜 유언장을 공개한 참이었다. 그는 이 관대한 문인이 유언장을 찾아왔다고 클레르 양에게 몇 번이나 강조했다. 경찰총감은 어떻게 유언장을 찾았는지 궁금해했다.

"유언장이 있을 만한 곳에 찾으러 갔을 뿐이죠, 경찰총감님."

클레르 양은 먼 친척 할머니가 물려준 저택을 돌아보며 기뻐서 어쩔 줄 몰랐다.

"이게 다 내 거야, 내 집이야. 여기는 내 집이라고!"

"아이는 참 어쩔 수 없어. 난 결코 자식을 낳은 적이 없다는 점을 다시 한 번 상기시켜 주게."

볼테르가 리낭에게 속삭였다.

결국 이 모든 일이 37년 전 남작부인이 저지른 과오에서 비롯된 것이었다. 볼테르가 결론조로 말했다.

"사실은 작은 일이 크게 번진 셈이지. 사소한 원인이 너무 큰 소란을 낳았어. 가벼운 행동이 생각지도 못한 엄청난 결과를 불러오는 법이지."

4월의 어느 날, 에밀리가 퐁텐 마르텔 가를 다시 찾았을 때,

볼테르는 그녀가 아직도 출산을 하지 않았다는 데 놀랐다. 뱃속의 아이는 늦게 가는 시계 같았다.

남작부인의 원수는 갚았고, 백작부인은 꼼짝 못하게 제압했으며, 상속녀는 유산을 챙겼다. 이제 볼테르는 평온하게 문학에만 전념할 수 있었다. 그는 일에 착수하기 위해 앙리 4세의 성인전이라 할 수 있는 〈앙리아드〉를 집필했다.

"유명인들을 소재로 삼는 데에는 어려움이 따른다오. 사람들은 자기들이 아는 그 유명인의 속성이 침해당한다고 느끼거든. 흔히 유명인은 모두에게 속하는 줄 아는데 그건 잘못된 생각이오. 유명인은 각자에게 속해요. 사람마다 유명인에 대해 각기 다른 견해를 갖고, 남이 자기와 다른 생각을 피력하면 분개한다오. 자신의 확신을 노눅맞았다고 느끼는 거지. 사람들은 자유의지보다 확신에 더 집착하거든."

오늘 에밀리는 좀 더 금전적인 문제에 관심을 두는 듯했다.

"어떻게 지내시는지 잘 알겠군요. 많이 편안해지신 것 같아요. 출간이 되고 나면 돈도 많이 들어오겠지요."

"내 책은 돈이 안 된다오. 나는 양식 있는 사람들이 볼 만한 책을 쓰는데 그런 사람들은 늘 소수에 불과하거든."

볼테르의 수입은 꼭 책을 볼 줄 알아야 할 필요가 없는 고객들에게서 나왔다. 그는 자신이 정말로 관심을 두는 고차원적인 주제로 돌아가고 싶었다.

"사람들이 정말로 추구하는 것이 무엇이겠소?"

"사랑?"

"그래요, 좋소. 또?"

"행복?"

볼테르가 인상을 썼다.

"사람들이 추구하는 것은 진리요! 과학과 철학만이 가져다줄 수 있는 진리!"

"아, 그런가요?"

"그들은 나를 찾고 있소! 나 볼테르를 찾는단 말이오!"

"선생님의 어깨가 얼마나 무거울지 이해가 가요."

"왜 아니겠소?"

에밀리는 볼테르가 만인이 추구할 바임을 확인해 주고 나서 자신이 찾아온 진짜 목적을 밝혔다. 그녀는 또 노름을 해서 큰 돈을 잃었다. 돈을 지불하겠다고 약속만 하고 빠져나온 상황이었다. 그녀는 돈을 좀 빌려야겠다고, 가급적이면 그들의 우정을 봐서 고리를 붙일 생각 말고 빌려줬으면 좋겠다고 했다. 물론 다이아몬드를 하나 팔아서 해결할 수도 있지만 아끼는 보석들을 내놓기는 싫다고 했다.

"내가 백작부인의 살인 청부업자 손에 죽는 게 차라리 나았을 거요. 그래도 그들은 내 목숨만 빼앗으려 했는데 당신은 날 벗겨 먹으려 드는구려."

"다른 사람의 칼에 죽느니 제가 벗겨 먹는 게 낫죠. 인정하세요."

볼테르가 순순히 돈을 내어준 걸 보면 그도 인정하는 모양이었다. 그는 이자를 받는 대신 《철학서한》에서 고쳐 쓴 부분들을 들어 달라고 했다. 그는 이 원고를 두 명의 인쇄업자에게 넘길 생각이었다. 한쪽은 경찰의 감시를 받는 공식 인쇄업자, 또 한 쪽은 감시에서 벗어나 있는 비공식 인쇄업자였다. 거창하게 문학을 논하는 시간을 가지려는 찰나, 에밀리가 대수롭지 않다는 듯 볼테르를 저지하며 말했다.

"애가 나오려고 해요."

볼테르는 한 번 속지 두 번 속느냐는 듯이 시큰둥했다. 그는 이미 원고를 손에 들고 있었고 임부의 사정을 봐서 원고를 도로 집어넣을 마음은 전혀 없었다.

"확실한 거요?"

그러자 에밀리가 발끈했다.

"세 번째 아이예요. 애가 나올 것 같은 느낌 정도는 내가 알아요!"

"알았소, 화내지 마시오. 그래도 지금은 좋은 때가 아니라는 점은 인정하시오."

저녁 모임에서 아기가 나올 수도 있으니만큼 더욱 난처한 상황이었다.

"근사한 비극의 아이디어가 좋은 때를 맞춰 떠오르던가요?"

볼테르도 언제나 유희 활동이나 합리적 사상의 발전에 중대한 순간에 갑자기 비극을 쓰고 싶어지는 것이 자신의 사소한 흠이라고 인정했다. 그는 에밀리의 비유를 듣고 생각난 바가 있었다.

"이름은 정해 두었소?"

에밀리는 에리필레 따위의 이름을 거론하면 가만 두지 않겠다고 으름장을 놓았다.

샤틀레 후작은 출산을 즈음하여 집에 가 볼 필요가 있겠다고 계산했다. 그러던 중에 편지가 한 통 도착했다.

'마님께서 경사스럽게도 옥동자를 출산하셨습니다. 볼테르.'

편지를 읽은 후작은 심란했다. 그가 아는 볼테르는 딱 한 사람뿐이었는데 그 볼테르가 부업으로 산파 노릇까지 한다는 것은 금시초문이었으니까. 그는 중간에 한 번 쉬지도 않고 달려가 새벽 세 시에 트라베르시에르 거리의 자기 집에 도착했다. 산모의 거처에는 아직 불이 켜져 있었다. 하인들은 불시에 찾아온 주인어른을 보고 당황해 했다. 하인들은 돌려 말하려고 무척이나 애를 썼지만 후작은 부인이 아직 깨어 있으며 웬 남자와 함께 있다는 사실을 차례차례 전해 들었다. 후작은 검을 차고 후다닥 계단을 올라가 복도를 지나 부인의 침실을 급습했다. 후작부인

335

은 실내복을 입고 굽 있는 슬리퍼를 신은 채 수학 계산, 물리학 실험, 라틴어 번역 작업으로 어지러운 책상에 고개를 처박고 있었다. 그 옆에는 털을 넣고 누빈 외투와 새빨간 벨벳 모자로 멋을 낸 키 작은 악마 같은 사내가 서 있었다.

에밀리와 볼테르는 학문에 몰두할 때면 시간을 잊곤 했다. 오후 세 시든 새벽 세 시든 연구에는 아무 지장이 없었으며 찾아오는 손님들이 없는 밤이 되레 낮보다 낫다고 볼 수도 있었다. 20리 길을 달려 온 후작은 뉴턴의 이론 때문에 잠이 오지 않을 사람이 아니었으므로 바로 잠자리에 들러 갔다.

이튿날 아침 후작이 식당으로 들어서니 그 낯모르는 사내가 그를 맞아 주었다. "아! 후작님, 귀여운 사내아이가 태어났습니다! 우리들의 에밀리는 아주 선상하답니다!"

후작은 알려줘서 고맙다고 퉁명스럽게 대꾸했다. 잠시 후 부인에게 가 보니 그녀는 침대에 누워서 수학 문제를 풀고 있었다. 후작은 우수한 두뇌의 소유자들처럼 명석하지는 않았지만 아내의 생활이 바뀌었다는 것 정도는 이해했다. 이 새로운 생활 속에서 그는 손톱만큼도 중요한 존재가 아니었다. 후작 자신의 삶에도 아내는 전쟁터를 오가는 군대만큼 중요한 존재가 아니었기에 그는 이 변화에 크게 괘념치 않고 이번에 태어난 아들, 장차 샤틀레 자작이자 그들 부부가 이어져 있다는 중요한 표징인 아이를 안아 보러 갔다.

후작부인이 어느 철학자와 파리 도처를 쏘다니더라는 얘기가 오래지 않아 후작의 귀에 다시 들어왔다.

"우리는 지식과 논리의 영광을 위해 범죄와 싸웠어요!"

에밀리의 해명이었다. 그녀는 그 정도면 모든 오해를 불식시키기에 충분하다고 여겼다. 후작은 당황했다.

"사람들이 당신을 흉볼 거요."

에밀리는 남들이 자기를 두고 뭐라 하든 상관없었다. 그녀는 앞으로 볼테르적인 학문과 그 밖의 학문 연구에만 일신을 바치겠노라 다짐했다. 샤틀레 후작은 자기가 없어도 집에 아무 문제가 없음을 확인하고 자신이 세상에서 제일 좋아하는 일, 철학과는 하등 상관없는 일터로 서둘러 되돌아갔다. 그것은 프랑스 왕국의 영광을 위해서 군사들을 이끌고 적을 어느 위치에서 치느냐를 고민하는 일이었다. 폴란드 군대는 이 철에 그 어느 때보다 혹독한 공격을 받았다.

에밀리와 볼테르는 후작의 마차가 트라베르시에르 거리를 지나가는 광경을 바라보았다. 후작은 그들만 남겨두고 떠났다. 에밀리가 한숨을 쉬었다.

"나는 착한 남자, 잘생긴 남자, 상냥한 남자를 다 만나 봤어요. 그래도 뭔가가 부족하더군요."

"똑똑한 남자?"

볼테르가 떠보았다. 확실히 에밀리가 겸손한 남자를 만나려면 아직 한참을 더 기다려야 할 듯했다. 에밀리는 샤틀레 가에 머물면서 함께 불철주야 학문에 매진하면 어떻겠느냐고 제안했다. 볼테르는 그들이 한 집에 살아서는 안 될 이유들을 열거했다.

"나는 다섯 시간 이상 눈을 붙이지 않소."

"저는 하루에 두 시간밖에 안 자는데요."

"나는 항상 바쁘게 몰두해 사는 사람이오."

"저는 아무것도 안 하고 있는 법을 모르는 사람이에요."

"관습, 도덕, 당신의 평판을 생각한다면……."

"그런 생각을 하기엔 너무 늦었죠."

에밀리는 꼭 볼테르를 잡아 두고 싶었다.

"여성들은 지식에 접근할 수 있지만 나는 볼테르에 접근할 수 있어요. 선생님이 저의 오래된 마법의 책이 되어 주세요."

"나는 그대의 마법의 책이 되겠지만 오래됐다고 하기엔 고작 39년 살았을 뿐이오."

에밀리는 몰랐지만 볼테르에겐 거처를 옮겨야 할 다른 이유들이 있었다. 가장 중요한 이유는 은행가에 어울리는 옷차림과 성공을 갈망하는 붉은 얼굴의 번지르르한 중년 부르주아의 모습으로 등장했다. 볼테르는 다나에가 금비를 맞듯 그를 반가이 맞아들였다.

"나의 분신 뒤물랭 씨를 소개하오!"

"글을 쓰시는 분이죠?"

에밀리가 키스를 받기 위해 손을 내밀며 말했다.

"무슨 소리요! 뒤물랭은 내 이름이 노출되지 않도록 내 돈을 투자해 주고 있소."

에밀리가 얼른 손을 거둬들였다.

"이 거래에 이름이 오르내리면 부끄러운 일이라는 뜻이죠?"

"친애하는 부인, 당신 힘에 부치는 일에 대해서 결론을 내기 위해 철학을 이용하지는 마시오."

볼테르 자신은 지출에 별로 신경 쓰지 않는 후작을 남편으로 맞는 행운을 누리지 못했기에 이렇게 말했다. 뒤물랭 씨는 파리 시청 바로 뒤 곡물 항구 옆에 살았다. 볼테르는 얼마 전에 착수한 밀 투자 건을 가까이에서 지켜보고 싶었다. 또한 인쇄업자들을 만나고 나니 넝마를 이용한 제지 산업에도 관심이 생겼다.

"생각해 보시오! 부인의 낡고 해진 옷에 나의 위대한 작품을 찍어 내는 거요!"

에밀리는 《철학서한》으로 뒤덮인 드레스를 상상해 보았다. 그날이 오면 경찰총감은 부인네들을 쫓아다니며 그 전복적인 드레스를 벗기려 혈안이 될 것이다. 그녀는 머지않아 경찰총감을 다시 만나게 되리라는 확신이 들었다.

✝

퐁텐 마르텔 가에 대한
회고록 저자들의 언급

　　노르망디의 마르텔 가와 클레르 가의 훌륭한 고택에서 태어난 퐁텐 마르텔 씨는 가엾게도 통풍으로 무척 고생을 했다. 그의 아내는 기지와 꾀가 있는 여자였다. 그래서 퐁텐 마르텔 부인은 자연스럽게 사교계에서 활약했다. 그녀는 루이 14세의 동생 오를레앙 공의 궁에서 살다시피 했다.

– 생시몽*의 《회고록》 중에서, 1692.

　　퐁텐 마르텔 부인은 남편이 통풍으로 병석에 누운 탓에 자신이 대신 궁에서 지냈다.

– 생시몽의 《회고록》 중에서, 1702.

* 프랑스의 정치가이자 작가로, 루이 14세의 궁정 생활을 꼼꼼히 기록한 것으로 유명한 《회고록》을 남겼다.

퐁텐 마르텔이 아직 어린 딸아이를 남긴 채 통풍으로 세상을 떠났다.

– 생시몽의 《회고록》 중에서, 1706.

데스탱 씨가 아들을 퐁텐 마르텔 부인의 외동딸과 혼인시켰다. 신붓감이 부유하고 지체 높은 상속녀이므로 격에 맞는 혼사였다. 섭정 오를레앙 공은 그들에게 두에 관할의 남은 권한을 맡겼다. 데스탱 씨가 누렸던 그 권한은 아직까지도 상당하다.

– 생시몽의 《회고록》 중에서, 1716.

퐁텐 마르텔 부인은 아직 생존해 있다. 부인의 자택은 팔레 루아얄 궁 정원을 내려다보고 있다. 퐁텐 마르텔 부인은 음식을 마련하는 데 인색하지만 사실 꽤 부유하고 욕심이 많은 사람이다. 퐁텐 마르텔 가에서는 소식小食을 하며 아침은 아예 먹지 않는다. 하지만 매일 저녁 밤참은 먹는다. 밤참도 형편없기로는 결코 뒤지지 않지만 말이다. 부인은 때때로 사람들이 뭐라고 하거나 말거나 혐오감을 느끼게 하는 농담을 하곤 한다. 그 집 하인들이 마님을 싫어한다는 것만은 확실하다.

퐁텐 마르텔 부인은 당대의 지성들을 모아놓되 그들의 말을 전혀 듣지 않고 믿을 수 없는 옛날이야기나 늘어놓았다. 그녀는 연애 관계에 휘말린 여자와 연인 들을 자기 집에 들이지 않는 걸

로 유명하지만 연애라는 것이 그 집에서 시작되니 되레 하느님께
더 큰 죄를 짓는 것임을 나는 안다. 부인은 스스로 매우 검소하
게 살며 곤궁한 사람들을 여럿 도와주고 있다.

— 다르장송 후작의 《회고록》 중에서.

당신의 다락방 한구석에서
이 편지를 드립니다.
보주네가 오늘 저녁 계단 아래서
이 편지를 드릴 겁니다.
오, 세상에 둘도 없는 마르텔,
당신을 한량없이 존경하며
냥신의 십에서
당신의 밤참을
나의 즐거움, 사실상 유일하게 좋은 것으로 삼습니다.
당신에게 조금 투덜댄 것은 사실입니다.
당신이 잠잘 때 쓰는 모자 아래에
편견도 없고 결점도 없는,
지혜를 고집하는 매혹적인
정신이 있으니까요.
당신은 밤 기도 대신
평온하고 즐거운 장시간의 밤참을,

간단하고 듣기 좋은 운문을 즐깁니다.

슬픈 과오에서 벗어나

양심을 감독하는 신부 대신 볼테르를 찾습니다.

불안을 떨쳐 버리고 싶을 때에는

캉프라* 사제를 찾고요.

당신은 교구 성당 전용좌 대신

오페라 전용좌를 가지고 있지요.

당신은 풍자를 해도 신랄해지는 법 없고

언제나 훌륭한 말에 민감하며

가끔은 어리석은 자들을 조롱하나

자주, 참으로 적절하게

현자를 웃게 하는 사람입니다.

— 볼테르, '퐁텐 드 마르텔 부인에게 보내는 서한'의 요약본, 1731년 12월.

퐁텐 마르텔 가의 다른 식솔들을 위하여 우리는 꽤 정기적으로 연극을 상연한다네. 어제는 새로운 〈에리필레〉를 연습했지. 우리는 가끔 진수성찬을 먹지만 대개 형편없는 식사를 한다네.

— 볼테르가 드 포르몽에게 보낸 편지, 1732년 4월 18일.

• 작곡가 앙드레 캉프라를 가리킨다.

퐁텐 마르텔 부인 집에서 비리비 게임을 하다가 1만 2000프 랑이나 잃는 바보짓을 저질렀다네.

— 볼테르가 드 시드빌에게 보낸 편지, 1732년 9월 3일.

그대의 선물이 도착했을 때 나는 베르사유에 있었소. 퐁텐 마르텔 부인이 나도 없는데 그 선물을 먹어 버렸다오. 하지만 애석해할 것 없소. 부인은 그 분야에서 나름대로 일가견이 있는 사람이니까요. 기지가 넘치는 만큼 식도락도 잘 안다고나 할까요. 그런 부인이 그대가 보내 준 새끼멧돼지를 칭찬해 마지않았소. 하지만 부인은 그대의 운문과 아름다운 편지에 더욱 감동했다오.

— 볼테르가 드뢰 징세관 클레망에게 보낸 편지, 1732년 12월 25일.

친애하는 포르몽, 자네가 남작부인에게 보낸 과일 설탕조림은 아마도 부인의 얀센파 딸내미가 먹어치우게 될 거야. 독실한 위장의 소유자인 그녀가 최소한 자기 어머니의 설탕조림 정도는 물려받을 수 있겠지. 그것조차 클레르 양에게로 가지 않는다면 말이야. 자네가 선물과 함께 보낸 매혹적인 편지에 답장을 했어야 했는데. 하지만 남작부인의 병이 위중하여 우리가 주거니 받거니 하는 시구들도 중단되었지. 부인에게 바치는 나의 첫 번째 시가 그녀의 비문碑文이 될 거라곤 여드레 전까지만 해도 상상도 못했네. 보름 전부터 나를 짓눌러 온 온갖 무거운 짐들을 어떻게 견뎌 냈는지 모르겠어. 내가 〈자이르〉를 붙들고 늘어지는 와중에 남작부인이 사망한 거라네. 국새상서에게 도움을 구해서 노잣돈이라도 마련했어야 했는데. 나는 남작부인이 죽어가면서 하인들에게 뭐라도 남겨 주도록, 특히 얼마 전부터 자기 곁에 둔 어린 아가씨에게 마음을 쓸 수 있도록 최선을 다했네. 그 아가씨는 부인의 유언으로 덕을 보겠다는 마음 하나로 자기 가족을 떠나왔거든. 남작부인은 자기 뜻을 굽힐 줄 모르는 사람이었고 아마 온 집안사람들이 자기 죽음을 아쉬워하는 일이 없기를 바랐다네. 이미 3년 전에 그녀는 하나뿐인 딸에게 가급적 아무것도 넘겨주지 않겠다는 요지의 유언장을 작성했지. 그 후로 두세 번 정도 유언장을 고쳐 썼다네. 나는 지금 기거할 곳도 찾아봐야 하고 남작부인의 세간과 뒤섞여 버린 나의 세간도 돌려 달라고 요청해야 하니 당황스럽기 그지없다네. 그동안의 이 모든 난리만 없었어도 나의 신작 비극은 꽤 많이 진전됐을 거야.

— 볼테르가 드 포르몽에게 보낸 편지, 1733년 1월 27일.

친애하는 벗이여, 자네도 아마 알고 있겠지만 퐁텐 마르텔 부인이 죽었다네. 이 말인즉슨, 내가 주인 노릇하던 좋은 집과 그 집에서 나를 위해 지출해 주던 4만 리브르의 돈을 잃게 됐다는 뜻이지. 자네는 나에 대해 뭐라고 할 건가? 나는 이 끔찍한 때에 부인의 지도 신부 역할을 했고 부인이 법도에 어긋남 없이 죽게 해주었네. 우리가 퐁텐 마르텔 부인 집에서 〈자이르〉를 상연한 지 보름도 안 됐다는 걸 아나? 불과 보름 후에는 이 집을 떠날 운명이 될 줄 누가 알았겠나? 하루하루가 즐겁고 축제 같았던 이 집을 말일세!

— 볼테르가 드 시드빌에게 보낸 편지, 1733년 1월 27일.

볼테르는 아카데미에 대해서 능히 그런 언사를 보일 수 있을 만큼 오만불손한 자다. 그는 절친한 남작부인이 죽은 후에 그녀의 부검에 입회했다. 우정의 중추가 사람 몸 어디에 있는지 확실히 알고 싶었던 모양이다. 그는 부인의 책을 몇 권 가지고 있지 않은지 묻는 생 발리에 기사에게 편지를 써서 말하기를, 부인에게는 책이 누 권밖에 없는데 한 권은 이야기책이고 다른 한 권은 기도서였다고, 이야기책은 너무 많이 읽어서 탈이었고 기도서는 너무 안 읽어서 탈이라고 했다. 하지만 볼테르는 부인이 살아 있을 때에는 그렇게 말하지 않았다. 그는 자신이 부인의 지도 신부요, 그녀는 교구 성당 대신 오페라극장에 전용좌를 가질 것이라 말하지 않았는가. 그런 인간에게 고해를 해보라.

— 마티외 마레의 일기 겸 《회고록》 중에서, 1733년 2월 7일.

아직 봉인도 뜯지 않았고, 데스탱 부인이 유언장을 공격하지 않을지 그 여부도 모르겠네. 모두들 남작부인의 유서에 동봉된 편지 이야기로 시끄럽거든. 부인은 편지를 통해 딸에게 매정했던 이유를 설명하면서 그녀가 퐁텐 마르텔 씨의 딸이 아니라 샤피 씨라는 사람의 딸이라고 밝혔다는군. 샤피 씨는 한때 무슈가 아끼던 사람으로 루이 14세의 동생분과 우리의 남작부인에게 꽤나 후의를 입었던 모양이야. 만약 그 편지가 사실이라면 세상의 모든 유언장을 다 파기하고도 남을 만한 얘기지. 민사대리관이 그 편지를 읽어 보고 나서 자기 친구 중 누군가에게 내용을 누설한 모양이야.

데스탱 부인이 자문서를 작성하고 무려 18명의 변호사들에게 서명을 받은 것은 확실해. 민사대리관에게는 그 편지를 열어 볼 권리가 없다는 내용의 자문서였지. 하지만 민사대리관은 그 자문서를 무시하고 자기가 꼭 편지의 내용을 읽어 봐야 한다고 말했어. 사람들은 남작부인을 도마에 올려놓고 조롱거리로 삼지만 남작부인에게 땡전 한 푼 못 받은 그 집 하인들은 그러지 못한다네. 특히 부인의 유언장에 한 자리 차지할 수 있을 거라는 희망으로 부모를 버리고 온 그랑샹 양이 안됐어. 그건 부인의 거짓 미끼였을 뿐, 사실 부인은 자기 집에 하녀를 하나 더 늘린다는 생각밖에 없었을 거야. 오를레앙 공작부인이 그 아가씨를 거둬 주시기로 했네. 존중과 연민을 받을 만한 그 아가씨는 아마 수녀원에 가게 되겠지. 나는 내 세간을 모두 회수할 수 있을 때까지 이 집에 머물 거야. 내 소장품들이 딱한 고인의 물건들과 한데

섞여 버렸거든. 그 후엔 생 제르베 쪽에서 살려고. 여기만큼 쾌적한 동네는 아니지만 내 형편에 맞게 살아야지.

이제 막 남작부인의 봉인을 뜯었다네. 세 장의 유서가 들어 있고 맨 마지막에 작성된 유서의 날짜가 1732년 10월로 되어 있어. 하지만 유서의 내용은 자기 딸에 대한 가혹한 처사와 하인들과 벗들에 대한 부인의 배은망덕을 확인시켜 줄 뿐이야. 부인은 자신의 죽음을 슬퍼하지 않을 자유 외에는 아무에게도, 아무것도 남기지 않았다네.

— 볼테르가 티리오에게 보낸 편지, 1733년 2월 24일.

드디어 오늘, 신의 없는 남작부인의 살기 좋은 보금자리에서 떠난다네. 생 제르베의 문을 두드리러 갈 거야.

— 볼테르가 티리오에게 보낸 편지, 1733년 5월 10일.

브종 장교와 고 퐁텐 마르텔 부인의 딸 데스탱 부인이 사망했다.

— 〈파리궁정소식〉, 1733년 5월 25일.

퐁텐 마르텔 남작이자 브레티니 영주 샤를 마르텔이 1706년 4월에 사망하였다. 담 드 브레티니, 퐁텐 마르텔 남작부인은 파리에서 사망하였고 유해를 담은 납관이 생 피에르 드 브레티니로 돌아와 이곳 지하 묘실에 안장되었다. 모친 퐁텐 마르텔 부인의 뒤를 이어 담 드 브레티니가 된 데스탱 백작부인도 1733년에 사망하였다. 백작부인의 시신은 고인의 교구 파리 생 폴 교회 묘지에 묻혔다.

– 〈메르퀴르 드 프랑스〉

볼테르 연표

1747	소설 《자디그Zadig》 집필. 궁정에서 어려움을 겪다. 왕비와 카드게임을 하던 중에 마찰을 일으키다.
1748	낭시에서 전前 폴란드 왕 스타니슬라스의 집에 머물다. 볼테르가 에밀리와 시인 생 랑베르의 관계를 알게 되다.
1749	에밀리가 출산을 하다가 사망하다.
1750	프리드리히 2세의 초청을 받아 베를린으로 가다. 볼테르는 그 후 28년간 파리로 돌아가지 않는다.
1753	프리드리히 2세와 불화를 겪고 베를린을 떠나다. 프랑크푸르트에 한 달간 연금당하다. 루이 15세가 볼테르의 파리 귀환을 금지하다.
1754	스위스 제네바에 체류하다.
1755	스위스 국경 근처 '레 델리스'에 정착하다.
1755	페르네와 투르네를 자신의 영지로 사들이다. 그라세 서점과 송사에 휘말리다.
1759	소설 《캉디드Candide》 출간.
1760	장 자크 루소와 결별.
1762	칼라스 사건이 시작되다.
1766	라 바르 기사가 처형당하다. 랄리 톨랑달 백작을 복권시키고자 노력하다.
1778	파리로 돌아오다. 볼테르가 뇌프 쇠르 지부에 들어가다. 빌레트 후작 집에서 사망하다. 사흘 후에 장 자크 루소가 죽다. 새벽 5시에 셀리에르 교구에서 비밀리에 장례식이 거행되다.

옮긴이_**이세진**

서강대학교 철학과를 졸업하고 같은 학교 대학원에서 불문학 석사 학위를 받았다. 프랑스 랭스 대학교에서 공부했으며, 현재 전문번역가로 일하고 있다. 《유혹의 심리학》, 《나르시시즘의 심리학》, 《고대 철학이란 무엇인가》, 《다른 곳을 사유하자》, 《아프리카 술집 외상은 어림없지》, 《반 고흐 효과》, 《슈테판 츠바이크의 마지막 나날》, 《중국을 읽다 1980-2010》, 《소르본의 바보》 등을 우리말로 옮겼다.

볼테르가 수사하다

남작부인은 다섯 시에 죽었다
La baronne meurt à cinq heures

초판 1쇄 발행 2014년 7월 14일

지은이 프레데릭 르노르망
옮긴이 이세진
펴낸이 양소연

기획편집 함소연 **디자인** 하주연 이지선 **마케팅** 이광택
관리 유승호 김성은 **인터넷사업부** 백윤경 최지은

펴낸곳 함께읽는책 **등록번호** 제25100-2001-000043호 **등록일자** 2001년 11월 14일

주소 서울시 금천구 디지털로9길 68, 1104호(가산동, 대륭포스트타워 5차)
대표전화 1688-4604 **팩스** 02-2624-4240 **홈페이지** www.cobook.co.kr
ISBN 978-89-97680-10-8(03860)